PANINI BOOKS

AUSSERDEM VON PANINI ERHÄLTLICH:

WORLD OF WARCRAFT: Krieg der Ahnen I – Die Quelle der Ewigkeit
Richard A. Knaak, ISBN 978-3-8332-3534-4

WORLD OF WARCRAFT: Krieg der Ahnen II – Die Dämonenseele
Richard A. Knaak, ISBN 978-3-8332-3535-1

WORLD OF WARCRAFT: Krieg der Ahnen III – Das Erwachen
Richard A. Knaak, ISBN 978-3-8332-3536-8

WARCRAFT: Der offizielle Roman zum Film
Christie Golden, ISBN 978-3-8332-3267-1

WARCRAFT: Durotan – Die offizielle Vorgeschichte zum Film
Christie Golden, ISBN 978-3-8332-3266-4

WORLD OF WARCRAFT: Illidan
William King, ISBN 978-3-8332-3265-7

WORLD OF WARCRAFT: Der Lord der Clans
Christie Golden, ISBN 978-3-8332-3444-6

WORLD OF WARCRAFT: Der letzte Wächter
Jeff Grubb, ISBN 978-3-8332-3445-3

WORLD OF WARCRAFT: Aufstieg der Horde
Christie Golden, ISBN 978-3-8332-3446-0

WORLD OF WARCRAFT: Kriegsverbrechen
Christie Golden – gebundene Ausgabe, ISBN 978-3-8332-2858-2

WORLD OF WARCRAFT: Der Untergang der Aspekte
Richard A. Knaak – gebundene Ausgabe, ISBN 978-3-8332-2859-9

WORLD OF WARCRAFT: Vol'jin – Schatten der Horde
Michael Stackpole – gebundene Ausgabe, ISBN 978-3-8332-2617-5

WORLD OF WARCRAFT: Jaina Prachtmeer – Gezeiten des Krieges
Christie Golden – gebundene Ausgabe, ISBN 978-3-8332-2523-9

WORLD OF WARCRAFT: Wolfsherz
Richard A. Knaak – gebundene Ausgabe, ISBN 978-3-8332-2233-7

WORLD OF WARCRAFT®

TEUFELSKREIS

KEITH R. A. DECANDIDO

Ins Deutsche übertragen
von Mick Schnelle

PANINI BOOKS

Bibliografische Information der Deutschen Nationalbibliothek
Die Deutsche Nationalbibliothek verzeichnet diese Publikation in der Deutschen Nationalbibliografie; detaillierte bibliografische Daten sind im Internet über http://dnb.d-nb.de abrufbar.

FSC
www.fsc.org
MIX
Papier aus verantwortungsvollen Quellen
FSC® C014496

Amerikanische Originalausgabe: "WORLD OF WARCRAFT: Cycle of Hatred" von Keith R. A. DeCandido, erschienen bei Simon and Schuster, Inc., 2006.

Deutsche Ausgabe: Panini Verlags GmbH,
Rotebühlstraße 87, 70178 Stuttgart.
Geschäftsführer: Hermann Paul
Head of Editorial: Jo Löffler
Head of Marketing: Holger Wiest (E-Mail: marketing@panini.de)
Presse & PR: Steffen Volkmer

Übersetzung: Mick Schnelle
Lektorat: Manfred Weinland, Luitgard Distel
Umschlaggestaltung: tab indivisuell, Stuttgart
Cover Illustration von Glen Rane/Blizzard Entertainment
Satz: Greiner & Reichel, Köln
Druck: GGP Media GmbH, Pößneck
Printed in Germany

YDWCTP013

ISBN 978-3-8332-3768-3
1. Auflage, April 2019

Auch als E-Book erhältlich:
ISBN 978-3-8332-1971-9

Findet uns im Netz:
www.paninibooks.de

PaniniComicsDE

*Für GraceAnne Andreassi DeCandido, Helga Borck,
Ursula K. LeGuin, Constance Hassett,
Joanne Dobson und all die anderen Frauen,
die mir so vieles beigebracht haben.*

DANKSAGUNG

An erster Stelle muss ich mich beim Blizzard-Games-Guru Chris Metzen bedanken, dessen Beiträge zu *Warcraft* unentbehrlich waren. Unsere Telefongespräche und E-Mails waren wirklich sehr fruchtbar und voller kreativer Energie.

Außerdem danke ich Marco Palmieri, meinem Lektor bei Pocket Books, und seinem Chef Scott Shannon, die beide fanden, dieses Buch sei eine gute Idee, und Lucienne Diver, meiner wundervollen Agentin.

Dank auch an die anderen *Warcraft*-Autoren, Richard Knaak, Jeff Grubb und Christie Golden. Besonders Jeffs *Der letzte Wächter* und Christies *Der Lord der Clans* waren hilfreich für mich bei der Charakterisierung von Aegwynn und Thrall.

Weiterer Dank gilt der Malibu-Gang, den Elitist Bastards, Novelscribes, Inkwell und all den anderen Mailinglisten, die mich bei bester Gesundheit erhalten, indem sie mich schier wahnsinnig machen, CITH und CGAG, den Leuten bei Palombo, die mich unterstützt haben, *Kyoshi* Paul und dem Rest der netten Leute im Dojo.

Last but not least danke ich für die Nachsicht all derer, die mit mir zusammenleben, egal ob Mensch oder Katze, und für ihre fortwährende Unterstützung.

ANMERKUNG DES HISTORIKERS

Diese Geschichte spielt ein Jahr vor *World of Warcraft*. Drei Jahre sind seit der Invasion der Brennenden Legion und deren Niederschlagung durch die vereinten Streitkräfte von Orcs, Menschen und Nachtelfen vergangen.

(*Warcraft 3: Reign of Chaos* und *Warcraft 3*-Add-on: *Frozen Throne*)

EINS

Erik hatte gerade Bier von dem Dämonenschädel gewischt, der hinter dem Tresen hing, als der Fremde eintrat. In das Wirtshaus Zum Dämonenhaupt verirrten sich kaum Reisende. Nur äußerst selten war das Gesicht eines Gastes Erik unbekannt. Weniger selten war, dass ihm der Name nicht geläufig war. Er merkte sich Gesichter nur durch regelmäßige Begegnungen. Erik kümmerte es nicht, *wer* in seine Kneipe kam, solange dieser jemand genügend Durst und Bares mitbrachte.

Der Fremde, der an einem der Tische saß, schien entweder auf etwas zu warten oder nach etwas zu suchen. Er beachtete weder die kleinen runden Holztische und Stühle noch die dunklen Holzwände, die ohnedies nur schwer zu erkennen waren. Das Dämonenhaupt hatte keinerlei Fenster, lediglich ein paar Fackeln spendeten leidlich Helligkeit. Erik machte sich nie die Mühe, die Tische geordnet aufzustellen, weil die Leute sie ohnehin so platzierten, wie es ihnen am besten in den Kram passte. Nach einer Weile stand der Fremde auf und trat vor die Holztheke. „Gibt es hier keine Bedienung?“, wandte er sich an den Wirt.

„Scharf beobachtet“, entgegnete Erik und betrachtete angelegentlich den Lappen, mit dem er sich um das Wahrzeichen seines Hauses gekümmert hatte. Er sah nicht ein, gutes Geld für einen Kellner auszugeben. Wenn die Leute etwas zu trinken haben wollten, fanden sie ganz von allein zur Theke. Und wenn sie dafür schon zu betrunken waren, kam ihm das auch entgegen. Das hielt sie davon ab, sich um den letzten Rest Verstand zu saufen, zu randalieren und am Ende noch die Einrichtung zu demolieren. Nein, auf Prügeleien konnte Erik getrost verzichten, er betrieb eine ruhige Taverne.

Der Fremde warf ein Silberstück auf den Tresen und fragte: „Was ist Euer teuerstes Getränk?“

„Eberschnaps aus dem Norden“, erwiderte Erik, ohne auch nur einen Moment nachdenken zu müssen. „Die Orcs stellen ihn her. Machen das fabelhaft, die grünen Jungs, wie mir aus dem berufenen Mund meiner Stammgäste immer wieder versichert wird …“

Der Fremde rümpfte abfällig die Nase. „Nein, nichts, was von Orcs kommt!“

Erik zuckte die Achseln. Die Leute hatten oft merkwürdige Ansichten, wenn es um Alkohol ging. Er kannte Gäste, die sich über die fragwürdigen Vorzüge von Bier oder Brandy heftiger stritten als über Politik oder Religion. Und wenn dieser Gentleman Orc-Getränke nicht ausstehen konnte, sollte das nicht Eriks Problem sein.

„Ich hätte auch ganz banalen frisch gebrannten Korn.“

„Her damit!“ Der Fremde hieb mit der Faust auf den hölzernen Tresen, und die Erschütterung wirbelte Nussschalen, Beerenkörner und Staub auf, die sich dort angehäuft hatten. Erik säuberte den Tresen höchstens einmal im Jahr. Außer ihm und dem Dämonenschädel konnte niemand hinter die Theke blicken, folglich gab es keinen Grund, dort zu putzen.

Einer der von Erik erwähnten Stammgäste, ein Soldat, der am liebsten Eberschnaps trank, wandte sich zu dem Fremden um. „Macht es Euch etwas aus, mir zu verraten, was Ihr gegen das Orc-Gesöff einzuwenden habt? Ich habe nie etwas Besseres die Kehle runterrinnen lassen!"

Der Fremde blickte fast mitleidig, während Erik eine Glasflasche aus dem Regal angelte und etwas von ihrem Inhalt in einen leidlich sauberen Becher füllte.

„Ich habe gar nichts gegen das *Gesöff* von Orcs, guter Mann – nur die Orcs selbst, die mag ich nicht." Der Fremde streckte seine Hand aus. „Ich heiße übrigens Margoz. Ich bin Fischer und alles andere als glücklich darüber, wie leer meine Netze in letzter Zeit bleiben."

Der Soldat ignorierte die ihm dargebotene Hand und erwiderte, ohne sich selbst vorzustellen: „Das sagt für mich nur, dass Ihr kein wirklich guter Fischer seid."

Margoz senkte die Hand wieder, als ihm klar wurde, dass der Soldat ihn nicht sonderlich mochte. Stattdessen nahm er seinen Becher auf und brummte: „Ich *bin* ein guter Fischer, Sir. Ich stamme ursprünglich aus Kul Tiras – doch die Umstände zwangen mich, von dort fortzugehen."

Neben Margoz saß ein Händler, der an seinem Bier nippte. „Die Umstände, hm. Richtig, wurdest sicher eingezogen, um deinen hübschen Kopf gegen die Brennende Legion hinzuhalten, was?“

Margoz nickte düster und fuhr sich mit der Hand über den Nacken „Wie so viele andere auch, ja. Ich habe versucht, mir hier in Theramore ein neues Leben aufzubauen. Aber wie könnte ich das wohl bei all den verdammten Grünhäuten, die die guten Fischgründe ganz für sich allein beanspruchen?“

Erik ertappte sich dabei, wie er zustimmend nickte. Zumindest einem Teil von Margoz' Argumentation konnte er nur beipflichten. Er selbst war erst nach Theramore gekommen, als die Brennende Legion bereits geschlagen war. Nicht, um zu kämpfen – die Kämpfe waren bereits vorbei gewesen –, sondern um sein Erbe anzutreten. Eriks Bruder Olaf war gegen die Legion marschiert und gefallen. Er hatte Erik genug Geld hinterlassen, um diese Taverne zu eröffnen – was eigentlich Olafs eigener Traum für die Zeit nach dem Militärdienst gewesen war. Außer einem hübschen Sümmchen hatte Olaf ihm auch noch die hässliche knöcherne Fratze eines Dämons vererbt, den der Bruder eigenhändig im Kampf besiegt hatte.

Erik hatte eigentlich keine besondere Lust gehabt, eine Taverne zu betreiben. Aber eigentlich hatte er auch nie zu etwas anderem besondere Lust gehabt. Deshalb eröffnete er die Wirtschaft Zum Dämonenhaupt in Gedenken an seinen Bruder. Er setzte völlig zu Recht darauf, dass die Bürger von Theramore einen Ort mit einem Namen schätzen würden, der die Vertreibung der Dämonen symbolisierte. Letztlich hatte das ja zur Gründung ihres Stadtstaates geführt.

„Das sehe ich anders“, brummte der Soldat und spielte mit seinem Becher. „Ihr habt selbst im Krieg gekämpft, Fischer. Ihr wisst also, was die Orcs für uns getan haben.“

„Was sie für uns getan *haben*, bereitet mir auch keinerlei Bauchgrimmen, guter Mann“, sagte Margoz, „aber es stinkt mir ganz gewaltig, was sie uns *derzeit* zumuten.“

„Sie kriegen von allem nur das Beste“, bestätigte ein Schiffskapitän an einem der Tische hinter dem Soldaten. „Oben bei Ratchet bevorzugen die Gnome die Orcs immer bei Reparaturen oder der Vergabe von Landeplätzen. Letzten Monat musste ich einen halben Tag warten, bevor sie mich mit meinem Kahn andocken ließen. Aber so ein Orc-Boot kam zwei Stunden nach mir an und durfte sofort anlegen.“

Der Soldat drehte sich um, fixierte den Kapitän scharf und schnarrte: „Dann fahrt doch woanders hin als nach Ratchet.“

„Man hat nicht immer die Wahl“, sagte der Kapitän störrisch. Sein narbiges Gesicht war gerötet und aufgedunsen. In seinen Augen schien es zu flackern.

„’s ist ja auch nicht so, dass sie Reparaturen überhaupt *nötig* hätten“, meinte der Mann neben dem Kapitän. Von einer Schläfe zur anderen verlief eine Narbe, die den Anschein erweckte, als hätte vor langer Zeit jemand versucht, ihn seines Skalps zu berauben. Was der Unbekannte nicht geschafft hatte, war der seither verstrichenen Zeit mit sichtbar mehr Erfolg gelungen: Bis auf einen schütteren Haarkranz, der noch dazu höchst ungepflegt wirkte, verbarg nichts mehr die altersfleckige Haut, die sich über der Halbkugel seines Schädels spannte.

Erik überlegte, dass das trotz des fortgeschrittenen Alters wohl der Erste Maat des Kapitäns sein musste, weil beide die gleiche Kleidung trugen. „Sie haben Eichen oben in den Bergen über Orgrimmar, machen ihre Schiffe daraus. Und was haben wir? Schwache Fichten, das ist alles. Sie horten es, jawohl, behalten all das gute Holz. Unsere Boote lecken überall. Und das nur wegen dem Ausschuss, mit dem wir arbeiten müssen."

Mehrere Stimmen murmelten Zustimmung.

„So, Ihr fandet es also alle besser, als die Orcs noch nicht da waren?" Der Soldat ließ seine Faust auf die Theke krachen. „Und vergesst dabei: Ohne sie wären wir längst alle Dämonenfutter, das ist doch wohl klar!"

„Ich glaube nicht, dass das jemand bestreitet." Margoz nippte an seinem Becher. Der Blick war auf die Tischplatte gerichtet, schien aber sehr viel weiter zu gehen. „Trotzdem, die Verteilung der Ressourcen scheint ein wenig ungleich vonstatten gegangen zu sein."

„Orcs waren mal Sklaven, müsst Ihr wissen." Das sagte jemand anders, den Erik nicht sehen konnte und auch nicht an der Stimme erkannte. „Bei den Menschen und der Brennenden Legion gleichermaßen, wenn man es recht bedenkt. Kann es ihnen nicht verdenken, wenn sie sich jetzt alles nehmen, was sie kriegen können."

„Ich schon, jedenfalls wenn sie es *uns* wegnehmen", sagte der Kapitän zerknirscht.

Der Händler nickte. „Ihr wisst ja, die sind nicht von hier. Die kamen aus einer anderen Welt. Die Brennende Legion brachte sie hierher."

Der Erste Maat schnappte: „Vielleicht sollten sie einfach dahin zurück, wo sie hergekommen sind."

„Man fragt sich, was Lady Prachtmeer sich dabei gedacht haben mag", sagte Margoz. Es klang wie beiläufig eingeworfen, aber die Wirkung, die seine Worte erzielten, machten unverzüglich klar, dass die Bemerkung ein Missgriff gewesen war.

Erik runzelte die Stirn. Plötzlich wurde es totenstill in der Taverne.

Viele Leute hatten sich bislang rege an der Diskussion beteiligt. Aber kaum, dass Margoz Jaina Prachtmeer erwähnte – schlimmer noch, sie in herabsetzender Weise erwähnte –, verstummten alle Gespräche.

In den drei Jahren, seit Erik die Taverne besaß, hatte er zwei Grundsituationen erlebt, in denen er davon ausgehen konnte, dass eine Prügelei unmittelbar bevorstand. Ein verlässlicher Hinweis war, wenn es zu laut war – der andere, wenn es *zu leise* wurde. Wie jetzt. Und immer wenn Letzteres eintrat, brachen die wirklich wüsten Schlägereien aus …

Ein anderer Soldat baute sich neben dem ersten auf. Er hatte breitere Schultern und redete meist nicht viel. Aber wenn er es tat, geschah es mit einer dröhnenden Stimme, die den Dämonenschädel hinter dem Tresen zum Wackeln brachte. „Niemand redet schlecht von Lady Prachtmeer, wenn er seine Zähne behalten will."

Margoz schluckte hörbar, duckte sich leicht und versicherte schnell: „Ich würde es mir nie erlauben, von unserer Herrin jemals anders als mit höchster Ehrfurcht zu sprechen, guter Herr. Das schwöre ich." Er kippte mehr von seinem Hochprozentigen die Kehle hinunter, als auf einen Zug ratsam war, und schon quollen ihm die Augen aus den Höhlen. Er schüttelte mehrmals den Kopf.

„Lady Prachtmeer war sehr gut zu uns", sagte der Händler mit mühsam unterdrücktem Zorn. „Nachdem wir die Brennende Legion geschlagen hatten, machte sie uns zu einer Gemeinschaft. Eure Klagen, Margoz, sind berechtigt. Aber für keine davon ist die Lady verantwortlich. Ich habe in meinem Leben schon so einige Zauberer getroffen, und die meisten davon taugten nicht den Dreck unter meinen Fingernägeln. Aber die Lady gehört zu den Guten. Und Ihr werdet hier niemanden finden, der etwas Schlechtes auf sie kommen lässt ..."

„Es war nie meine Absicht, jemanden herabzusetzen, guter Mann", sagte Margoz, der nicht nur von dem etwas zu großen Schluck Brandy zittrig in den Gliedern geworden war. „Aber man muss sich schon fragen, warum keine Handelsverträge geschlossen worden sind, um an das vorzügliche Holz zu kommen, das diese feinen Herren hier erwähnt haben." Er schaute für einen Moment gedankenverloren. „Vielleicht hat sie es ja versucht, aber die Orcs haben es nicht zugelassen."

Der Kapitän nahm etwas von seinem Bier, leckte sich den Schaum von der Oberlippe und sagte: „Vielleicht haben ihr die Orcs befohlen, Nordwacht zu verlassen."

„Wir *sollten* Nordwacht verlassen", erklärte der Händler leidenschaftlich. „Das Brachland ist neutrales Gebiet, das wurde von vornherein so festgelegt."

Der Soldat versteifte sich. „Ihr müsst verrückt sein, wenn Ihr glaubt, wir würden ausgerechnet Nordwacht aufgeben."

Margoz warf vorsichtig ein: „Das ist dort, wo die Orcs Admiral Prachtmeer bekämpft haben."

„Ja, eine Schande. So gut wie Lady Prachtmeer als unser Oberhaupt ist, so ein Narr war ihr Vater." Der Händler schüttelte den Kopf. „Diese erbärmliche Geschichte sollte endlich aus unseren Köpfen verschwinden. Aber das geschieht nicht, bevor ..."

Der Kapitän unterbrach ihn. „Wenn Ihr mich fragt, müssen wir über Nordwacht hinaus expandieren."

Verärgert – Erik wusste nicht, ob wegen der Unterbrechung oder wegen des Arguments, es interessierte ihn auch nicht – fauchte der Händler: „Seid Ihr vollkommen übergeschnappt?"

„*Ihr* seid übergeschnappt. Die Orcs quetschen uns aus. Sie sind überall auf diesem gesegneten Kontinent und wir haben nur Theramore. Es ist jetzt drei Jahre her, seit die Brennende Legion vertrieben wurde. Verdienen wir nicht etwas Besseres, als die unterste Klasse in unserem eigenen Land zu sein, begrenzt auf diese Kloake von einem Stadtstaat?"

„Theramore ist eine genauso gute Stadt wie jede andere auch in den Ländern der Menschen." Der Soldat sprach die Worte mit verteidigendem Stolz, nur um in resignierterem Tonfall fortzufahren: „Aber es ist wahr, die Orcs besitzen das größere Territorium. Deshalb ist Nordwacht so wichtig. Es erlaubt uns, die Verteidigung jenseits der Mauern von Theramore aufrechtzuerhalten."

„Außerdem", sagte der Erste Maat und lachte verhalten in seinen Bierkrug, „mögen uns die Orcs dort nicht sonderlich. Wenn Ihr mich fragt, ist das Grund genug, es zu behalten."

„Niemand hat Euch gefragt", versetzte der Händler abfällig.

Der andere Mann am Tresen – Erik hatte sich ans untere Ende der Theke bewegt und erkannte, dass es der Buchhalter war, der in den Docks arbeitete – mischte sich ein. „Vielleicht sollte das aber jemand tun. Die Orcs führen sich auf, als ob Ihnen Kalimdor gehörte und wir die Besucher wären. Aber dies ist auch unsere Heimat, und es wird Zeit, dass wir danach handeln. Orcs sind keine Menschen, stammen nicht mal von dieser Welt. Mit welchem Recht schreiben sie uns vor, wie wir leben sollen?"

„Sie haben das Recht, *ihr* Leben zu leben, oder nicht?", fragte der Händler.

Der Soldat nickte. „Sie haben es sich verdient, als sie gegen die Brennende Legion gekämpft haben. Waren gegen sie ..." Er kippte den Rest seines Schnapses hinunter, dann schubste er den Becher zu Erik. „Gib mir Bier."

Erik zögerte. Er hatte schon nach der Flasche mit Eberschnaps gegriffen. Dieser Soldat kam ins Dämonenhaupt, seit Erik es eröffnet hatte, und er hatte selten etwas anderes bestellt.

Aber die dreijährige Stammkundschaft verschaffte ihm das Privileg, sich für einen Geschmackswechsel nicht rechtfertigen zu müssen. Außerdem, solange er bezahlte, hätte er auch Seifenlauge trinken können, soweit es Erik betraf.

„Fakt ist nun mal“, sagte der Kapitän, „dies ist unsere Welt, durch unser Geburtsrecht. Die Orcs sind nur Gäste in unserer Heimat, und es wird höchste Zeit, dass sie sich auch so *benehmen.*“

Von da an kam die Unterhaltung wieder in Fahrt. Erik servierte ein paar weitere Drinks, warf ein paar Becher ins Spülbecken, die später gereinigt werden sollten, und erst als er dem Händler ein weiteres Bier gab, bemerkte er, dass Margoz, der die ganze Unterhaltung begonnen hatte, gegangen war.

Er hatte nicht mal Trinkgeld dagelassen. Erik schüttelte empört den Kopf. Den Namen des Fischers hatte er längst wieder vergessen. Aber er würde sich an sein Gesicht erinnern. Und vielleicht in den nächsten Drink spucken, sollte der Bastard noch einmal vorbeikommen. Nur einen Drink nehmen und Stunk machen … Erik hasste Unruhestifter in seiner Taverne. Hasste sie einfach.

Mehrere Leute begannen, sich über die Orcs zu beschweren. Einer, der kräftige Kerl neben dem Soldaten, knallte seinen Bierkrug so fest auf die Theke, dass etwas Flüssigkeit auf den Dämonenschädel spritzte. Seufzend nahm Erik ein Tuch und brachte die Sache wieder in Ordnung.

Früher wäre Margoz zu ängstlich gewesen, allein im Dunkeln durch die Straßen von Theramore zu gehen. Und das, obwohl es kein echtes Verbrechertum in einer so kleinen Gemeinde gab, jeder kannte jeden, und wenn nicht, kannte man jemanden, der den Fraglichen kannte. Deshalb war Kriminalität eher selten. Die wenigen Verbrechen wurden generell schnell und rigoros von Lady Prachtmeers Soldaten bestraft.

Trotzdem, Margoz war immer klein und schwach gewesen, und die Großen und Starken neigten dazu, die Kleinen und Schwachen zu quälen. Deshalb vermied es Margoz normalerweise, nachts allein herumzulaufen. Man wusste nie, welcher große und starke Kerl nur darauf lauerte zu zeigen, wie groß und stark er war, indem er einen Kleineren verprügelte. Oft schon war Margoz der Leidtragende gewesen. Er hatte schnell gelernt, dass es das Beste war zu tun, was man ihm sagte, und diese Leute zufriedenzustellen, wollte man Gewalt vermeiden.

Aber heute spürte Margoz diese Angst nicht mehr. Oder jede andere Form von Angst. Denn jetzt hatte er einen Beschützer.

Zugegeben, auch diesmal musste er nach der Pfeife eines anderen tanzen. Aber dieses Mal war der Lohn dafür Macht und Reichtum. Früher war die Belohnung gewesen, nicht verprügelt zu werden. Vielleicht tauschte er nur eine Angst gegen eine andere ein. Aber Margoz fand, dass sich die neue deutlich mehr auszahlte.

Vom Hafen wehte eine salzige Brise heran. Margoz atmete tief ein, der Geruch erfrischte ihn. Er hatte zumindest teilweise die Wahrheit im Dämonenhaupt gesagt; er war Fischer, auch wenn er niemals ein wirklich guter gewesen war. Aber anders als behauptet hatte er nicht gegen die Brennende Legion gekämpft. Er kam hier erst an, nachdem diese schon geschlagen war. In dieser Stadt erhoffte er sich mehr Möglichkeiten als in Kul Tiras.

Es war nicht *sein* Fehler, dass seine Netze minderwertig gewesen waren. Bessere konnte er sich nicht leisten. Aber das musste man mal den Aufsehern bei den Docks erzählen und zusehen, was einem das einbrachte.

Er hatte sich meist Prügel eingehandelt.

Deshalb war er nach Kalimdor gegangen und dem Strom von Menschen gefolgt, die darauf hofften, den Leuten von Lady Prachtmeer ihre Dienste anbieten zu können. Aber Margoz war nicht der einzige Fischer gewesen, der seine Dienste offeriert hatte, noch war er auch nur annähernd einer der fähigsten. Bevor er seinen Beschützer traf, war Margoz praktisch pleite gewesen. Sein Fang reichte nicht mal aus, um sich selbst zu ernähren, ganz zu schweigen davon, dass er etwas hätte verkaufen können. Und er überlegte ernsthaft, sich einfach den Anker seines Bootes zu schnappen und mit ihm über Bord zu springen. Um sich von allem Elend zu befreien.

Aber dann war der Beschützer aufgetaucht und alles wurde besser.

Margoz bekam bald eine bescheidene Wohnung. Sein Beschützer hatte ihm verboten, in etwas Besseres umzuziehen. Obwohl er ihn darum gebeten hatte – der Beschützer nannte es *Betteln* und *ungehörig* –, wegen der schlechten Durchlüftung, dem ärmlichen Mobiliar und den Ratten. Aber der Beschützer hatte ihm versichert, dass ein plötzlicher Wohlstand zu große Aufmerksamkeit auf ihn gelenkt hätte. Denn bislang war er unbeachtet geblieben.

Bis heute Abend, als er den Befehl erhalten hatte, ins Dämonenhaupt zu gehen und gegen die Orcs Stimmung zu machen. Früher hätte er es niemals gewagt, auch nur einen Fuß an solch einen Ort zu setzen. Der Typ Mensch, der ihn gern verprügelte, pflegte sich in solchen Tavernen in großer Zahl zu versammeln, weshalb Margoz es vorzog, diese Lokale zu meiden.

Oder besser: Er *hatte* es vorgezogen, sie zu meiden.

Er betrat seine Kammer. Ein Bett, dessen Matratze dünner war als eine Scheibe Brot; eine Decke aus Sackleinen, die so stark kratzte, dass man sie nur benutzte, wenn der Winter besonders hart war und es sich nicht vermeiden ließ; eine Lampe und sonst herzlich wenig mehr. Eine Ratte huschte durch den Raum und verschwand in einem der zahlreichen Risse in der Wand.

Er seufzte, weil er wusste, was als Nächstes getan werden musste. Abgesehen davon, dass er nicht in ein besseres Quartier umziehen durfte, hasste Margoz am Abkommen mit dem Beschützer am meisten den Geruch, den der verströmte. Es war irgendein Nebeneffekt der Magie, die er verwendete. Aber was auch der Grund sein mochte, es störte Margoz. Trotzdem war es die Sache wert, schon wegen der Macht. Und der Freiheit, durch die Straßen zu gehen und im Dämonenhaupt zu trinken, ohne Angst vor körperlicher Gewalt haben zu müssen.

Er schob seine Hand unter den Kragen und griff unter sein Hemd. Margoz zog eine Kette hervor, an der ein Silberanhänger hing, die Darstellung eines in Flammen stehenden Schwertes. Er umklammert ihn so fest, dass er spürte, wie sich die Kanten des Talismans in seine Handballen bohrten. Dabei sagte er die Worte, deren Sinn er nie verstanden hatte, die ihn aber jedes Mal, wenn er sie aussprach, mit einer unaussprechlichen Ehrfurcht erfüllten: „*Galtak Ered'nash. Ered'nash ban galar. Ered'nash havik yrthog. Galtak Ered'nash.*"

Der Gestank von Schwefel erfüllte den kleinen Raum. Das war der Teil des Paktes, an den sich Margoz nie gewöhnen würde.

Galtak Ered'nash. Hast du getan, was ich dir befohlen habe?

„Ja, Herr, das habe ich." Margoz war verlegen, als er erkannte, dass seine Stimme viel zu hoch klang, fast piepsig. Er räusperte sich und bemühte sich um eine tiefere Tonlage. „Ich habe getan, was Ihr verlangt habt. Sobald ich die Schwierigkeiten mit den Orcs erwähnte, hat mir fast jeder in der Taverne zugestimmt."

Fast?

Margoz gefiel die Drohung nicht, die in der einsilbigen Erwiderung schwang.

„Ein Mann war nicht so leicht zu überzeugen, aber die anderen haben sich alle gegen ihn gestellt. Diente als Blitzableiter für ihre Wut. Wirklich."

Vielleicht. Du hast gute Arbeit geleistet.

Margoz seufzte erleichtert. Sein Herz hörte auf, wie rasend zu schlagen. „Danke, Herr, danke. Ich bin froh, Euch zu Diensten sein zu dürfen." Er zögerte. „Wenn Ihr erlaubt, Herr, wäre jetzt nicht ein guter Zeitpunkt, um über bessere Wohnverhältnisse nachzudenken? Ihr habt vielleicht die Ratte gesehen, die ..."

Du hast uns gedient. Du wirst belohnt werden.

„So wie ihr befohlen habt, Herr, aber … nun, ich hatte zu hoffen gewagt, dass die Belohnung *bald* kommen würde." Er entschloss sich, seine Ängste, die ihn ein Leben lang verfolgt und gequält hatten, als Argument anzuführen. „Ich war heute Abend in großer Gefahr, wisst Ihr? Ganz allein bei den Docks rumzulaufen, kann …"

Dir wird nichts geschehen, solange du mir dienst. Du musst niemals mehr Angst haben, Margoz.

„Na-natürlich nicht, ich weiß. Ich dachte nur …"

Du willst einfach nur das Leben leben, das dir nie gestattet war. Das ist ein verständlicher Wunsch. Sei geduldig, Margoz. Deine Belohnung kommt zu gegebener Zeit.

Der Schwefelgestank begann zu schwinden. Und von Margoz' Brust löste sich ein unsichtbarer eiserner Ring, der ihm vorübergehend das Atmen erschwert hatte. „Danke, Herr. *Galtak Ered'nash.*"

Schwach erklang die Stimme des Beschützers: *Galtak Ered'nash.* Dann wurde es wieder still in Margoz' Wohnung.

Ein Pochen ertönte an der Wand, gefolgt von der dumpfen Stimme seines Nachbarn: „Hört mit dem Krach auf. Wir wollen hier schlafen!"

Früher hätten solche Vorkommnisse Margoz vor Furcht zittern lassen. Doch heute ignorierte er sie einfach, legte sich auf sein Bett und hoffte nur, dass ihn der immer noch in der Luft hängende Gestank nicht vom Schlafen abhalten würde.

ZWEI

„Ich verstehe nicht, was für einen Sinn Nebel hat. Wem nützt er? Wem?“

Kapitän Bolik, Herr des Orc-Handelsschiffs Orgath’ar wusste, dass er seine Worte bereuen würde. Aber er fühlte sich verpflichtet, auf die Bemerkung seines Offiziersbürschchens einzugehen. „Muss er denn zu etwas nütze sein?“

Rabin schüttelte den Kopf und machte sich wieder daran, die Hauer seines Herrn zu reinigen.

So etwas machte nicht jeder Orc, aber Bolik hielt es als Kapitän der Orgath’ar für seine Pflicht, sich in bestmöglicher Art und Weise zu präsentieren. Die Orcs waren ein stolzes Volk, das seiner Heimat entrissen und versklavt worden war, sowohl von Dämonen als auch Menschen. Versklavte Orcs waren immer schmutzig und ungekämmt.

Doch um als freier Orc in Durotar zu leben, unter der gütigen Regentschaft des großen Kriegers Thrall, wollte Bolik so wenig wie möglich wie ein Sklave aus alten Tagen aussehen. Das bedeutete, dass man sich pflegen musste, so fremdartig dieses Konzept den meisten Orcs auch erscheinen mochte. Und das Gleiche erwartete er von seiner Mannschaft.

Am eifrigsten von allen befolgte Rabin die Anordnungen seines Kapitäns. Er hielt dessen Augenbrauen gestutzt, seine Hauer und Zähne sauber sowie die Fingernägel poliert und scharf. Wobei er Verzierungen auf ein gerade noch erträgliches Maß beschränkte – in Boliks Fall waren dies ein Nasenring und eine Tätowierung.

Als Antwort auf die Frage seines Kapitäns sagte Rabin: „Nun, alles auf der Welt dient doch *irgendeinem* Zweck, oder etwa nicht, Sir? Das Wasser zum Beispiel gibt es, um uns Fische zum Essen zu schenken und die Möglichkeit, mit dem Boot zu reisen. Die Luft ist dafür da, dass wir atmen können. Der Boden gibt uns ebenfalls Nahrung, nicht zu vergessen, dass wir darauf unsere Häuser errichten können. Aus Bäumen bauen wir Boote. Selbst Regen und Schnee sind nützlich. Sie spenden uns Wasser, das wir zum Leben benötigen, und es ist von anderer Art als jenes, das uns die See anbietet ... All das hat also eine weitreichende Bedeutung."

Rabin widmete sich konzentriert Boliks Fingernägeln, an denen er feilte. Indes lehnte sich der Kapitän auf dem Schemel entspannt gegen die Bordwand.

„Und Nebel", fuhr Rabin nach kurzem Schweigen fort, „sollte da gar keinen tieferen Sinn haben?"

„Alles, was er tut, ist, uns im Weg zu sein – einen Nutzen kann ich daran nicht erkennen!" Bolik grinste, und seine frisch polierten Zähne glänzten im schwachen Schein der Laterne, die die Kajüte erhellte. Durch das Bullauge drang wegen des dichten Nebels, über den sich

Rabin gerade ausließ, kein Licht. „Aber Schnee und Regen sind uns schließlich auch nicht selten im Weg."

„Wohl wahr, Kapitän, wohl wahr." Rabin beendete die Schärfung des Daumennagels und wandte sich den anderen Fingern zu. „Aber wie ich bereits sagte: Schnee und Regen erfüllen einen höheren Zweck. Selbst wenn sie uns mitunter hinderlich sind, hat man doch wenigstens etwas davon, wenn man sich nur entsprechend darauf vorzubereiten weiß ... Doch sagt mir, Sir, wie bereitet man sich auf Nebel vor? Er verstellt uns dem Anschein nach tatsächlich nur die Sicht, ohne dafür etwas Sinnvolles zurückzugeben."

„Vielleicht." Bolik betrachtete seinen Burschen. „Oder vielleicht haben wir beide seinen geheimen Zweck nur noch nicht erkannt. Immerhin gab es einmal Zeiten, in denen wir nicht mal wussten, dass Schnee einfach nur gefrorener Regen ist. Die Orcs von damals sahen Schnee genauso als Problem an wie wir heute zum Beispiel den Nebel. Doch schließlich wurde, wie du bereits bemerkt hast, sein wahrer Nutzen erkannt, nämlich, uns mit Trinkwasser in den kälteren Jahreszeiten zu versorgen. Deshalb ist es nicht der Fehler des Nebels, sondern unserer, wenn wir die Wahrheit noch nicht begreifen. Und so soll es wohl auch sein. Die Welt sagt uns, was wir wissen müssen, sobald wir dafür bereit sind – keinen Moment vorher. Das ist der Lauf der Dinge."

Rabin dachte über die Worte des Kapitäns nach, während er das Schärfen beendete und mit dem Polieren begann. „Ich vermute, das mag so sein, Sir. Aber das hilft uns heute nicht weiter, oder?"

„Nein, da hast du recht. Wie geht die Mannschaft damit um?“

„So gut sie kann, denke ich“, erwiderte Rabin achselzuckend. „Der Ausguck sagt, er kann von da oben nicht die Hauer in seinem eigenen Gesicht sehen.“

Bolik runzelte die Stirn. Das Boot schaukelte die meiste Zeit relativ gleichmäßig, doch jetzt hüpfte es ein wenig stärker. Das bedeutete normalerweise, dass sie in das Kielwasser eines anderen Schiffes geraten waren.

Bolik stand von seinem Schemel auf, obwohl Rabin noch nicht fertig war, und sagte: „Wir beenden das später, Rabin.“

Rabin erhob sich von seinen Knien und nickte. „Aye, Kapitän.“

Bolik nahm den Stab seines Vaters und verließ die Kajüte durch den schmalen Gang dahinter. Die Orgath'ar, die Bolik nach Orgath – seinem stolzen Vater und dem ursprünglichen Besitzer des Stabes, der im Kampf gegen die Brennende Legion gefallen war –, benannt hatte, war von Gnomen gebaut worden, weil er nur das Beste wollte.

Der Schiffsbauer, ein schlauer alter Gnom namens Leyds, hatte Bolik versichert, dass er die Gänge extra breit anlegen würde, um der Leibesfülle von Orcs gerecht zu werden. Unglücklicherweise waren die Auffassungen der Gnome von „extra breit“ ein klein wenig anders als die von Bolik. Deshalb musste sich der Kapitän doch ziemlich anstrengen, um es zu schaffen, seinen massigen Körper durch den Treppenaufgang zu zwängen, der zum Deck führte.

Als er die Treppe hinaufstieg, sah er seinen Ersten Maat Kag heruntersteigen, der sofort stehen blieb, als er den Kapitän gewahrte. „Ich wollte gerade zu Euch, Sir.“ Kag lächelte und seine langen Hauer trafen fast seine Augen. „Ich hätte wissen müssen, dass Ihr die Veränderung spürt.“

Bolik lachte, aber als er wenig später in Begleitung des Maats auf das Deck trat, bereute er es, Kag nicht zu sich nach unten gerufen zu haben. Der Nebel war so dicht, dass er mit dem Schwert hätte geschnitten werden können.

Bolik kannte die Orgath'ar jedoch gut genug, um selbst vollkommen blind zur Reling zu finden – was momentan auch die einzige Möglichkeit der Fortbewegung in der dicken Nebelsuppe war. Kag folgte ihm und stand dem Kapitän praktisch Auge in Auge gegenüber, um ihn überhaupt sehen zu können.

Bolik begriff, dass er nicht in der Lage sein würde, irgendein anderes Fahrzeug jenseits der eigenen Schiffsbretter auszumachen. Es war sogar so schlimm, dass es keinen einzigen *sichtbaren* Beweis gab, überhaupt selbst auf dem Wasser zu schwimmen, weil auch das im Grau verschwand. Er drehte sich um. „Wie ist die Lage?“

Kag schüttelte seinen Kopf. „Schwer zu sagen. Der Ausguck kann wenig erkennen, behauptet aber steif und fest, Schiffsumrisse bemerkt zu haben. Dabei meint er einmal, eins von Theramores Kriegsschiffen erkannt zu haben, dann wieder, es sehe aus wie ein ganz normales Menschen- oder Orc-Boot.“

„Und was glaubst du?“

Ohne zu zögern sagte Kag: „Auf den Mann im Ausguck ist normalerweise Verlass, er würde nichts melden, wenn er nicht felsenfest davon überzeugt wäre. Wenn er also sagt, er habe Theramores Kriegsschiff gesehen und dann wieder etwas anderes, bedeutet das für mein Dafürhalten, dass er jedes Mal verschiedene Dinge gesehen hat. Mit anderen Worten, ich glaube, es sind *zwei* Schiffe. Außerdem ist das Kielwasser stark genug für zwei – oder für eins, das im Kreis fährt. In diesem Nebel ist aber die eine Erklärung so wahrscheinlich wie die andere."

Bolik nickte. Vielleicht konnte ihr Ausguck, Vak, bei etwas aufklarender Sicht sogar sagen, ob das mutmaßliche Fischerboot von Gnomen oder Menschen gebaut worden war – und ob der Marinetransporter aus der Zeit vor oder nach der Invasion der Brennenden Legion stammte.

„Drei Schiffe auf so engem Raum", brummte er, „bedeuten Ärger. Wir sollten das Horn blasen. Holt ..."

„Schiff voraus!"

Bolik konzentrierte seinen Blick auf den Mast und versuchte, Vak zu erkennen. Aber alles über seinem Kopf wurde vom Nebel verschluckt.

Vaks Stimme klang vom „Krähennest" herunter – wie Menschen den Ausguck nannten. Die Erklärung dafür hatte Bolik nie verstanden. Er wusste, dass Krähen eine Vogelart waren, aber er war sich nicht sicher, was deren Nest mit einem Ausguck zu tun haben sollte. Wie dem auch sei, der Kapitän konnte Vak jedenfalls nicht erkennen.

Kag rief nach oben: „Was kannst du sehen?"

„Schiff nähert sich. Menschen! Haben keine Flagge gehisst, soweit ich das feststellen kann."

„Was ist mit dem Kriegsschiff?"

„Kann ich im Moment nicht ausmachen. Aber vor einem Augenblick war es noch da. Laufen parallel zu uns."

Bolik gefiel das nicht. Ein Menschenschiff ohne Flagge bedeutete normalerweise Piraten, was aber in dieser besonderen Situation nicht unbedingt sein musste. Flaggen waren in so starkem Nebel bedeutungslos. Und vielleicht waren die Menschen nicht in der Lage, das Orc-Schiff zu erkennen und sich veranlasst zu fühlen, eine eindeutige Identifizierung zu ermöglichen.

Darauf wollte Bolik es aber nicht ankommen lassen oder gar seine Ladung riskieren. Wenn er die Kisten nicht sicher zur Siedlung Klingenhügel brachte, wurde er auch nicht bezahlt – was bedeutete, dass die Mannschaft nicht entlohnt werden könnte. Tage, an denen eine Crew ihre Heuer verlor, waren niemals gute Tage für einen Schiffseigner.

„Blas das Horn! Und stell Wachen in den Frachtraum!"

Kag nickte. „Aye, Sir."

„Harpunen!"

Auf Vaks Ruf fluchte Bolik verdrossen. Harpunen konnten zweierlei bedeuteten: zum einen, dass das andere Schiff die Orgath'ar mit einer großen Meereskreatur wie einem Wal oder einer Seeschlange verwechselt hatte, zum anderen aber bedeuteten sie *Piraten* – die ihre Harpunen mit Enterseilen verknüpft hatten.

Weil Seeschlangen und Wale so weit im Norden eigentlich nicht anzutreffen waren, war sich Bolik sicher, dass Letzteres zutraf.

Die Harpunen krachten in das Deck, in die Seite des Abgangs, der zum Unterdeck führte, und bohrten sich auch in andere Stellen, die Bolik im Nebel nicht erkennen konnte. Dann strafften sich die Seile, die daran befestigt waren.

„Bereitet euch auf die Enterer vor!“, schrie Kag.

Bolik vernahm eine heisere Stimme, die rief: „Kappt die Seile!“

Er hörte etwas, das wie eine Faust klang, die auf Fleisch traf, dann folgte Kags Stimme: „Seid kein Narr! Schwerter können diese Seile nicht durchtrennen und Ihr seid im Falle eines Angriffs ungedeckt.“

Jede weitere Unterhaltung verstummte, als die ersten Enterer wie durch Magie aus dem Nebel auftauchten. Es waren Menschen, sah Bolik, und sie trugen keinerlei militärische Uniform. Abgesehen davon war sich Bolik nicht sicher, was sie überhaupt trugen. Die menschliche Begeisterung für Oberbekleidung über das absolut Notwendige hinaus war etwas, das Bolik immer wieder verwirrt hatte. Er wusste, was Lady Prachtmeers Soldaten zu tragen pflegten, aber das war es auch schon.

„Tötet die Piraten!“, schrie Bolik, aber seine Mannschaft hätte diese Aufforderung kaum gebraucht. Der Kampf entbrannte. Bolik nahm den Stab seines Vaters in die rechte Hand und schmetterte ihn gegen den am nächsten stehenden Menschen. Der duckte sich und machte einen Ausfallschritt mit seinem Schwert.

Bolik parierte die Klinge mit seiner Linken, aber als er seinen Stab über seinem Kopf für einen zweiten Schlag schwang, riss der Mensch sein Schwert nach oben und blockte ihn ab. Dabei lehnte er sich weit vor und brachte so seinen Bauch näher an Bolik heran, was es dem Orc-Kapitän leicht machte, den Gegner mit der Faust zu treffen. Vor Schmerz keuchend brach der Mensch auf dem Deck zusammen und Bolik hieb ihm den Stab ins Genick. Das beendete die Sache.

Zwei weitere Piraten sprangen auf Bolik zu. Zweifellos erwarteten sie, dass er angesichts ihrer Überzahl zurückweichen würde. Doch Bolik war aus anderem Holz geschnitzt. Als Sklave in dieser Welt geboren, war er von Thrall befreit worden und hatte geschworen, niemals wieder vor einem Menschen zurückzuweichen. Zugegeben, er hatte mit ihnen zusammen gekämpft. Aber er würde sich niemals vor ihnen beugen. Und schon gar nicht vor diesen beiden, die mit ihren Schwertern gegen ihn anrannten.

Der Pirat zu seiner Linken attackierte ihn mit seiner Klinge, einer gebogenen, wie sie Bolik nur ein einziges Mal zuvor gesehen hatte, während der zu seiner Rechten zwei Kurzschwerter schwang. Bolik blockte die gebogene Klinge mit seinem linken Arm, und dieses Mal fraß sich die Schneide in seinen Unterarm, während er den Stab dazu benutzte, um eines der beiden Kurzschwerter abzuwehren. Das andere Kurzschwert verfehlte Boliks Brust nur um Haaresbreite.

Obwohl der Treffer einen sengenden Schmerz durch seinen linken Arm jagte, ließ ihn Bolik blitzschnell nach unten sinken – noch während die Klinge darin steckte. Seine größere Stärke und die Hebelwirkung sorgten dafür, dass der Feind zur Linken jetzt entwaffnet war. Seine Waffe blieb in Boliks Fleisch.

Während er nach dem Piraten zu seiner Rechten trat, griff sich Bolik den Kopf des Linken, drückte ihn nach unten und zwang den Piraten so in die Knie. Der Angreifer mit den Kurzschwertern schlug nach, stolperte auf dem Decksboden und schaffte es gerade noch, dem Tritt auszuweichen. Aber letztendlich verlor er doch die Balance.

Bolik, dessen massige linke Hand immer noch auf dem Kopf des Piraten mit der Krummklinge ruhte, schleuderte den Narren zur Seite. Der Kopf des Menschen machte unliebsame Bekanntschaft mit dem Mast, der sich als eindeutig härter erwies.

Das gab dem anderen jedoch die Möglichkeit, wieder auf die Beine zu kommen. Als er mit seinen beiden Schwertern vorstürzte, wich Bolik seitlich aus, richtete seinen rechten Arm nach hinten und schwang den Stab über seinem Kopf, ehe er ihn mit fürchterlicher Gewalt auf den Schädel des Menschen niederfahren ließ und ihn augenblicklich tötete.

„Vak!“, brüllte Bolik zum Mast empor, während er die gebogene Klinge aus seinem Arm entfernte und sie neben ihren reglosen Besitzer auf die Decksplanken warf. „Blas das Horn!“

Die Piraten konnten die Sprache der Orcs nicht verstehen, deshalb würden sie nicht erwarten, dass ausgerechnet das Nebelhorn ertönte. Sekunden später erfüllte jedoch dessen ohrenbetäubender Lärm die Luft. Bolik war auf das Geräusch vorbereitet, das seine Knochen zum Vibrieren brachte.

Die Menschen, die Bolik sehen konnte, nicht. Sie waren für einen Moment völlig perplex. Darauf hatte Bolik gesetzt. Die Orcs nutzten ihren Vorteil. Auch Bolik wirbelte seinen Stab über seinem Kopf, bis er ein gutes Ziel fand. Er rammte die Waffe seines Vaters in die Schulter eines nahe stehenden Piraten, der zu Boden ging und vor Schmerzen wimmerte.

Bolik hörte eine Stimme ein Wort in der Menschensprache rufen, das, wie er sicher wusste, „Rückzug" bedeutete. Eine Einschätzung, die sich als richtig erwies, denn die Piraten begannen, über die Seile zurück zu ihrem Schiff zu klettern. Bolik sah, wie Kag das Bein eines Nachzüglers aufschlitzte, worauf dieser in die Große See stürzte und die rettenden Planken nie erreichte.

Kag schaute zu Bolik. „Sollen wir sie verfolgen?"

Bolik schüttelte den Kopf. „Nein. Lasst sie laufen." Es hatte keinen Zweck, dem anderen Schiff in diesem verdammten Nebel nachzustellen. „Überprüf lieber die Ladung."

Er blickte nach oben. „Ausguck, was ist mit dem anderen Schiff, dem der Marine?"

„Die haben sich nicht bewegt", sagte Vak, „bis wir das Nebelhorn geblasen haben. Dann haben sie abgedreht. Kann sie jetzt nicht mehr sehen."

Bolik ballte seine Hände zu Fäusten, seine Rechte umklammerte dabei den Stab seines Vaters so fest, dass er dachte, er würde ihn zerbrechen. Die Menschen waren ihre Verbündeten. Und wenn schon Lady Prachtmeers edle Soldaten in der Nähe kreuzten, warum hatten sie ihnen dann nicht geholfen, als die Piraten die Orgath'ar enterten?

„Sir“, sagte Kag. Forx, der Krieger der die Ladung bewachen sollte, begleitete ihn. „Eine der Kisten wurde zerstört, eine andere von einem Menschen über Bord geworfen, um seine Flucht zu decken.“

Forx fügte hinzu: „Sie haben die meisten ihrer Männer zu uns runtergeschickt. Wir haben sie gut zurückgeschlagen. Die hätten sonst alles mitgehen lassen.“

„Gut gemacht, Forx. Dafür wirst du belohnt werden.“ Bolik wusste aber auch, was die Bilanz bedeutete. Zwei verlorene Kisten, das hieß zwanzig Prozent verlorene Ladung und damit zwanzig Prozent weniger Einnahmen.

Bolik legte eine Hand auf Forx' Schulter. „Ihr sollt alle den Anteil erhalten, den ihr auch bekommen hättet, wenn die Ladung völlig intakt geblieben wäre. Die Differenz werde ich aus eigener Tasche decken.“

Kags Augen weiteten sich. „Ihr ehrt uns, Kapitän.“

„Nicht im Geringsten. Ihr habt mein Schiff verteidigt und sollt dadurch keinen Nachteil haben.“

Forx lächelte. „Ich informiere Eure Mannschaft, Sir.“

Als Forx gegangen war, wandte sich Bolik an Kag. „Stell die Schäden fest, schmeiß alle menschlichen Körper ins Meer und bring uns zurück auf Kurs.“ Er atmete tief ein, dann blies er die Luft durch seine Hauer aus. „Und wenn wir ankommen, will ich einen Boten sehen. Thrall muss sofort informiert werden.“

Kag nickte. „Aye, Kapitän."

Bolik starrte in den Nebel, der es den Piraten erlaubt hatte, so nah an sie heranzukommen, und entschied, dass Rabin offenbar doch recht hatte. Zumindest den Freibeutern war der fahle Dunst von großem Nutzen gewesen.

Was ihn Bolik allerdings um kein Jota sympathischer machte.

DREI

Lady Jaina Prachtmeer stand auf der Spitze eines der Hügel in der Nähe von Klingenhügel und schaute über den Flecken Erde, auf dem die unwahrscheinlichste Allianz der Weltgeschichte geschmiedet worden war.

Klingenhügel war selbstverständlich Orc-Territorium, aber Jaina und Thrall waren sich einig gewesen, dass es das Beste sei, ihr Treffen hier stattfinden zu lassen, in Thralls gewohnter Umgebung. Was Jaina betraf, so erlaubte die Magie ihr, ohne Zeitverlust dorthin zu reisen, wohin ihr gerade der Sinn stand.

Für sie war es eine regelrechte Erlösung gewesen, als Thralls Ruf sie erreicht hatte. Jainas ganzes Erwachsenenleben schien sich dadurch auszuzeichnen, dass stets eine Krise von der nächsten abgelöst wurde. Sie hatte Dämonen ebenso bekämpft wie Orcs und Kriegsherren und das Schicksal der Welt mehr als einmal in ihren Händen gehalten.

Einst war sie Arthas' Geliebte gewesen – als er noch als edler Krieger galt. Aber dann war er korrumpiert worden und verkörperte nun den Lichkönig, den grausamen Kriegsherr einer Welt, die wahrlich genug vom

Krieg gesehen hatte. Eines Tages würde sie sich ihm im Kampf stellen müssen. Medivh, der von Sargeras verfluchte Zauberer, der nicht hatte verhindern können, dass Dämonen und Orcs diese Welt überrannten, war mittlerweile zum treuen Verbündeten geworden. Er hatte Jaina und Thrall davon überzeugt, ihre beiden Völker eine Allianz mit den Nachtelfen bilden zu lassen, um gemeinsam gegen die Brennende Legion vorzugehen.

Nachdem die Menschen Theramore als ihre neue Heimat auf Kalimdor gegründet hatten, hatte Jaina gehofft, dass sich alles etwas beruhigen würde. Aber es wurde niemals wirklich ruhig, wenn man regierte. Selbst in Friedenszeiten nicht, und während sie die Tagesgeschäfte in Theramore führte, hatte sie festgestellt, dass sie sich nach den Zeiten, da sie um ihr Leben kämpfen musste, zurückzusehnen begann.

Zumindest war dies oberflächlich betrachtet so. Tatsächlich hatte sie nichts wirklich zu bedauern. Aber sie hatte die Gelegenheit für eine kurze Amtspause ergriffen wie ein Dürstender in der Wüste einen Wasserschlauch.

Sie stand am Rand der Kuppe und blickte auf das kleine Orc-Dorf am Fuße der Hügel hinab. Gut befestigte Hütten bedeckten die harsche braune Landschaft. Selbst in Friedenszeiten sicherten die Orcs ihre Heime. Ein paar Orcs liefen zwischen den Bauten herum, grüßten einander, und einige blieben stehen, um sich zu unterhalten. Jaina musste lächeln angesichts solch alltäglicher Banalität.

Dann hörte sie das tiefe, gleichmäßige Dröhnen, das die Ankunft von Thralls Luftschiff ankündigte. Sie drehte sich um und sah, wie es eintraf. Als es sich näherte, bemerkte sie, dass Thrall allein auf der Transportplattform stand, unter der mit heißer Luft gefüllten Hülle, die die Maschine durch die Luft bewegte. Besagte Hülle war mit einer Vielzahl von Symbolen verziert. Einige erkannte Jaina als Piktogramme einer frühen Version der Orc-Sprache. Ein anderes war das Zeichen von Thralls Familie, dem Eiswolf-Clan. Darin bestand der Hauptunterschied der Orc-Luftschiffe zu denen der Menschen. Die Luftschiffe, die Theramore von den Gnomen gemietet hatte, waren unpersönlich. Jaina fragte sich, ob die Art der Orcs nicht die bessere war, den toten Transportern etwas Persönlichkeit zu verleihen, wie man sie auch lebenden Lasttieren zugestand.

Wenn sie sich früher auf dem Hügel getroffen hatten, war Thrall immer von ein, zwei Wachen begleitet worden. Diesmal reiste er allein, was Jaina sehr besorgte.

Als sich das Luftschiff näherte, zog Thrall an einigen Hebeln, und es wurde langsamer, bis es schließlich über der Hügelkuppe schwebte. Thrall betätigte einen weiteren Mechanismus, senkte so eine Strickleiter ab und kletterte hinunter.

Wie die meisten Orcs hatte Thrall grüne Haut und schwarzes Haar, das er geflochten über der Schulter trug. Der schwarze Brustpanzer mit den bronzenen Dekorationen gehörte einst Orgrim Schicksalshammer, Thralls Mentor, der zugleich auch derjenige war, nach dem man Durotars Hauptstadt benannt hatte. Auf seinem Rücken trug der Kriegshäuptling Orgrims legendäre Waffe, den Schicksalshammer, der beidhändig geführt wurde. Jaina hatte gesehen, wie Thrall ihn in der Schlacht benutzt hatte. Das Blut von zahllosen Dämonen war von diesem großartigen Gerät vergossen worden.

Am meisten fielen an Thrall seine blauen Augen auf. Eine Farbe, die es bei den Orcs nur selten gab. Sie verrieten gleichermaßen Intelligenz und Freundlichkeit.

Vor drei Jahren, als Theramore und die Städte von Durotar aus dem Boden emporgewachsen waren, hatte Jaina Thrall einen magischen Talisman geschenkt: einen kleinen Stein in der Form einer der alten *Tirisfalen*-Runen. Jaina hatte das Gegenstück in ihrem Besitz. Thrall musste ihn nur festhalten und an sie denken, und Jainas Talisman begann zu glühen. Umgekehrt funktionierte es genauso.

Wenn sie ein geheimes Treffen wünschten, um Dinge zu besprechen, die einen von ihnen oder sie beide betrafen – oder wenn sie einfach nur wie zwei alte Freunde und Kampfgefährten miteinander reden wollten –, mussten sie nur den Talisman aktivieren. Jaina teleportierte dann zu der Hügelkuppe, und Thrall kam per Luftschiff dorthin, weil die Kuppe auf keinem anderen Weg zu erreichen war.

„Es tut gut, dich zu sehen, mein Freund", sagte Jaina mit einem warmen Lächeln. Und das meinte sie auch so. In ihrem ganzen Leben hatte sie keine ehrenhaftere und verlässlichere Person kennengelernt als den Orc.

Einst hätte sie auch ihren Vater und Arthas dazu gezählt. Aber Admiral Prachtmeer hatte darauf bestanden, die Orcs auf Kalimdor anzugreifen, und sich geweigert, seiner eigenen Tochter zu glauben, als sie ihm beteuerte, dass die Orcs genauso Opfer der Brennenden Legion waren wie die Menschen und gewiss nicht *böse*. Wie so viele Leute, die Jaina kannte, war Admiral Prachtmeer nicht in der Lage gewesen zu akzeptieren, dass sich die Welt seit seiner Jugendzeit verändert hatte und dass er gegen nichts anderes als diese Veränderung ankämpfte. Sein Denken schloss die Anwesenheit von Orcs ein. Jaina war in die schreckliche Lage geraten, ihren eigenen Vater an Thralls Volk verraten zu müssen, in der Hoffnung, dadurch das sinnlose Blutvergießen zu stoppen.

Ähnliches galt für Arthas. Aus ihm war eines der boshaftesten Wesen dieser Welt geworden. Und heute musste Jaina erkennen, dass sie dem Anführer der Orcs mehr vertraute als dem Mann, den sie einst geliebt hatte – oder selbst ihrem Vater.

Als ihr Vater angegriffen hatte, hatte Thrall Wort gehalten. Er hatte den Schmerz in Janias Augen gesehen, als sie ihm verriet, wie man den Admiral schlagen konnte. Und er war niemand, der die Welt so hinnahm, wie sie war. Er war als Kind in Gefangenschaft geraten und wurde von einem Menschen namens Aedelas Schwarzmoor groß gezogen, um der perfekte Sklave zu werden. Was selbst durch den Namen dokumentiert wurde, den man ihm verliehen hatte. Aber Thrall sprengte seine Ketten und führte die Orcs zuerst in die Freiheit und dann zu der alten Lebensweise seines Volkes zurück, die es durch die dämonischen Horden verloren hatte, als sie es auf diese Welt gebracht hatten.

Jetzt sah Jaina einen anderen Ausdruck in Thralls ungewöhnlich blauen Augen. Ihr lieber Freund war wütend.

„Wir haben nie ein Abkommen unterzeichnet, du und ich“, begann Thrall sofort und ohne Gruß. „Wir haben keine Regeln für unser Bündnis festgelegt. Wir haben auf unser mit Blut geschmiedetes Band vertraut, dass wir einander nie betrügen würden.“

„Ich habe dich nie betrogen, Thrall.“ Jaina verspannte sich kurz, schaffte es aber, ihre Gefühle unter Kontrolle zu halten. Die Andeutung des Verrats ohne den Austausch auch nur der geringsten Höflichkeiten verärgerte sie. Neben dieser völlig unbegründeten Anschuldigung wäre zumindest eine Anerkennung ihres Bundes angebracht gewesen. Aber das Erste, was eine angehende Magierin lernte, war, dass starke Gefühle und Zauberei sich nicht miteinander vertrugen. Sie verstärkte den Griff um den verzierten Holzstab, den sie bei sich führte, ein Vermächtnis ihres Mentors, des Erzmagiers Antonidas.

„Ich glaube auch nicht, dass *du* das getan hast.“ Thralls Tonfall war immer noch aggressiv. Anders als bei anderen Angehörigen seines Volks gehörte Schroffheit nicht zu Thralls normalem Naturell, was man zweifellos auf seine menschliche Erziehung zurückführen konnte. „Doch es scheint, dass deine Leute unseren Bund nicht so hoch schätzen wie du.“

Mit gepresster Stimme fragte Jaina: „Thrall, wovon redest du?“

„Eins von unseren Handelsschiffen, die Orgath’ar, wurde von Piraten aufgebracht.“

Jaina runzelte die Stirn. Sosehr sie sich auch bemühten, es zu unterbinden, blieb Freibeuterei doch ein Problem auf See. „Wir haben die Zahl der Patrouillen so stark erhöht wie eben möglich, aber …"

„Patrouillen sind nutzlos, wenn sie einfach nur *zusehen!* Der Ausguck der Orgath'ar *sah* eines von euren Patrouillenbooten in unmittelbarer Nähe des Geschehens. Es war nah genug, um selbst im herrschenden Nebel zu erkennen, was da vorging. Trotzdem taten sie nichts, um Kapitän Bolik und seiner Mannschaft zu helfen. Bolik ließ sogar das Nebelhorn blasen, doch deine Leute *rührten sich nicht.*"

Im Kontrast zu Thralls Wut völlig ruhig sagte Jaina: „Du sagst, euer Ausguck konnte sie sehen. Das heißt nicht unbedingt, dass sie auch die Orgath'ar sehen konnten."

Thrall schnaubte.

Jaina fuhr fort: „Deine Männer können besser sehen als wir. Und als unsere Leute das Nebelhorn gehört haben, haben sie es vielleicht für eine Warnung gehalten, einer drohenden Kollision aus dem Weg zu gehen."

„Wenn sie in Sichtweite meiner Leute waren, dann waren sie auch nah genug, um die Enterer zu *hören.* Meine Leute können besser sehen, das stimmt, aber auch wir kämpfen nicht lautlos. Ich *glaube* einfach nicht, dass deine Patrouille nicht bemerkt hat, was passiert ist."

„Thrall …"

Der Orc drehte sich um und warf die Hände in die Luft. „Ich habe gedacht, die Dinge wären hier anders! Ich habe geglaubt, dass dein Volk das meine endlich als gleichwertig betrachtet. Ich hätte erkennen müssen, dass uns die Menschen verraten, sobald es gegen die eigene Art geht."

Jetzt fiel es Jaina deutlich schwerer, ihr Temperament zu zügeln. „Wie kannst du so was nur sagen? Ich meinerseits habe geglaubt, dass du meinem Volk, nach allem, was wir gemeinsam durchgemacht haben, wenigstens *etwas* vertrauen würdest."

„Die Beweise ..."

„Welche Beweise? Mit wem außer mit Kapitän Bolik und seiner Mannschaft hast du gesprochen?"

Thralls Schweigen beantwortete Jainas Frage.

„Ich werde herausfinden, welches Patrouillenboot es war. Wo genau wurde die Orgath'ar angegriffen?"

„Eine halbe Meile vor der Küste nahe Ratchet, eine Stunde vom Hafen entfernt."

Jaina nickte. „Ich lasse das untersuchen. Diese Patrouillen werden von Nordwacht aus koordiniert."

Thrall spannte sich an.

„Was ist?"

Der Orc wandte sich ihr zu, um ihr ins Gesicht zu sehen. „Ich werde von vielen Seiten dazu gedrängt, Nordwacht mit Gewalt zurückzuerobern."

„Auch ich werde von vielen Seiten gedrängt, und zwar, es unter allen Umständen zu halten."

Thrall und Jaina schauten einander an. Jetzt, da er sie erneut ansah, bemerkte Jaina etwas anderes in den blauen Augen des Orcs: nicht länger Wut, sondern Verwirrung.

„Wie konnte es so weit kommen?" Thrall stellte die Frage mit ruhigerer Stimme, alle Streitlust schien aus ihm verschwunden zu sein. „Wie konnte es so weit kommen, dass wir uns über so etwas Närrisches streiten?“

Jaina musste lachen. „Wir sind Anführer, Thrall. Wir haben große Verantwortung.“

„Anführer führen ihre Krieger in die Schlacht.“

„Im Krieg, ja“, sagte Jaina. „In Friedenszeiten führen sie sie anders. Krieg ist eine große Mühsal, die das tägliche Dasein bestimmt. Aber wenn er vorbei ist, bleibt der Alltag übrig.“ Sie ging zu ihrem alten Kampfgefährten und legte ihre kleine Hand auf seinen massigen Arm. „Ich werde den Vorfall untersuchen, Thrall, und die Wahrheit herausfinden. Und wenn meine Soldaten ihre Pflicht verletzt haben, dann, das schwöre ich dir, werden sie bestraft.“

Thrall nickte. „Danke, Jaina. Ich entschuldige mich für die Vorwürfe. Aber mein Volk hat so viel erduldet. Ich habe so viel erduldet und ich will meinesgleichen nicht noch einmal schlecht behandelt sehen.“

„Das will ich auch nicht“, sagte Jaina sanft. „Und vielleicht …“ Sie zögerte.

„Was?“

„Vielleicht *sollten* wir einen formellen Vertrag schließen. Weil du vorhin recht hattest. Du und ich, wir trauen einander. Aber nicht alle Menschen und Orcs sehen das genauso. Und sosehr wir es uns ja auch wünschen mögen, wir werden nicht ewig leben.“

Thrall nickte. „Es ist oft so … schwierig, meine Leute daran zu erinnern, dass ihr nicht länger unsere Sklavenhalter seid. Sie wollen die Rebellion fortsetzen, obwohl die Zeit der Unterdrückung lange vorbei ist. Manchmal lasse ich mich auch mitreißen, besonders weil ich in Gefangenschaft von einer Kreatur aufgezogen wurde, die so bösartig wie irgendein Mitglied der Brennenden Legion war. Manchmal glaube ich das Schlechteste, und das wird auch mein Volk tun, wenn ich nicht mehr bin und sich niemand mehr an mich erinnert. Vielleicht hast du ja recht."

„Lass uns erst diese Krise lösen", sagte Jaina und lächelte Thrall an. „Dann reden wir über Verträge."

„Danke." Plötzlich schüttelte Thrall den Kopf und lachte.

„Was ist los?"

„Du bist eigentlich gar nicht mit ihr vergleichbar, aber … als du gerade gelächelt hast, nur für einen kurzen Augenblick, hast du mich an Tari erinnert."

Jaina wusste, dass Taretha Foxton, die er meist Tari nannte, die Tochter eines Mitglieds von Aedelas Schwarzmoors Haushalt gewesen war. Sie war der Schlüssel zu Thralls Flucht aus Schwarzmoors Klauen und hatte dafür mit ihrem Leben bezahlen müssen.

Die Orcs machten sie unsterblich, indem sie ein Lied über sie dichteten – ein *Lok'amon* chronologisierte die Gründung einer Familie, ein *Lok'tra* eine Schlacht, ein *Lok'vadnod* das Leben eines Helden. Seit Orc-Gedenken war der einzige Mensch, dem jemals ein *Lok'vadnod* gewidmet wurde, jene Tari.

Deshalb neigte Jaina ihr Haupt und sagte: „Ich fühle mich tief geehrt, mit ihr verglichen zu werden. Ich werde Oberst Lorena nach Nordwacht entsenden, und sobald ich Antwort habe, werde ich dich informieren."

Thrall schüttelte den Kopf. „Noch so eine Frau in deinem Militär. Ihr Menschen erstaunt mich manchmal."

Jainas Tonfall wurde frostig und sie umfasste ihren Stab wieder fester. „Was soll das heißen? Können Männer und Frauen nicht gleich sein in deiner Welt?"

„Natürlich nicht. Ich würde jedoch auch nicht sagen", ergänzte er schnell, bevor Jaina ihn unterbrechen konnte „dass sie *ungleich* sind. Genauso wenig, wie ich sagen würde, dass ein Insekt und eine Blume gleich sein könnten. Das sind zwei komplett verschiedene Dinge."

Dankbar für die Vorlage erzählte Jaina Thrall dasselbe, was sie Antonidas gesagt hatte, damals, als sie als junge Frau frech darauf bestanden hatte, seine Schülerin zu werden. Der Zaubermeister hatte ihr zur Antwort gegeben: „Es liegt genauso wenig in der Natur der Frau, Magierin zu werden, wie es in der Natur des Hundes liegt, eine Arie zu komponieren."

Und wie sie damals ihm erwidert hatte, sagte sie jetzt zu Thrall: „Ist nicht der Hauptunterschied, der uns von den Tieren trennt, der, dass wir unsere Natur ändern können? Immerhin gibt es Leute, die darüber diskutieren, ob die Natur der Orcs nicht das Sklavendasein ist ..." Dann schüttelte Jaina den Kopf. „Wie auch immer, es gibt viele, die so denken wie du. Aber genau deshalb müssen Frauen auch immer doppelt so hart arbeiten wie Männer, um dieselbe Position zu erreichen. Und deshalb vertraue ich Lorena mehr als jedem anderen meiner Offiziere. Sie wird die Wahrheit herausfinden."

Darauf warf Thrall seinen massigen Kopf zurück und lachte herzhaft. „Du bist eine unglaubliche Frau, Jaina

Prachtmeer. Du erinnerst mich daran, wie viel ich immer noch über die Menschen lernen muss, obwohl ich von ihnen aufgezogen wurde."

„Wenn man bedenkt, wer dich aufgezogen hat, würde ich eher sagen, *trotzdem* du von ihnen aufgezogen wurdest."

Thrall nickte. „Gut gekontert. Lass deinen weiblichen Oberst die Sache untersuchen. Wir reden wieder, wenn sie Ergebnisse vorzuweisen hat." Er ging zur Strickleiter, die immer noch von dem schwebenden Luftschiff herabhing.

„Thrall."

Er blieb stehen und drehte sich zu ihr um. Sie warf ihm den aufmunterndsten Blick zu, den sie überhaupt zustande brachte. „Wir werden dieses Bündnis nicht scheitern lassen, nicht wahr?"

Er schüttelte den Kopf. „Nein, das werden wir nicht." Dann erklomm er die Strickleiter.

Jaina murmelte eine Beschwörung in einer Sprache, die nur Magiern bekannt war. Dann atmete sie tief ein und aus. Ihr Magen fühlte sich an, als würde er durch ihre Nase herausgesaugt, als die Hügelkuppe, das Luftschiff, Thrall und Klingenhügel sich verschoben und die Landschaft um sie herum sich veränderte, alles undeutlich und diesig wurde. Einen Moment später verschmolz alles zur gewohnten Umgebung ihrer Räume im obersten Stockwerk der Burg von Theramore.

Meist bevorzugte sie es, die Regierungsarbeit in diesem kleinen Raum mit einem Tisch und Tausenden von Schriftrollen zu erledigen, der Thronsaal war ihr dafür nicht halb so lieb. Jaina saß ungern auf dem Symbol ihrer Herrschaft. Selbst während der wöchentlichen Termine, wenn sie Bittsteller empfing, ging sie normalerweise vor dem peinlich großen Ding auf und ab, anstatt sich darauf zu setzen; sie benutzte den Raum insgesamt sehr selten. Diese Kammer hingegen war mehr wie Antonidas Studierzimmer, wo sie ihre besondere Kunst perfektioniert hatte, geprägt von einem unaufgeräumten Schreibtisch und schlecht sortierten Schriftrollen. Die Ähnlichkeit zu jener Stube von einst machte es zu einem Zuhause.

Etwas anderes, was es in der Kammer nicht gab, dafür aber im Thronsaal, war ein Fenster mit Aussicht. Jaina wusste, dass sie niemals ihre Arbeit mit Blick auf Theramore hätte erledigen können. Sie würde abwechselnd von den Wundern, die dort entstanden, und der Furcht, für all das verantwortlich zu sein, abgelenkt werden.

Teleportieren war immer ein sehr intensiver, kräftezehrender Prozess. Und obwohl Jainas Training ihr inzwischen ermöglichte, unmittelbar nach Beendigung eines Sprungs kampfbereit zu sein, bevorzugte sie es doch, ein wenig Zeit zu haben, um sich zu erholen. Einen dieser Momente gönnte sie sich jetzt, Sekunden bevor sie nach ihrer Zofe rief.

„Duree!“

Die alte Witwe kam durch den Haupteingang. Die Kammer hatte drei Zugänge. Zwei kannte ein jeder, den, den Duree gerade benutzt hatte, und den, der zu Gang und Treppe und Jainas Privaträumen führte. Der dritte war ein Geheimnis, gedacht als Fluchtweg. Nur sechs Personen wussten davon, und fünf davon waren jene Arbeiter, die ihn gebaut hatten.

Duree schaute wütend durch die Gläser ihrer Brille auf Jaina. „Kein Grund, so zu brüllen. Ich sitze direkt vor der Tür – wie immer. Wie ist Euer Treffen mit dem Orc verlaufen?"

Seufzend erinnerte Jaina sie nicht zum ersten Mal: „Sein Name ist Thrall."

Duree fuchtelte so wild mit den Armen, dass die zierliche Frau fast das Gleichgewicht verloren hätte. Ihre Brille rutschte von ihrer Nase und baumelte an einem Band um ihren Hals. „Ich weiß, aber es ist ein so dummer Name. Ich meine, Orcs haben Namen wie Höllschrei und Schicksalshammer und Drek'Than und Burx oder so was. Und er nennt sich Thrall? Welcher Orc mit etwas Selbstachtung würde sich denn so rufen lassen?"

Jaina erklärte nicht, dass Thrall mehr Selbstachtung hatte als jeder andere Orc, den sie kannte, weil dieser Hinweis die vorherigen Hundert Male auch nicht in Durees Gedächtnis haften geblieben war. Stattdessen verbesserte sie: „Es heißt Drek'Thar, nicht Drek'Than."

„Wie auch immer." Duree pflanzte ihre Brille wieder auf die Nase. „Das sind gute Orc-Namen. Nicht Thrall. Doch egal, wie ist es gelaufen?"

„Wir haben ein Problem. Hol Kristoff. Und schick jemanden, der Oberst Lorena sucht und ihr sagt, dass sie einen Trupp zusammenstellen soll, der nach Nordwacht reist und mir von dort berichtet. Sobald sie mit den Vorbereitungen fertig ist, will ich sie sehen." Jaina saß an ihrem Tisch und begann die Schriftrollen zu sortieren. Auf diese Weise versuchte sie, die Schiffsberichte zu finden.

„Warum Lorena? Sollten nicht besser Lothar oder Pierce gehen? Jemand, der etwas weniger ... ich weiß nicht ... *weiblich* ist? Die in Nordwacht sind ein rauer Haufen."

Jaina fragte sich, ob sie diese Unterhaltung jedes Mal führen musste, wenn Lorenas Name fiel. „Lorena hat mehr Durchsetzungsvermögen als Lothar und Pierce zusammen. Sie wird das gut machen."

Duree schmollte, ein jämmerlicher Anblick bei einer so alten Frau. „Es ist nicht richtig. Das Militär ist keine Frauenarbeit."

Jaina gab es auf, nach den Schiffsberichten zu suchen, und funkelte ihre Zofe an. „Das gilt auch für das Regieren einer Stadt."

„Nun, das ist etwas anderes", beteuerte Duree schwach.

„Warum?"

„Weil es eben so ist."

Jaina schüttelte den Kopf. Drei Jahre, und Duree hatte immer noch keine bessere Antwort parat. „Hol einfach Kristoff und schicke nach Lorena, bevor ich dich in einen Molch verwandele."

„Wenn Ihr mich in einen Molch verwandelt, werdet Ihr nie wieder etwas in diesem Durcheinander finden."

Jaina warf frustriert ihre Hände hoch und sagte: „Ich kann schon *jetzt* nichts finden. Wo sind diese verdammten Schiffsberichte?"

Lachend antwortete Duree: „Kristoff hat sie. Ich sage ihm, er soll sie mitbringen, wenn er vorbeikommt. Soll ich?"

„Bitte."

Duree verbeugte sich, was ihre Brille dazu brachte, wieder abzurutschen. Dann verließ sie die Kammer. Jaina überlegte kurz, ob sie ihr einen Feuerball hinterherwerfen sollte. Dann entschied sie sich dagegen. Duree hatte recht. Ohne sie hätte Jaina wirklich rein gar nichts gefunden.

Augenblicke später trat Kristoff ein, mehrere Schriftrollen in den Händen. „Duree hat gesagt, Ihr wolltet mich sprechen, Mylady. Oder wolltet Ihr nur das hier?" Er zeigte auf die Dokumente.

„Eigentlich beides. Danke", fügte sie hinzu, als sie ihm die Rollen abnahm.

Kristoff war Jainas Kämmerer. Während sie Theramore regierte, war Kristoff derjenige, der es *verwaltete*. Sein Talent für interne Details prädestinierte ihn für den Job und war eines der ersten Dinge gewesen, die Jaina davon abgehalten hatten, Amok zu laufen, als das Anführersein zum ersten Mal zu viel für ihre nicht sehr breiten Schultern geworden war. Er war vor dem Krieg Hochlord Garithos Verwalter gewesen und hatte da sein legendäres Organisationstalent unter Beweis gestellt.

Selbstverständlich hatte er keine Karriere innerhalb des Militärs gemacht. Dazu war er zu schwach. Kristoff war zwar groß, aber spindeldürr. Er wirkte fast so zerbrechlich wie Duree, die aber immerhin ihr hohes Alter als Entschuldigung hatte. Sein dunkles, etwas mehr als schulterlanges und glatt fallendes Haar umrahmte ein hageres Gesicht mit Adlernase. Ein Gesicht, das immer finster dreinzuschauen schien.

Jaina erzählte Thralls Geschichte vom Angriff auf die Orgath'ar und dem Menschenschiff in der Nähe, das nichts getan hatte, um zu helfen.

Kristoff hob seine dünne Augenbraue und sagte: „Die Geschichte klingt nicht glaubwürdig. Eine halbe Meile vor Ratchet, sagtet Ihr?"

Jaina nickte.

„In diese Region wurden gar keine Boote geschickt, Mylady."

„Der Nebel war dicht. Ist es möglich, dass das Boot, das Kapitän Bolik gesehen hat, vom Kurs abgekommen ist?"

Kristoff nickte und überdachte den Punkt. „Wie auch immer, Mylady, es ist genauso gut möglich, dass dieser Kapitän Bolik falsch liegt."

„Das halte ich für unwahrscheinlich." Jaina ging auf die andere Seite ihres Tisches, setzte sich und legte die Schiffsberichte auf den einzigen freien Platz. „Orcs können besser sehen als wir, denkt daran, und sie neigen dazu, diejenigen mit den *besten* Augen in den Ausguck zu setzen."

„Wir müssen aber auch die Möglichkeit in Betracht ziehen, dass die Orcs lügen." Bevor Jaina widersprechen konnte – und sie wollte widersprechen –, hielt Kristoff seine langgliedrige Hand hoch: „Ich rede jetzt nicht von Thrall, Mylady. Der Kriegshäuptling der Orcs ist ein ehrenhafter Mann, das stimmt. Ihr tut recht daran, Euer

Vertrauen in ihn zu setzen. Ich glaube nur, dass er sich einfach darauf verlässt, was ihm seine Leute sagen."

„Und was könnte dahinterstecken?" Jaina kannte die Antwort, aber sie wollte sie von Kristoff bestätigt hören.

„Ich bleibe bei dem, was ich Euch die ganze Zeit schon erzähle, Mylady. Wir können es uns nicht leisten, den Orcs blind zu vertrauen. Einzelne Orcs haben sich als ehrenhaft erwiesen, ja, aber die ganze Rasse? Wir wären Dummköpfe, wenn wir annehmen würden, dass sie uns alle wohlgesonnen und so erleuchtet sind wie Thrall. Er war ein starker Verbündeter gegen die Brennende Legion. Und ich bewundere alles, was er geleistet hat. Aber das war doch nur zeitlich begrenzt." Kristoff legte seine schmalen Hände auf den Tisch und beugte sich zu Jaina vor. „Das Einzige, was die Orcs auf Linie hält, ist Thrall. Und in der Minute, in der er weg ist, das versichere ich Euch, Mylady, werden sich die Orcs wieder zurückverwandeln und alles tun, um uns zu vernichten."

Jaina lachte unfreiwillig auf. Kristoffs Worte spiegelten exakt Jainas und Thralls Gespräch wider. Allerdings hörte es sich aus dem Mund des Kämmerers weit weniger vernünftig und nachvollziehbar an.

Kristoff straffte sich. „Etwas amüsiert Euch, Mylady?"

„Nein. Ich glaube nur, Ihr bewertet die Lage falsch."

„Und ich glaube, Ihr unterschätzt sie. Dieser Stadtstaat ist alles, was Kalimdor davor bewahrt, komplett von den Orcs überrannt zu werden." Kristoff zögerte, was ungewöhnlich war. Der Kämmerer hatte Karriere gemacht, weil er geradeheraus war, was eine seiner nützlicheren Charaktereigenschaften war.

„Was meint Ihr, Kristoff?"

„Unsere Verbündeten sind besorgt. Der Gedanke eines ganzen Kontinents unter Orc-Herrschaft ist ... für viele verstörend. Derzeit passiert in dieser Hinsicht wenig, teilweise weil es andere Angelegenheiten gibt, aber ..."

„Aber gerade jetzt bin ich alles, was eine Invasion verhindert."

„Solange wie Lady Prachtmeer, die große Magierin und Siegerin über die Brennende Legion, über die Menschen auf Kalimdor herrscht, wird der Rest der Welt ruhig schlafen. Das wird sich ändern, sobald man glaubt, dass Lady Prachtmeer die Orcs nicht mehr auf Linie halten kann. Und die dann drohende Invasionsflotte wird die Flotte Eures verstorbenen Vaters wie ein paar verirrte Ruderboote erscheinen lassen."

Jaina lehnte sich auf ihrem Stuhl zurück. Die Wahrheit war, dass sie nur wenige Gedanken an die Welt jenseits von Kalimdor verschwendet hatte, weil sie zu beschäftigt damit gewesen war, Dämonen zu bekämpfen und dann Theramore aufzubauen. Und der Angriff ihres eigenen Vaters hatte deutlich gemacht, dass diejenigen, die nicht gemeinsam mit den Orcs gekämpft hatten, sie immer noch für wenig mehr als Tiere hielten.

Aber Kristoff hätte es besser wissen müssen. „Was schlagt Ihr vor, Kämmerer?"

„Dass dieser Kapitän Bolik nur ein Aufwiegler ist, der versucht, Thrall gegen Euch aufzubringen, gegen *uns*. Selbst mit Nordwacht stehen wir sehr allein. Wir könnten leicht von den Orcs eingeschlossen werden. Vor allem, wenn man bedenkt, dass die Trolle schon auf ihrer Seite sind und die Gnome wohl für niemanden Partei ergreifen werden."

Jaina schüttelte den Kopf. Kristoffs Vorhersage war der schlimmste Albtraum für jeden Menschen, der auf Kalimdor lebte. Es schien erst gestern gewesen zu sein, dass sie auf dem besten Weg gewesen waren, solche katastrophalen Entwicklungen unmöglich zu machen. Der Handel mit den Orcs lief reibungsfrei, im Brachland, neutrales Gebiet zwischen Durotar und Theramore, war alles ruhig, und die beiden Rassen, die einander einst verachtet hatten, lebten seit drei Jahren miteinander in Frieden.

Jaina wünschte sich, das alles wäre ein Symbol dafür gewesen, wie die Dinge sein sollten – oder war alles doch nur eine Atempause, in der sie sich von der Brennenden Legion erholen konnten, der nächste Sturm aber unmittelbar bevorstand?

Bevor Jaina sich weiter damit beschäftigen konnte, trat eine hochgewachsene, dunkelhaarige Frau ein. Sie hatte ein eckiges Gesicht, eine spitze Nase und breite Schultern. Sie trug die Standard-Uniform, bestehend aus einem Brustpanzer mit grünem Waffenrock, auf dem das ankerförmige Symbol von Kul Tiras prangte, der früheren Heimat der Familie Prachtmeer.

Die rechte Hand zum Gruß an der Stirn sagte sie: „Oberst Lorena meldet sich wie befohlen, Mylady"

Jaina erhob sich und erwiderte: „Danke, Oberst. Steht bequem. Hat Duree Euch gesagt, was benötigt wird?"

Jaina fühlte sich auf sonderbare Weise immer *klein* neben Lorena. Deshalb zog sie es vor, in ihrer Gegenwart zu stehen, wodurch sie glaubte, sich wenigstens das geringe Maß an eigener Stattlichkeit bewahren zu können, das sie sich selbst zugestand.

Lorena senkte ihre Hand und verschränkte beide Arme hinter dem Rücken. Aber sonst blieb sie aufrecht stehen wie ein Ladestock, mit perfekter Haltung. „Ja, Ma'am, das hat sie. Wir brechen innerhalb einer Stunde nach Nordwacht auf. Ich habe einen Läufer vorgeschickt, der Major Davin von unserer Ankunft informiert."

„Gut, das ist alles." Sie blickte vom Oberst zu ihrem Kämmerer. „Das gilt auch für Euch."

Lorena salutierte, machte auf dem Absatz kehrt und ging. Kristoff hingegen zögerte.

Weil er nichts sagte, fragte Jaina: „Was ist denn noch, Kristoff?"

„Es wäre eine gute Idee, wenn der Trupp, der Lorena nach Nordwacht begleitet, dort bliebe, um die Festung zu verstärken."

Ohne Zögern sagte Jaina: „Nein."

„Mylady ..."

„Die Orcs wollen uns komplett aus Nordwacht heraushaben, Kristoff. Und da klar ist, warum wir diesem Wunsch nicht nachgeben können, werde ich mich nicht zu einer Provokation hinreißen lassen, wie sie die Verstärkung der Festung eindeutig darstellte. Ganz besonders nicht jetzt, da die Orcs glauben, dass wir ihnen unsere Hilfe gegen die Piraten versagt haben."

„Ich denke immer noch ..."

„Ihr seid entlassen, Kämmerer“, fiel ihm Jaina eisig ins Wort.

Kristoff blickte sie kurz finster an, dann verbeugte er sich knapp, breitete seine Arme aus und rang sich ein „Mylady“ ab, bevor er ging.

VIER

„Ich bin mir nicht sicher, ob ich verstehe, wo das Problem liegt, Oberst …“

Lorena blickte aus dem Fenster des kleinen Wachraums in der Feste Nordwacht. Die Antwort kam von Major Davin, dem Festungskommandanten, der Lorena frustrierte, seit sie und ihr Sechsmann-Trupp vor einer Stunde eingetroffen waren.

Von seinem Platz an dem kleinen Tisch in der Mitte des Wachbüros hatte Davin, ein stämmiger Mann mit einem dichten Vollbart, Lorena eröffnet, dass sich ein Patrouillenschiff im Nebel verfahren hatte. Möglicherweise war es dieses Schiff gewesen, von dem die Orcs behaupteten, es gesehen zu haben.

Lorena drehte sich um. Sie schaute auf ihn herab – was leicht war, weil er saß. Aber auch stehend wäre Lorena größer als der Major gewesen. „Das Problem, Major, ist, dass die Orcs von uns Hilfe erwarten. Und dass sie die auch hätten kriegen müssen.“

„Wieso?“ Davin klang ehrlich überrascht.

„Sie sind unsere *Verbündeten.*“ Lorena konnte nicht glauben, dass sie das erklären musste. Davin war ein

Held im Krieg, der einzige Überlebende eines brutalen Massakers an der Eskorte eines Zauberers. Die Informationen, die er mitgebracht hatte, waren unbezahlbar gewesen.

Aber jetzt zuckte der Kriegsheld nur die Achseln. „Sie haben mit uns zusammen gekämpft, sicher, aber das geschah aus purem Selbstzweck, Oberst. Diese Wesen sind nicht mal *zivilisiert*. Der einzige Grund, weshalb wir uns mit denen zusammentaten, war Thrall. Und der ist es auch nur deshalb wert, weil er von Menschen aufgezogen wurde ... Was mit denen passiert, soll nicht unsere Sache sein."

„Lady Prachtmeer ist nicht dieser Ansicht", sagte Lorena mit gepresster Stimme, „und genauso sehe ich das auch." Sie drehte sich wieder um. Der Anblick der Großen See hier oben vom Fenster aus war spektakulär, und Lorena hätte diesen Anblick jederzeit Davins verdrießlichem Gesicht vorgezogen. „Ich habe meine Leute losgeschickt, um Kapitän Avinal und seine Mannschaft zu finden, damit ich ihre Version der Geschichte erfahre."

Jetzt stand Davin auf. „Bei allem gebührenden Respekt, Oberst, es gibt keine *Version*. Avinals Boot hat sich verfahren. Sie haben zurück auf Kurs gefunden. Sie kamen heim. Wenn ein Orc-Boot von Piraten angegriffen wurde, dann gut, aber es ist nicht unser Problem."

„Doch, genau das ist es." Sie dachte nicht daran, sich ihm zuzuwenden. „Piraten sind generell nicht gerade wählerisch darin, wen sie attackieren. Sie greifen Gnome, Orcs, Trolle, Oger, Elfen, Zwerge oder Menschen an. Und *wenn* es Piraten gibt, die so nah bei Ratchet operieren, dann *geht* es uns sehr wohl etwas an."

„Ich bin bereits seit drei Jahren auf diesem Posten." Davin klang nun gereizt. „Ich brauche Euch nicht, um etwas über die Mentalität oder die Vorgehensweise von Piraten zu lernen."

„Wenn das der Fall ist, solltet Ihr mich auch nicht dafür nötig haben, Euch erst daran erinnern zu müssen, warum ein angegriffenes Orc-Schiff Euch – und uns alle – etwas angeht."

Ein kleiner Gefreiter, dessen Uniform aussah, als wäre sie für jemanden gemacht worden, der einen ganzen Kopf größer war, klopfte schüchtern an die Tür der Wachstube. „Ähm, Sir, da sind Leute, die Euch sehen möchten – und Oberst Lorena ebenfalls, Sir, wenn das in Ordnung geht, Sir."

„Wer?", fragte Davin.

„Ähm, Kapitän Avinal, Sir, und ein Soldat, den ich nicht kenne."

„Das muss Strov sein", sagte Lorena. „Er ist derjenige, dem ich befohlen hatte, den Kapitän herzuschaffen."

Davin warf Lorena einen wütenden Blick zu. „Und wozu soll es gut sein, einen Mann zu beschämen, indem man ihn hier auf die Wache bringt wie einen gewöhnlichen Gauner?"

Lorena begann in Gedanken einen Brief an Lady Prachtmeer und General Norris zu schreiben, in dem sie empfahl, Davin zum Küchendienst zu versetzen. „Erstens, Major, hatte ich angenommen, Ihr würdet es begrüßen, wenn ich Euren Kapitän in Eurer Gegenwart vernehme. Zweitens, verfrachtet Ihr gewöhnliche Gauner etwa hierher statt in eine Zelle?"

Davin begnügte sich damit, weiterhin finster dreinzublicken. Eine Antwort auf die gestellte Frage gab er nicht. Deshalb wandte sich Lorena an den jungen Offizier. „Schickt sie beide herein, *bitte*, Gefreiter."

Irritiert sah der Gefreite zuerst zu Davin. Der Major nickte widerwillig und da erst gehorchte er.

Zwei Männer betraten das kleine Büro. Strov war die durchschnittlichste Person, die Lorena kannte. Allerweltsgröße, Allerweltsgewicht und Allerweltskörperbau, braunes Haar, braune Augen, schmaler Schnurrbart. Er sah aus wie viele männliche Erwachsene, was einer der Gründe dafür war, warum er ein so exzellenter Spürhund war. Er war ein so unscheinbarer Mensch, dass selten jemand seine Anwesenheit überhaupt bemerkte.

Der Mann, der Strov folgte, hatte das wettergegerbte Aussehen eines erfahrenen Seemanns. Sein Gang wirkte unbeholfen, als erwarte er, dass ein Schiffsdeck unter ihm schwankte. Sein Gesicht war von Falten durchzogen und gerötet, was von langen Aufenthalten an der frischen Luft zeugte.

„Kapitän Avinal", sagte Davin und kehrte zu seinem Stuhl zurück, „das ist Oberst Lorena. Lady Prachtmeer hat sie von Theramore hierhergeschickt, um herauszufinden, warum das Piratenschiff das Orc-Schiff angegriffen hat."

Avinal zuckte mit den Achseln. „Ich denke, das ist offensichtlich, Oberst."

Einen Moment lang zögerte Lorena. Sie nutzte die kurze Spanne, um Davin einen finsteren Blick zuzuwerfen. Dann widmete sie sich Avinal. „Der Grund, den der Major für mein Hiersein angegeben hat, ist nicht ganz korrekt. Ich weiß, warum ein Piratenschiff einen Orc-Händler angreift. Was ich nicht weiß, ist, warum Ihr ihm nicht beigestanden habt."

Avinal zeigte auf Strov und fragte: „Ist es das, warum dieser Mann und seine Leute mich und meine Mannschaft belästigt haben?"

„Strov und seine Kameraden haben nur die Befehle der Lady befolgt – genau wie ich."

„Ich habe eine Patrouille zu führen, Ma'am. Das kann dann ja wohl noch warten, bis ..."

„Nein, Kapitän, das kann es nicht."

Avinal blickte zu Davin. Davins Schulterzucken schien sagen zu wollen, dass er es nicht mehr in der Hand hatte. Dann sah der Kapitän wieder zu Lorena. „Na gut. Wann soll dieser Angriff stattgefunden haben?"

„Vor fünf Tagen. Wie wir von Major Davin erfahren haben, stecktet Ihr an diesem Morgen im Nebel fest."

„Ja, Ma'am, genau so war es."

„Habt Ihr irgendwelche anderen Schiffe an dem Morgen gesehen?"

„Schon möglich. Ein paar Umrisse, die ein Boot gewesen sein könnten. Ich bin mir nicht sicher. An einer Stelle waren wir aber auf jeden Fall nah an einem Boot. Es ließ sein Nebelhorn erklingen."

Lorena nickte. Das deckte sich mit dem, was die Orcs Lady Prachtmeer berichtet hatten.

„Aber wir haben nichts Eindeutiges gesehen. Man konnte die eigene Hand nicht vor Augen ausmachen. Ich segle schon fünfzig Jahre, Oberst, aber ich habe nie einen derartigen Nebel gesehen. Sargeras persönlich hätte übers Deck wandeln können und ich hätte es nicht bemerkt. Das Letzte, was uns interessiert hat, war ein Haufen Grünhäute."

Mehrere Sekunden lang starrte Lorena dem Kapitän tief in die Augen. Dann seufzte sie. „Sehr gut, Kapitän, danke. Das ist alles."

„Verdammte Zeitverschwendung", murmelte Avinal und verließ den Wachraum.

Nachdem der Kapitän gegangen war, sagte Strov: „Der größte Teil der Mannschaft lässt genau das Gleiche verlauten, Ma'am."

„Natürlich tun sie das", knurrte Davin. „Und zwar, weil es die Wahrheit ist, so wie es für jeden, der auch nur kurz darüber nachdenkt, auf der Hand liegt."

Lorena wirbelte herum. „Sagt mir, Major, warum habt Ihr nicht erwähnt, dass Kapitän Avinal einem anderen Boot nahe kam oder dass es sein Nebelhorn blies?"

„Ich dachte nicht, dass es wichtig wäre."

Lorena änderte ihren Brief im Geiste, sodass Davin nun doch eher zum Latrinendienst verdonnert wurde. „Es ist nicht Euer Job, Wichtigkeit zu werten. Es ist Euer Job, Eure Pflicht, den Befehlen Eurer Vorgesetzten zu folgen."

Davin atmete tief aus. „Oberst, Ihr wurdet hierhergeschickt, um herauszufinden, ob Kapitän Avinal irgendetwas falsch gemacht hat. Das hat er nicht. Und was zählt es, ob eine Horde Grünhäute ihre Ladung verloren hat?"

„Das haben sie gar nicht. Denn sie haben die Piraten selbst und sehr erfolgreich bekämpft."

Jetzt stand Davin ruckartig wieder auf. Er musterte Lorena, als zweifele er an ihrem Verstand. „Bei allem gebotenen Respekt, Ma'am, warum dann diese Befragung? Es ist ja nicht so, dass die Grünhäute unsere Hilfe *nötig* gehabt hätten. Weshalb werden wir also wie Verbrecher behandelt? Wie ich schon sagte, wir haben nichts Falsches getan und uns auch sonst nichts zuschulden kommen lassen!"

Lorena schüttelte den Kopf. Sie konnte dieser Sicht der Dinge absolut nicht zustimmen.

FÜNF

Byrok hätte sich nie vorstellen können, dass er einmal die glücklichste Zeit seines Lebens beim Fischen verbringen würde.

Auf den ersten Blick schien das nichts für einen Orc zu sein. Fischen hatte nichts mit Kämpfen zu tun, es gab keinen Ruhm zu ernten, keinen echten Kampf als Herausforderung, kein Ringen gegen einen gleichwertigen Feind. Es wurden keine Waffen benutzt und Blut floss auch nicht. Aber es war weniger, was er tat, als vielmehr das, *warum* er es tat. Tun konnte. Byrok ging fischen, weil er frei war.

In seiner Jugend war er auf die falschen Versprechungen von Gul'dan und dem Schattenrat hereingefallen, die eine neue Welt prophezeit hatten, wo der Himmel blau und die Bewohner leichte Beute für die hoch überlegenen Orcs sein würden. Byrok war zusammen mit anderen seines Clans Gul'dans Befehlen gefolgt, niemals ahnend, dass Gul'dan und der Rat Sargeras' Wünschen und denen seiner widerlichen Dämonen folgte. Und er hatte auch nicht erkannt, dass der Preis für diese neue Welt ihre Seelen sein sollten.

Es dauerte ein volles Jahrzehnt, bis die Orcs geschlagen waren. Entweder wurden sie von den Dämonen versklavt, die sie für ihre Wohltäter gehalten hatten, oder von Menschen unterworfen, die bewiesen, dass sie mehr Kampfgeist in sich trugen, als die Dämonen sich offenbar vorstellen konnten.

Dämonische Magie hatte Byroks Erinnerungen an sein Leben in der alten Orc-Heimat gelöscht. Und der Wunsch nach Verdrängung hatte seine Erinnerungen an die Zeit in menschlicher Gefangenschaft getilgt. Er erinnerte sich höchstens noch daran, dass die Arbeit hart und erniedrigend gewesen war und dass sie auch noch das bisschen Geist erstickt hatte, das ihnen die Dämonen am Ende ließen.

Dann aber war Thrall gekommen.

Alles hatte sich von da ab geändert. Der Sohn des großen Durotan, dessen Tod auf viele Arten das Ende der alten Lebensweise der Orcs bedeutet hatte, war ihrer aller Rettung aus dem Jammertal gewesen. Ihre Erlösung. Und Zukunft.

Thrall war seinen Peinigern entkommen und wandte die Taktiken der Menschen in der Folge gegen sie an. Er erinnerte die Orcs an ihre lange vergessene Vergangenheit, weckte längst Verschüttetes.

An dem Tag, an dem Thrall und seine wachsende Armee Byrok befreit hatten, hatte er geschworen, dass er dem jungen Orc dienen würde, bis einer von ihnen beiden starb.

Bislang war der Tod noch nicht gekommen, trotz größter Bemühungen von Menschensoldaten und Dämonenhorden. Ein niederes Mitglied der Brennenden Legion konnte immerhin für sich beanspruchen, Byroks rechtes Auge gestohlen zu haben. Im Gegenzug jedoch hatte Byrok den *Kopf* des Dämons für *sich* beansprucht.

Als der Krieg endete, als die Orcs sich in Durotar ansiedelten, erbat sich Byrok, aus dem Dienst entlassen zu werden. Sollte der Kriegsruf wieder erschallen, versprach Byrok, würde er jedoch zu den Ersten gehören, die den Umhang des Kriegers wieder anlegten, selbst mit nur einem Auge.

Vorerst aber wollte er nur seine Freiheit genießen, für die er so hart gekämpft hatte.

Thrall hatte sie ihm gewährt, ebenso wie allen anderen, die sie sich erbaten.

Byrok war natürlich nicht gezwungen, sich als Fischer zu verdingen. In Durotar gab es ausgezeichnetes Farmland. Weil die Südlande auf sumpfigem Gebiet lagen, bauten die dort lebenden Menschen kein Getreide an, sondern steckten ihre meiste Energie ins Fischen. Ihren Überschuss tauschten sie mit den Orcs gegen Getreide.

Aber Byrok wollte keinen Fisch, den Menschen gefangen hatten. Er wollte nichts mit Menschen zu tun haben, wenn es sich irgendwie vermeiden ließ. Ja, die Menschen hatten auf der Seite der Orcs gegen die Brennende Legion gekämpft. Aber das war ein Zweckbündnis gewesen. Menschen waren Monster, und Byrok wollte mit diesen unzivilisierten Kreaturen möglichst nichts zu schaffen haben.

Deshalb war es ein regelrechter Schock, als der einäugige Orc an seinem üblichen Angelplatz an Killrogs Küste sechs Menschen entdeckte.

Das Gelände, das Byroks Angelplatz umgab, war hohes Grasland. Byroks Gespür war – auch mangels heilem rechtem Auge – ein wenig eingerostet. Davon abgesehen fand sich aber tatsächlich keinerlei Hinweis darauf, dass irgendjemand außer ihm selbst kürzlich durch das Gras gelaufen war. Schon gar keine Menschen, die für solch kleine, leichtgewichtige Kreaturen traurig tiefe Abdrücke in der Natur hinterließen. Sie waren eben eher tumb in ihren Bewegungen.

Byrok sah auch keine Luftschiffe in der Nähe oder Boote auf dem Wasser innerhalb der Sichtweite der Fischgründe.

Wie sie eigentlich genau hierhergekommen waren, bereitete Byrok allerdings auch deutlich weniger Sorgen als die Tatsache, *dass* sie da waren. Er legte sein Angelzeug ab und löste den Morgenstern von seinem Rücken. Die Waffe war ein Geschenk von Thrall, nachdem der Kriegshäuptling ihn aus der Gefangenschaft befreit hatte. Byrok ging nirgendwo ohne ihn hin.

Wären die Leute bei Byroks Fischgründen Orcs gewesen, hätte er den Grund ihrer Anwesenheit erfragt. Aber Menschen, vor allem menschliche *Ruhestörer*, verdienten eine solche Behandlung nicht. Er würde ihre Absichten herausfinden. Im besten Fall waren es Narren, die sich zu weit nach Norden gewagt und nicht mitbekommen hatten, dass sie auf fremdes Gebiet vorgedrungen waren. Byrok lebte schon lange und hatte herausgefunden, dass Dummheit durchaus häufiger vorkam als echte Boshaftigkeit.

Aber im schlimmsten Fall konnte es sich auch um echte Eindringlinge handeln, und wenn das zutraf, würde Byrok sie nicht lebend aus seinen Fischgründen entkommen lassen.

Byrok hatte die Sprache der Menschen während seiner Gefangenschaft erlernt, deshalb verstand er auch die Unterhaltung der sechs. Zumindest die Worte, die er aufschnappte. Von da, wo er im hohen Gras kauerte, konnte er beileibe nicht alles verstehen.

Was er aber hörte, klang nicht gut. „Umsturz“ war eines der Wörter, „Thrall“ ein anderes. Genauso wie „Grünhaut“, eine abwertende Bezeichnung der Menschen für Orcs.

Dann verstand er den Satz: „Wir töten sie alle und nehmen uns den Kontinent.“

Ein anderer stellte eine Frage. Das einzige Wort, das Byrok davon verstand, war „Trolle“.

Derjenige, der den Kontinent erobern wollte, sagte darauf: „Die töten wir auch.“

Byrok schob das Gras beiseite und sah sich die Menschen genauer an. Ihm fiel nichts Besonderes auf. Alle Menschen sahen für Byrok gleich aus. Aber was der alte Orc bemerkte, war, dass die beiden, die ihm am nächsten standen, das Zeichen eines brennenden Schwerts am Körper trugen, einer als Tätowierung auf dem Arm, der andere als Schmuckstück, das an seinem Ohr baumelte.

Das Blut schien ihm in den Adern gefrieren zu wollen. Byrok erinnerte sich, wo er dieses Symbol schon einmal gesehen hatte. Es war lange her, damals, als die Orcs das erste Mal auf Gul'dans Geheiß in diese Welt gekommen waren. Jene Orcs damals nannten sich selbst *das Flammende Schwert*, und ihre Rüstungen und ihr Banner trugen dasselbe Symbol, wie es diese beiden Menschen zur Schau stellten. Das Flammende Schwert, das waren die verschworensten Anhänger des Schattenrats gewesen. Sie wurden später vernichtet und keiner aus diesem dämonenverliebten Clan überlebte.

Aber das hier waren *Menschen*, die das Symbol trugen. Und sie sprachen davon, Thrall zu töten!

Sein Blut kochte. Byrok stand auf und begann auf das Sextett zuzulaufen. Seinen Morgenstern schwang er über dem Kopf. Selbst bei seiner Masse war das einzige Geräusch, das er dabei verursachte, das Zischen, das seine kreisende Waffe hervorrief. Die mit Dornen gespickte Kugel rotierte um den Kopf des Orcs.

Aber das war unglücklicherweise offenbar Lärm genug. Zwei der Menschen, die beiden mit dem Schwertsymbol, wirbelten herum. Deshalb zielte Byrok auf den Nächststehenden der beiden, lenkte den Morgenstern direkt gegen den rasierten Schädel und ließ den Griff los. Er machte sich keine Sorgen darum, seine Waffe zu verlieren. Kein Mensch konnte das Ding aufheben, deshalb lag es sicher, bis er es sich holen würde.

„Ein Orc!"

„Wurde auch Zeit, dass mal einer auftaucht!"

„Tötet ihn!"

Weil das Überraschungsmoment weg war, brüllte er, so laut er nur konnte. Das schüchterte die Menschen immer ein. Dann sprang er auf einen zu, der einen Vollbart trug. Byroks gewaltige Faust kollidierte mit dem Kopf des Bärtigen.

Der mit dem rasierten Schädel umklammerte seine Schultern. Sehr zu Byroks Enttäuschung hatte er es geschafft, auszuweichen, und so vermieden, am Kopf getroffen zu werden. Nun versuchte er, den Morgenstern mit seiner unverletzten Hand hochzuheben.

Wenn er Zeit gehabt hätte, hätte Byrok schallend gelacht. Aber er war zu beschäftigt damit, den Schädel eines anderen Menschen in seine rechte Hand zu nehmen und den Gegner gegen einen seiner Kameraden zu werfen.

Doch ein anderer Mensch attackierte ihn von rechts und verhinderte die Ausführung der geplanten Aktion. Byrok verfluchte sich selbst, weil er vergessen hatte, dass er auf dieser Seite blind war. Er drosch mit seinem rechten Arm zu, obwohl in diesem Moment Schmerz in seine Seite schnitt.

Zwei weitere Menschen stürzten sich auf ihn, einer schlug ihn, der andere attackierte ihn mit seiner Klinge. Byrok schaffte es, auf das Bein eines der Angreifer zu treten und es augenblicklich zu brechen. Die Schreie seines Opfers stachelten den Orc an und er verdoppelte die Wucht seiner Attacke.

Aber es waren einfach zu viele Gegner. Obwohl zwei von ihnen schlimm verletzt waren, drangen sie doch vereint auf ihn ein. Und selbst Byrok konnte nicht sechs Menschen besiegen, wenn er unbewaffnet war.

Er erkannte, dass er seine Waffe brauchte, atmete tief ein, brüllte und stieß im selben Moment seine beiden

Fäuste mit aller Kraft nach vorn. Dadurch setzte er seine Feinde nur für einen Moment außer Gefecht, aber ein Moment war alles, was er brauchte. Er langte nach seiner Waffe, seine Finger schlossen sich um den Griff …

Bevor er sie heben konnte, hieben zwei der Menschen gegen seinen Kopf. Und ein weiterer trieb einen Dolch durch seinen linken Oberschenkel. Byrok schlug mit beiden Armen um sich, die Kugel des Morgensterns flog durch die Luft und verfehlte knapp einen der Menschen.

Dann, so ungern er das auch tat, sah er sich gezwungen, sein Heil in der Flucht zu suchen.

Es war eine harte Entscheidung für ihn, nicht nur wegen des Dolches, der immer noch aus seinem Oberschenkel ragte und ihn behinderte. Vor einem Kampf davonzulaufen, war schändlich. Aber Byrok wusste, dass er eine höhere Aufgabe zu erfüllen hatte. Das Flammende Schwert war zurück, nur dass es sich diesmal aus *Menschen* zusammensetzte. Und sämtliche Angreifer, nicht nur die beiden, bei denen es ihm vorher aufgefallen war, hatten das Zeichen des Flammenden Schwerts getragen, als Kette, als Tätowierung oder irgendetwas anderes.

Das war eine Information, die Thrall erreichen musste.

Deshalb rannte Byrok davon.

Oder besser gesagt, er humpelte. Seine Wunden forderten ihren Tribut. Selbst das Atmen wurde zum Kampf.

Aber er lief weiter.

Schwach erkannte er, dass ihn die sechs verfolgten, aber er konnte sich nicht darum kümmern. Er musste zurück nach Orgrimmar und Thrall berichten, was passiert war. Selbst verwundet waren seine Schritte raumgreifender als die der Menschen. Er konnte sie abschütteln. Wenn er erst weit genug vor ihnen war, würde er sie im Unterholz, das er besser kannte als jeder andere, abhängen. Außerdem erweckten sie den Eindruck, als wollten sie den Orc nur schlimm verprügeln, nicht töten. Sie wussten wahrscheinlich nicht, dass Byrok ihre plumpe Sprache verstand. Und ahnten so auch nicht, dass Byrok wusste, wer sie waren. Sie würden ihn nicht weiter verfolgen als bis zu dem Punkt, den sie für sich als Genugtuung verbuchen konnten.

Zumindest hoffte er das.

Es gab keine Gedanken mehr in Byroks Geist. Er befreite seinen Kopf von allem, was hinderlich war, um die vordringliche Aufgabe zu erfüllen. Er war nur noch darauf bedacht, einen Fuß sicher vor den anderen zu setzen. Der Boden schien unter seinen Sohlen zu pochen. Er ignorierte die Schmerzen in seinem Bein und an all den anderen Stellen, wo sie ihn geschlagen, getreten oder mit ihren Waffen verletzt hatten, ignorierte sogar, dass sein vor dieser Begegnung noch heiles Auge immer trüber wurde, ignorierte die Müdigkeit, die alle Stärke aus seinen Gliedern sog.

Er lief und lief.

Dann aber stolperte er. Sein linkes Bein blieb stehen, aber sein rechtes wollte weiterrennen, tat es, und deshalb stürzte er zu Boden, das Gesicht voran ins hohe Gras. Schmutz drang ihm in Mund und Nase und Augen.

„Ich … muss … aufstehen …“

„Du gehst nirgendwohin, *Monster.*“

Byrok konnte die Stimme hören, die Schritte der Menschen und den Druck fühlen, als sich zwei von ihnen auf ihn setzten und ihn so jeder Möglichkeit beraubten, sich zu bewegen. „Weil deine Zeit abgelaufen ist. Verstehst du mich?“

Byrok schaffte es, seinen Kopf zu heben, damit er die beiden Menschen ansehen konnte. Was aber nicht alles war, was er wollte.

Er spuckte sie an.

Die Menschen lachten. „Los, fangen wir an, Jungs. *Galtak Ered'nash!*“

Die anderen fünf antworteten im Chor: „*Galtak Ered'nash!*“

Dann begannen sie, wie von Sinnen auf den hilflosen Orc einzudreschen.

SECHS

Eine Stunde nach der Befragung von Davin und Avinal sammelte Oberst Lorena ihre Abteilung auf einer Lichtung außerhalb von Nordwacht. Felsen und mächtige Bäume sprenkelten die Landschaft. Wilder Wüstenbeifuss spross überall aus dem unebenen Boden hervor. Die Sonne knallte auf Boden und Pflanzen, ließ alles scheinbar glühen und sorgte für reichlich Wärme unter der Panzerung der Rüstungen.

Die meisten Männer, die Lorena mitgenommen hatte, waren dabei, weil ihre Namen oben auf dem Dienstplan gestanden hatten. Zwei jedoch hatte sie handverlesen.

Einer davon war Strov. Obwohl er noch jung war, vertraute sie ihm am meisten. Er versah seinen Dienst, ohne Fragen zu stellen, und konnte, wenn nötig, auch improvisieren. Aber ansonsten befolgte er seine Anweisungen buchstabengetreu. Außerdem besaß er die Fähigkeit, jemanden verfolgen zu können, ohne ihn aus den Augen zu verlieren oder seine Zielpersonen überhaupt wissen zu lassen, dass er ihr auf den Fersen war.

Der andere war das genaue Gegenteil von Strov. Jalod war ein altgedienter Soldat, der schon gegen Orcs gekämpft hatte, als noch niemand wirklich wusste, was ein Orc war. Gerüchte besagten, dass er Admiral Prachtmeer ausgebildet hatte, obwohl Lorena das nicht glaubte. Er hatte schon alles gesehen, alles getan … und alles überlebt. Nun konnte er ausschweifende Geschichten darüber erzählen, was er auch ausgiebig zu tun pflegte.

Strov sagte: „Wie ich schon im Wachbüro verlauten ließ, Ma'am, die Mannschaft hat bestätigt, was Kapitän Avinal meinte. Sie konnten da draußen nichts sehen. Ich bezweifle, dass sie etwas von der Orgath'ar und den Piraten mitbekommen haben."

„Und wenn sie dort waren", fügte ein anderer Soldat, ein Veteran namens Paolo, hinzu, „waren sie nicht in der Lage zu helfen. Die Seeleute, mit denen ich gesprochen habe, hatten alle Angst vor dem Nebel."

Mal, der Jahre zuvor in der Marine von Azeroth gedient hatte, nickte. „Man kann's ihnen nicht verübeln. Nebel ist das Schlimmste. Keine Möglichkeit, den Kurs zu bestimmen. Normalerweise ist es das Beste, man setzt Anker, bis es vorbei ist. Bin überrascht, dass sie es nicht getan haben, um ehrlich zu sein."

„Was macht das schon?" sagte Jalod.

Lorena runzelte die Stirn. „Was soll das jetzt …?"

„Diese Orcs haben Admiral Prachtmeers Flotte vernichtet! Töteten einen der besten Männer. Hätte ich Avinals Boot unter meinem Kommando gehabt, ich hätte den *Piraten* geholfen. Es ist eine Schande, dass Lady Prachtmeer die eigene Familie an diese Wilden verraten hat. Ihren eigenen *Vater* betrogen hat für solche …" Er suchte nach einem passenden Ausdruck, was ihm aber offenbar nicht rasch genug gelang, deshalb fuhr er fort: „Es ist beschämend, dass sie uns befohlen hat, diese Befragung durchzuführen. Wir sollten besser diese Monster jagen."

Alle traten bei seinen Worten verlegen von einem Fuß auf den anderen.

Zumindest alle außer Lorena, die ihr Schwert zog und die Spitze direkt auf Jalods Kehle setzte. Der alte Mann schien überrascht zu sein, und mehr als das. Seine blauen Augen weiteten sich vor Angst, was man selbst unter den Falten sehen konnte, die sein Gesicht durchzogen.

Lorena sagte leise und gerade deshalb so bedrohlich: „Sprecht niemals wieder in meiner Gegenwart schlecht von Lady Prachtmeer, Sergeant. Mich interessiert es nicht, mit wem Ihr zusammen gedient oder wie viele Trolle und Dämonen Ihr getötet habt. Wenn Ihr jemals so etwas auch nur wieder denkt, werde ich Euer Innerstes nach außen kehren und die Einzelteile an die Hunde verfüttern. Habe ich mich klar ausgedrückt?"

Strov trat vor. „Ich bin mir sicher, der Sergeant wollte Lady Prachtmeer nicht beleidigen, Ma'am."

„Natürlich nicht." Jalods Stimme klang jetzt brüchig. „Ich zolle ihr höchsten Respekt, Ma'am, Ihr wisst das. Es ist nur …"

„Was?"

Jalod schluckte, sein Adamsapfel stieß gegen Lorenas Schwertspitze. „Diesen Orcs kann man nicht trauen. Das ist alles, was ich sage."

Das war *nicht* alles gewesen, aber Lorena senkte ihr Schwert dennoch. Jalods jahrzehntelanger Dienst verschaffte ihm das Recht auf ein paar Zweifel, und seine Worte waren letztlich nur allzu verständlich für einen Mann, der wacker unter Lady Prachtmeer gedient hatte. Dessen Dienst zurückreichte bis in die Zeit, bevor Arthas dem Bösen verfallen war. Wäre es irgendjemand anders gewesen, hätte sie es nicht bei einer Verwarnung belassen, sondern ihn tatsächlich an Ort und Stelle ausgeweidet.

Lorena steckte ihr Schwert zurück. „Lasst uns zu den Docks zurückkehren. Es ist eine lange Reise bis nach Hause."

Als sie zu der Stelle marschierten, wo ihr Schiff vertäut lag, fragte sich Lorena, was eigentlich los war. Sie war ihr ganzes Erwachsenenleben lang Soldat gewesen. Als jüngstes von zehn Kindern, das einzige Mädchen, hatte sie Soldat werden wollen, genau wie ihre Brüder und ihr Vater. Sie hatte sich dafür sogar selbst davon überzeugt, ein Junge zu sein – bis ihr Körper sie in ihrem dreizehnten Sommer mit der Realität konfrontierte, dass sie genau das eben nicht war. Sie war so geschickt mit Schwert und Schild, dass ihr Vater seinen Widerstand schließlich aufgab und ihren Wunsch unterstützte, der Stadtwache von Kul Tiras beizutreten. Über die Jahre arbeitete sie sich in den Rängen nach oben, um schließlich im Krieg gegen die Brennende Legion Oberst unter Lady Prachtmeer zu werden.

Im Laufe der Zeit hatte sie ihren Instinkt geschärft. Den Instinkt eines Soldaten, der einer Familie von Soldaten entstammte. Und dieser Instinkt sagte ihr jetzt, dass hinter der Sache mit dem Patrouillenboot, das weder das Handelsschiff noch die angreifenden Piraten im Nebel gesehen hatte, mehr steckte. Der Verdacht war schon von dem Moment an in ihrem Hinterkopf herumgegeistert, da sie in Nordwacht angekommen war. Aber Jalods Worte hatten ihn noch bestätigt.

Sie war sich nicht sicher, was genau nicht stimmte. Aber sie hatte vor, genau das herauszufinden.

Als sie zum Rand der Lichtung marschierten, war Strov darauf bedacht, Sergeant Jalod die ganze Zeit im Auge zu behalten. Er wusste nicht, was in den alten Bussard gefahren war, aber Strov gefiel es nicht, kein bisschen.

Es war eine Sache, sich über die Orcs zu beschweren. Das war angesichts der Ereignisse vielleicht zu erwarten und verständlich. Wenngleich Strov selbst die Orcs eher für Opfer des dämonischen Einflusses hielt. Es war genauso sinnvoll, sie zu hassen wie Medivh, und der wurde als Held verehrt, trotz allem, was die Dämonen ihm angetan hatten.

Dennoch konnte Strov verstehen, warum einige Menschen die Orcs nicht ausstehen konnten.

Aber Lady Prachtmeer? Die Einzigen, die berechtigten Grund hatten, schlecht von ihr zu denken, waren die Brennende Legion und deren Sympathisanten.

Jalod hatte solche Ansichten in der Vergangenheit nie geäußert. Was Strov auf den Gedanken brachte, dass der Sergeant vielleicht allmählich verrückt wurde.

Das war nichts Ungewöhnliches. So etwas passierte

den besten Leuten. Aber es konnte alle anderen in Gefahr bringen. Was man in der Ausbildung beigebracht bekam, war, dass man sich auf die Leute in seiner Einheit verlassen können musste. Strov war sich nicht sicher, ob er sich auf Jalod noch verlassen konnte.

Strov war so damit beschäftigt, den Sergeanten im Blick zu behalten, dass ihm nur langsam etwas auffiel, das er eigentlich schon früher hätten bemerken müssen. Die Bäume und Felsen bildeten zusammen mit ein paar Lagerhütten eine fast kreisförmige Grenze. Als sie sich dem Rand des Kreises näherten, sah Strov vier Gestalten in Kutten, die sich hinter den Lagerhütten, den Bäumen und Steinen versteckt hielten. Sie waren gut verborgen, aber Strov hatte schärfere Augen als die meisten.

„Hinterhalt!"

Auf Strovs Ruf hin gingen alle sieben Soldaten in Kampfposition und zogen ihre Schwerter. Gleichzeitig sprangen sieben Gestalten – Strov waren also drei entgangen – aus der Deckung.

Die Gestalten waren massig, ihre Kutten konnten kaum verbergen, dass es sich um Orcs handelte. Aber der Stoff verhinderte, dass man erkennen konnte, um wen es sich genau handelte.

Strov fiel noch etwas auf, während er den Knüppel abwehrte, der gegen seinen Kopf schwang: Die Kutten hatten ein Emblem auf der Brust, ein brennendes Schwert. Strov kam es bekannt vor, aber er hatte keine Zeit, den Gedanken zu Ende zu führen, weil der vermummte Orc sein Bestes gab, um Strovs Leben auszulöschen.

Der Orc schlug weitere drei Mal mit seinem Knüppel

zu, und alle drei Hiebe parierte Strov. Nach dem dritten griff er selbst an und trat den Orc in den Bauch. Mit einer solchen Attacke hatte sein Gegner nicht gerechnet. Er strauchelte und Strov stieß mit dem Schwert nach. Doch selbst im Stolpern konnte der Orc den Vorstoß mit seinem Knüppel abblocken.

Zum Unglück des Orcs gewann Strov durch diese Aktion aber immer mehr Oberwasser. Er attackierte nun ohne Unterlass mit verschiedenen Stößen und Schlägen und hoffte darauf, den Orc unvorbereitet zu treffen. Aber sein Gegner war gewieft. Er hatte erstaunliche Reflexe und war nun auf weitere Tritte und Schläge von Strov vorbereitet.

Strov wusste, dass sich viele Menschen voll auf ihre Waffe verließen. Aber er selbst zog es vor, seinen ganzen Körper einzusetzen.

Er stieß nach unten und hoffte, dass der Orc tief genug kontern würde. Dadurch würde sich seine Abwehr öffnen und Strov könnte einen hohen Schlag auf den Schädel anbringen. Doch der Orc sah das voraus und hielt den Knüppel nur mit einer Hand, die andere hatte er erhoben, um sein Gesicht zu schützen.

Deshalb trat Strov dem Orc gegen das Bein. Der Tritt war nicht fest genug, um den Knochen zu brechen, aber der Orc stolperte und fuchtelte mit beiden Armen, um die Balance zu halten. Das gab Strov die Lücke, die er suchte, um dem Orc in die Brust zu stechen.

Zumindest dachte er das. Das Schwert durchdrang die Kutte mit Leichtigkeit, bis die Klinge halb eingedrungen war. Aber es fühlte sich nicht an, als ob sie in Fleisch schneiden würde. Und als er sie herauszerrte, was ihm mehr Mühe bereitete als erwartet, war auch tatsächlich kein Blut darauf zu sehen.

Strov biss die Zähne zusammen und konzentrierte sich, damit ihn die Überraschung darüber, kein Blut vergossen zu haben, nicht von seinem Gegner ablenkte, der jetzt wieder sicher auf den Beinen stand.

Strov atmete tief ein, griff erneut an und verbot sich jede Schwäche. Er schlug auf den Hals des Orcs ein, wurde abgewehrt, hieb dann sofort auf den Bauch, dann wieder gegen den Hals und noch einmal auf die Beine. Seine Arme schienen aufgrund ihrer Geschwindigkeit zu verschwimmen, als er den Orc weiter und weiter bedrängte und keinen Zoll Boden wieder preisgab. Er ließ seinem Gegner kaum Zeit zu parieren und hoffte, dass die Gegenwehr früher oder später erlahmen würde.

Plötzlich erschien wie aus dem Nichts eine Klinge und traf den Kopf des Orcs. Die Kutte wurde vom Stahl durchtrennt; eine Hälfte fiel herab und enthüllte das wütende grüne Gesicht eines männlichen Orcs. In seinen linken Hauer war ein brennendes Schwert eingraviert.

Die zu Hilfe geeilte Klinge gehörte Oberst Lorena. Strov nahm an, dass sie ihren eigenen Gegner bereits erledigt hatte.

Dann brüllte der Orc den Befehl zum Rückzug und alle riefen im Chor: „*Galtak Ered'nash!*“

Strov kannte viele Sprachen, darunter die der Orcs, Trolle, Gnome und Zwerge und ebenso alle vier Dialekte der Elfen. Doch diesen Ausruf hatte er noch nie zuvor gehört.

Als sein Gegner flüchtete, blickte sich Strov um und bemerkte, dass Ian und Mal am Boden lagen, der eine tot, mit aufgeschlitzter Kehle, der andere lebend, aber am Bein verletzt. Ansonsten waren Lorena, Jalod, Paolo und Clai unverwundet. Auch einer der Orcs lag am Boden, die anderen sechs suchten das Weite, zwei bluteten.

„Strov, Clai, verfolgt sie!“, rief Lorena, während sie zu Mal rannte.

Clai war der beste Kämpfer des Trupps. Strov sah, dass sein Mitstreiter jede Menge Orc-Blut an seinem Schwert hatte. „Konntest du das Fleisch treffen?“, fragte Strov und lief in dieselbe Richtung wie die sechs Orcs.

Clai nickte. „Aber nur, wenn ich den Kopf oder den Hals erwischt habe. Es war, als ob ihre Körper aus Rauch oder so was bestünden.“

Die Gestalten waren zwischen überhängenden Weidenästen verschwunden, die fast wie eine Wand wirkten. Nur ein paar Schritte dahinter rannten Clai und Strov ebenfalls hindurch und ... fanden niemanden mehr vor.

Kein Lebenszeichen von den Orcs. Selbst die Blutspur der beiden Verletzten war verschwunden. Man konnte gut eine halbe Meile in jede Richtung blicken. Es wäre den Orcs unmöglich gewesen, in der kurzen Zeit außer Sichtweite zu gelangen.

Strov blieb stehen und atmete tief durch. „Riechst du das?“

Clai schüttelte seinen Kopf.

„Schwefel. Und Kräuter, Thymian denke ich.“

Verwirrt fragte Clai, „Was bedeutet das?“

„Magie. Und es erklärt auch, warum wir sie nicht verletzen konnten."

Mit einem fast schon wahnsinnigen Ausdruck in den Augen fragte Clai: „Dämonen?"

„Bete drum, dass es keine sind." Strov schauderte. Clai war neu, ein Rekrut, der zu jung war, um bereits gegen die Brennende Legion gekämpft zu haben. Den Wunsch, die Dämonen zu bekämpfen, hatte ohnehin nur jemand, der noch niemals gegen diese Wesen antreten musste.

Strov rannte durch das Geäst zurück zu Lorena. Clai folgte ihm.

Der Oberst kniete bei Mal. Paolo versorgte seine Wunden. Als sie Strov und Clai sah, stand sie auf und fragte wütend: „Was ist passiert?"

„Sie sind verschwunden, Ma'am. Vollständig, selbst ihre Blutspur. Außerdem stinkt es dort, wo wir sie verloren, nach Magie."

Lorena spie aus. „Verdammt!" Sie pfiff durch die Zähne und zeigte dann auf die Kutte am Boden „Aber das passt. Den hier können wir wohl auch nicht mehr befragen."

Als er genau hinschaute, erkannte Strov, dass die Kutte leer war. Er stocherte mit seinem Schwert in der Kleidung herum, wodurch er etwas Asche aufwirbelte. Dann sah er den Oberst an.

„*Definitiv* Magie", sagte sie mit einem Nicken.

„Ma'am, da fällt mir etwas ein ..." Als er sich an eine Unterhaltung mit seinem Bruder erinnerte, dämmerte es Strov endlich, was ihm so vertraut vorgekommen war. „Das ist es!"

„Was, Gefreiter?"

„Als ich das letzte Mal zu Hause war, hat mir mein Bruder Manuel von einer Gruppierung erzählt, die sich *Flammendes Schwert* nennt. Jemand versuchte, ihn im Dämonenhaupt dafür anzuwerben. Man hat ihm erzählt, dass sie Leute suchen, die damit unzufrieden sind, wie sich die Dinge derzeit entwickeln. Aber mehr wusste er auch nicht."

Jalod schnaubte. „Niemand ist damit zufrieden, wie sich die Dinge derzeit entwickeln. Aber das ist doch kein Grund für eine Verschwörung."

Strov fand Jalods Antwort merkwürdig, wenn man bedachte, was er zuvor geäußert hatte. Aber er ging nicht darauf ein, sondern setzte seinen Bericht an den Oberst fort. „Ma'am, der Orc, den ich bekämpft habe, hatte ein brennendes Schwert in seine Hauer eingraviert."

„Ein brennendes Schwert." Lorena schüttelte den Kopf. „Der, den ich bekämpft habe, der sich danach in Asche verwandelte, hatte auch eine solche Verzierung – an seinem Nasenring."

Clai hob seine Hand. „Darf ich, Ma'am?"

Lorena nickte.

„Meiner hatte auch eine. Es war wie bei dem vom Gefreiten Strov, Ma'am, auf seinem Hauer."

„Verdammt." Sie sah zu Paolo, der nun über Mal stand. „Wie geht es ihm?"

„Braucht einen richtigen Heiler, aber ich kümmere mich darum, bis wir zurück nach Theramore kommen." Er schaute an Lorena vorbei in Richtung Nordwacht. „Ich würde keinem Lazarett vor Ort trauen, Ma'am."

Durch seine zusammengepressten Zähne sagte Mal: „Das finde ich auch, Ma'am."

„Gut." Sie steckte ihr Schwert zurück, ohne es abzuwischen. Strov nahm an, dass sie es auf dem Boot nachholen würde. Er folgte Lorena in Richtung der Docks.

„Lasst uns zum Schiff gehen und gebt ihm etwas von meinem Brandy, um seine Schmerzen zu lindern, wenn wir an Bord sind", ordnete sie an.

Grinsend kommentierte Mal: „Der Oberst ist eine großzügige Frau."

Lorena schenkte dem Korporal ein schiefes Lächeln und erwiderte: „Nicht *so* großzügig. Nur zwei Fingerbreit hoch und nicht mehr. Das Zeug ist teuer."

Paolo gab Clai ein Zeichen und die beiden hoben Mal an. Sie hielten sein verwundetes Bein ruhig, während sie ihn Seite an Seite zu den Docks trugen. Strov schleppte indes Ians blutüberströmten Körper.

Lorena sagte: „Gefreiter, sobald wir zurück in Theramore sind, will ich, dass Ihr mit Eurem Bruder sprecht. Ich möchte so viel wie nur irgend möglich über dieses Flammende Schwert erfahren."

„Alles klar, Ma'am, kein Problem. Ich kümmere mich darum."

SIEBEN

Das steinerne Gewölbe, in dem sich Thralls Sitz der Macht und sein Empfangsraum als Kriegshäuptling der Horde befand, war kühl. Thrall mochte es so. Orcs waren keine Kreaturen der Kälte, deshalb fühlten sie sich hier leicht unwohl. Da er glaubte, dass es das Beste für die Besucher war, sich nicht *zu* gut in der Gegenwart ihres Anführers zu fühlen, akzeptierte er das eigene Unbehagen. Beim Bau hatte er darauf geachtet, dass die Mauern dick waren und keine Fenster hatten. Licht gab es nur von ein paar Laternen, keinen Fackeln, weil diese weniger Wärme spendeten.

Nicht, dass es jemals wirklich unangenehm kalt gewesen wäre. Er wollte schließlich nicht, dass seine Leute leiden mussten, wenn sie ihn um etwas baten. Aber er wollte es ihnen auch nicht zu leicht machen. Es war ein schwieriger Weg gewesen, den Thrall eingeschlagen hatte, und er wusste, wie wertvoll, aber auch gefährdet seine aktuelle Position war. Er nahm deshalb jede Möglichkeit wahr, sich einen Vorteil zu verschaffen, selbst wenn es etwas so Unbedeutendes war, wie den Thronsaal kühl zu halten.

Er traf sich mit Kalthar, seinem Schamanen, und Burx, seinem stärksten Krieger. Beide standen vor Thrall, der auf seinem Thron aus Fellen von eigenhändig erlegten Tieren saß.

„Die Menschen sind immer noch in der Feste Nordwacht. Das Letzte, was wir gehört haben, war, dass ein Schiff mit neuen Truppen ankam. Das klingt, als wollten sie den Stützpunkt verstärken."

„Wohl kaum." Thrall lehnte sich auf dem Thron zurück. „Lady Prachtmeer hat mich darüber informiert, dass sie einen ihrer Krieger dorthin entsendet, um Kapitän Boliks Bericht zu untersuchen."

Burx richtete sich auf. „Misstrauen sie etwa dem Wort eines Kriegers?"

Kalthar, dessen grüne Haut mit dem Alter bleich und faltig geworden war, lachte kehlig. „Ich bin mir sicher, Burx, dass sie dem Wort eines Orcs genauso trauen wie du dem eines Menschen."

„Menschen sind feige und verachtungswürdig", sagte Burx geringschätzig.

„Die Menschen von Theramore sind nicht so." Thrall beugte sich vor. „Und ich will nicht, dass in meiner Gegenwart noch einmal schlecht von ihnen gesprochen wird."

Burx stampfte mit dem Fuß auf. Thrall musste sich beherrschen, um den Krieger nicht auszulachen. Die Geste erinnerte ihn an ein Menschenkind, das einen Wutanfall hatte. Unter Orcs war dieses Gebaren allerdings ein völlig legitimes Zeichen von Verstimmung. Obwohl er der Lord der Clans war, gab es Zeiten, in denen Thrall sich zwingen musste, sich zu erinnern, dass er nicht von seiner eigenen Art aufgezogen worden war.

„Dies ist *unser* Land, Thrall. Die Menschen haben kein Recht, es zu beanspruchen. Lass sie zurück über die Große See gehen, wo sie hingehören. Und lass uns zu dem Leben zurückkehren, das wir geliebt haben, bevor uns die Dämonen verhext haben. Weit weg von *allen* bösen Einflüssen, egal ob sterblicher oder anderer Natur."

Thrall schüttelte den Kopf. Er hatte geglaubt, diese Diskussion bereits vor zwei Jahren beendet zu haben. „Die Menschen haben das unwirtlichste Land auf Kalimdor bekommen und sogar ausgesprochen wenig davon. Wir haben die Düstermarschen nie gewollt. Jainas Leute hingegen ..."

„Jaina?" spöttelte Burx.

Jetzt stand Thrall auf. „Sei vorsichtig, Burx. Lady Prachtmeer, *Jaina*, hat sich meinen Respekt verdient. Du verlierst ihn gerade."

Burx duckte sich leicht. „Es tut mit leid, Kriegshäuptling, aber du musst verstehen, du wurdest von ihnen aufgezogen. Es macht dich manchmal ... blind für Dinge, die für den Rest von uns offensichtlich sind."

„Ich bin für gar nichts blind, Burx. Du erinnerst dich vielleicht, dass ich es war, der den Orcs auf dieser Welt die Augen geöffnet hat, als sie dem dämonischen Fluch zum Opfer gefallen waren. Ich war es, der sie daran erinnert hat, *wer wir sind*. Glaube ja nicht, dass du mich belehren könntest wie ..."

Ein atemloser junger Orc stürzte herein und unterbrach sie. „Donnerechsen!"

Thrall blinzelte. Donnergrat, die Heimat dieser Kreaturen, war weit weg von hier. Wenn einige dieser Tiere in Orgrimmar selbst aufgetaucht wären, wäre der Alarm jedoch gewiss anders ausgefallen.

„Wo?“ fragte Burx.

„Weit weg von hier jedenfalls“, sagte Kalthar, der eine ähnliche Einschätzung zu haben schien wie Thrall, „andernfalls hätte man sicher nicht nur einen Boten geschickt, noch dazu einen solchen Jüngling.“

Der Jüngling, wie ihn Kalthar nannte, trug in der Tat den blitzförmigen Nasenring eines Boten. Es bestand kein Zweifel, er war von Donnergrat hierhergelaufen, um Thrall Bericht zu erstatten.

„Sprich“, forderte Thrall ihn auf.

„Ich komme von der Staubwindklamm, Kriegshäuptling. Die Donnerechsen sind aus Donnergrat entkommen.“

„Wie konnte das passieren?“ fragte Burx.

Thrall funkelte seinen Krieger an. „Lass ihn sprechen – vielleicht erfahren wir es dann.“ Zu dem Jungen sagte er: „Weiter.“

„Ein Farmer namens Tulk hörte sie heranstürmen. Er rief seine Söhne, und sie verjagten die Echsen, bevor sie seine Ernte zerstören konnten. Aber niemand hat je davon gehört, dass Donnerechsen Donnergrat verlassen hätten. Deshalb haben er und seine Söhne sich mit dem Nachbarfarmer und *dessen* Söhnen zusammengetan und sind nach Donnergrat gezogen.“

Thrall nickte. Donnergrat wurde von einem dichten Wald begrenzt – mit dicken, tief verwurzelten Bäumen –, den die Echsen nicht durchqueren konnten. Wer beweglich und gelenkig war, konnte den Wald überwinden. Aber Donnerechsen gewiss nicht.

„Als sie dort ankamen, sahen sie, dass der Wald abgeholzt war. Die Echsen haben sich selbst einen Weg geschaffen. Die Farmer fürchten um ihre Ernte."

Thrall war gedanklich noch beim ersten Teil der Meldung. „Abgeholzt? Wie genau?"

„Die Bäume waren allesamt *abgeschnitten*. Die Stümpfe, die übrig waren, reichten nur eine Handbreit über den Boden."

Burx fragte: „Wo wurde das viele Holz hingebracht?"

Der Junge zuckte mit den Schultern. „Keine Ahnung. Sie haben keine Äste gesehen, nichts, nur die Stümpfe."

Thrall schüttelte den Kopf. „Wie ist das möglich?"

„Ich weiß nicht, wie das *möglich* ist, Kriegshäuptling", sagte der Junge. „Aber genauso ist es passiert, das ist so sicher, wie ich hier stehe."

„Das hast du gut gemacht." Thrall entließ den Boten mit einem militärischen Gruß. „Lass dir etwas zu essen und zu trinken geben. Vielleicht habe ich noch ein paar Fragen, nachdem du dich gestärkt hast."

Der Junge nickte. „Danke, Kriegshäuptling." Damit eilte er hinaus.

„Das waren die Menschen", sagte Burx, kaum dass der Bote den Thronsaal verlassen hatte. „So muss es sein. Sie haben schon so oft nach Holz aus den Wäldern von Donnergrat gefragt. Ein Orc würde das Land sicher nicht so schänden."

Obwohl Thrall nicht schlecht von den Menschen denken wollte, musste er Burx insgeheim recht geben. Kein Orc aus Durotar würde so etwas tun.

„Sie können unmöglich so viel Holz von Donnergrat zur Küste transportiert haben, ohne dabei beobachtet worden zu sein. Wären sie über Land gezogen, hätte man sie auch sehen müssen, dasselbe gilt für den Fall, dass sie Luftschiffe einsetzten."

„Es gäbe eine dritte Möglichkeit", sagte Kalthar.

Wieder schüttelte Thrall seufzend den Kopf, denn er ahnte, worauf Kalthar hinauswollte. „Magie?"

„Ja, Magie", sagte Burx. „Und die mächtigste Zauberin in Theramore ist deine hübsche Lady Prachtmeer, Jaina."

„Lady Prachtmeer kann nicht dahinterstecken", sagte Kalthar. „Diese Schändung des Landes ist verwerflich. Die Menschen sind dafür verantwortlich ... und doch nicht."

„Was willst du uns denn jetzt damit wieder sagen?", fragte Burx ärgerlich.

„Du sprichst in Rätseln", sagte auch Thrall. Dann lachte er. „Wie immer."

„Hier sind höhere Kräfte am Werk, Thrall", sagte Kalthar. „Machtvolle Kräfte."

Burx stampfte mit seinem Fuß auf. „Lady Prachtmeer *verfügt* über machtvolle Zauberei. Die Menschen haben viele Gründe, warum sie diese Bäume in ihren Besitz bringen könnten. Dadurch erhalten sie stärkeres Holz für ihre Boote. Was es ihnen wiederum erleichtern würde, unsere Handelsschiffe zu belästigen. Außerdem setzt es die Donnerechsen frei, wodurch unsere Farmen verwüstet werden …" Burx stellte sich vor Thralls Thron. Sein Gesicht war dem des Kriegshäuptlings so nah, dass seine Hauer die von Thrall fast berührten. „Es passt, Kriegshäuptling, es passt *alles*. Und du weißt es."

In leisem Ton sagte Thrall: „Was ich sicher weiß, Burx, ist, dass Lady Prachtmeer sich gegen ihren eigenen Vater gestellt hat, statt das Bündnis zwischen Durotar und Theramore zu zerstören. Glaubst du wirklich, sie würde die Allianz wegen ein paar *Bäumen* opfern?"

Burx trat zurück und warf die Arme in die Luft. „Wer kann schon sagen, was Menschen denken?"

„Ich kann es. Wie du eben ausgeführt hast, wurde ich von Menschen erzogen. Ich habe beides gesehen, die beste und die übelste Seite der Menschen. Und ich kann, wie du weißt, erkennen, dass Jaina Prachtmeer nicht zu den Menschen gehört, die so etwas tun *würden*."

Burx verschränkte verteidigend seine Arme vor der Brust und sagte: „Es gibt keine Menschenmagier auf Kalimdor, von denen wir wüssten. Was lässt das für andere Möglichkeiten zu, Kriegshäuptling?"

„Das weiß ich nicht." Thrall lächelte. „Als Leutnant Schwarzmoor mich wie einen Mensch erziehen ließ, musste ich viele philosophische und naturwissenschaftliche Abhandlungen lesen. Bemerkenswert unter all dem war ein Vermerk, der mir im Gedächtnis haften blieb. Und zwar, dass am Anfang aller Weisheit die Aussage ‚Ich weiß es nicht' steht. Wer zu diesem Eingeständnis nicht fähig ist, wird niemals etwas lernen. Und ich rühme mich der Fähigkeit, lernen zu *können*, Burx." Er stand wieder auf. „Schick Krieger zur Staubwindklamm. Sie sollen versuchen, die Donnerechsen einzufangen. Gib ihnen alle Unterstützung, die sie brauchen, um das Problem unter Kontrolle zu bringen." Dann sah er Kalthar an. „Hol den Talisman. Ich werde mit Lady Prachtmeer reden."

„Wir sollten etwas *tun*." Burx stampfte wieder mit dem Fuß auf, selbst als Kalthar langsam aus dem Raum ging, um zu erledigen, was Thrall ihm aufgetragen hatte. „Wir sollten nicht nur *reden*."

„Reden ist der zweite Schritt, wenn man Dinge lernen will, Burx. Ich habe vor, herauszufinden, wer dafür verantwortlich ist. Jetzt geh und befolge meine Anweisungen."

Burx wollte etwas erwidern, aber Thrall unterband es. „Schweig, Burx! Du hast deine Position mehr als klargemacht. Selbst du wirst mir zustimmen, dass die Probleme von der Staubwindklamm im Moment dringlicher sind. Jetzt geh und tu, was ich dir aufgetragen habe, bevor unsere Farmen noch *tatsächlich* verwüstet werden."

„Selbstverständlich, Kriegshäuptling", murrte Burx. Er grüßte, wie es der Bote getan hatte, und ging.

Thrall hoffte, dass Jaina seine Verteidigung verdiente, und tief in seinem Herzen wusste er, dass es so war.

Aber wenn nicht Jaina Prachtmeer die Bäume gestohlen und die Donnerechsen freigelassen hatte … wer dann?

ACHT

Lorena wurde von Duree, der verrückten alten Zofe, die die Angelegenheiten von Lady Prachtmeer regelte, in deren Gemach geführt. Doch der Raum war leer.

Lorena wirbelte zu Duree herum, die sie um einen ganzen Kopf überragte, und fragte: „Wo ist sie?“

„Sie wird bald zurück sein, grämt Euch nicht. Sie ist vor einer Stunde gegangen, um sich mit diesem Orc-Kriegshäuptling zu treffen. Sie sollte jeden Moment wieder zurück sein.“

Verärgert fragte Lorena: „Sie trifft sich mit Thrall?“

Duree legte ihre Hand auf den Mund. „Oh, meine Liebe, ich durfte das gar nicht erzählen. Vergesst einfach, dass ich irgendetwas gesagt habe. Würdet Ihr das bitte tun, meine Teure?“

Der Oberst blieb ihr die Antwort schuldig. Stattdessen verzog sie ihr kantiges Gesicht und gab ein Knurren von sich, weil sie wollte, dass die alte Frau endlich das Zimmer verließ. Sie hatte Erfolg mit ihrer Drohgebärde, denn Duree preschte förmlich aus der Kammer, so überhastet, dass ihr fast die Brille von der Nase rutschte.

Einen Moment später erschien Kristoff. „Oberst. Duree sagte, Ihr wolltet Meldung machen."

Lorena schaute auf den Kämmerer. Wie die Zofe war auch Kristoff ein notwendiges Übel. Immerhin funktionierte eine Nation nicht nur allein durch das Militär. Eine der ersten Lektionen, die ihr Vater und ihre Brüder ihr erteilt hatten, war gewesen, nett zu Verwaltern und ihresgleichen zu sein. Denn sie waren es, die noch viel entscheidender als ein hochdekorierter Offizier dafür sorgten, dass eine Einheit funktionierte.

Duree war ihr jedoch so lästig, dass sie bei ihr diesen guten Rat fast immer vergaß. Kristoff hingegen war die rechte Hand der Lady. Deshalb schob Lorena ihre intensive Abneigung gegen diesen Mann beiseite und zwang sich ein Lächeln ins Gesicht.

„Ja, Kämmerer, ich habe einen Bericht für die Lady, sobald sie eintrifft."

Kristoff lächelte. Es war das falscheste Lächeln, das Lorena jemals gesehen hatte, und das, obwohl sie Jahre damit verbracht hatte, die Burg von Kul Tiras zu bewachen, wo es große Rivalitäten gab. „Ihr könnt Euren Rapport auch bei mir ablegen, und ich versichere Euch, dass ich seinen Inhalt an Lady Prachtmeer weiterleiten werde."

„Ich ziehe es vor, auf die Lady zu warten, Sir, wenn Ihr erlaubt."

„Sie ist in offiziellen Angelegenheiten unterwegs." Kristoff zog die Luft scharf ein. „Es könnte länger dauern."

Der Oberst schenkte dem Kämmerer nun ihrerseits ein falsches Lächeln und meinte: „Die Lady ist eine Magierin. Wenn die Angelegenheit erledigt ist, wird sie innerhalb kürzester Zeit zurückkehren. Und sie wünschte, meine Meldung persönlich von mir zu erhalten."

„Oberst …"

Was immer Kristoff sagen wollte, wurde von einem Geräusch übertönt, das die Ankunft von Lady Prachtmeer ankündigte und von der Luft erzeugt wurde, die ihr materialisierender Körper verdrängte.

Besonders beeindruckend sieht sie nicht aus, dachte der Oberst wie stets, wenn es zu einer Begegnung kam. Aber Lorena hatte früh gelernt, dass man Magier nicht nach ihrem äußeren Erscheinungsbild beurteilen durfte. Sie selbst hatte sich ihr ganzes Leben lang darum bemüht, so männlich wie möglich auszusehen. Sie hielt ihr Haar kurz geschnitten, ließ die Beine unrasiert und trug Unterkleider, die ihre Brüste verbargen. Und trotzdem war sie mehr als einmal ob ihres Frauseins herabgewürdigt worden. Deshalb erstaunte es Lorena umso mehr, wie diese kleine dünne Frau mit dem goldenen Haar und den tiefblauen Augen es geschafft hatte, den Respekt so vieler zu erringen.

Teilweise, so nahm sie an, lag es an der Art, wie sie sich bewegte. Sie wirkte immer wie die größte Person, wo und neben wem sie auch gerade stehen mochte. Und das, obwohl sie objektiv und nüchtern betrachtet oft die Kleinste war. Ihre Kleidung war fast immer komplett weiß gehalten: Schuhe, Blusen, Hose, Umhang. Noch erstaunlicher aber war, dass diese Sachen weiß *blieben.*

Es nahm eine Woche jedes Jahres im Leben eines Soldaten in Anspruch, die weißen Verzierungen auf dem

Brustpanzer davon abzuhalten, braun oder grau zu werden. Und die meisten hatten keinen Erfolg damit. Aber Lady Prachtmeers Kleidung strahlte immer wie neu.

Lorena vermutete, dass das einer der positiveren Nebeneffekte eines Lebens als mächtige Magierin war.

„Oberst, Ihr seid zurück." Lady Prachtmeer redete, als wäre sie die ganze Zeit im Raum gewesen. „Bitte berichtet."

Kurz und prägnant schilderte Lorena ihr und dem Kämmerer, was sie und ihre Leute in Nordwacht erfahren hatten.

Kristoff schürzte die Lippen. „Ich habe noch niemals von diesem Flammenden Schwert gehört."

„Ich schon." Die Lady hatte ihre Kapuze zurückgeworfen, sodass ihr goldenes Haar offen herabfallen konnte. Sie saß an ihrem Tisch, während Lorena Bericht erstattete, und legte einen Finger an ihr Kinn. „Es gab einen Orc-Clan dieses Namens, aber er wurde vernichtet. Und einige Leute meiner Leibwache haben eine solche Gruppierung erwähnt."

Lorena gefiel nicht, was sie hörte: Es war eine Sache, dass Strov davon gehört hatte. Aber wenn Gerüchte über diese Organisation die Leibwache der Lady erreichten, dann stimmte etwas nicht. „Das waren Orcs, Ma'am, davon bin ich überzeugt."

„Oder sie sollten wie Orcs aussehen", sagte Lady Prachtmeer. „Sie benutzten offensichtlich Magie, was irritierend genug ist. Und deshalb könnten sie sich auch verkleidet haben. Immerhin, ein unprovozierter Angriff auf Menschensoldaten durch Orcs würde viel dazu beitragen, unser Bündnis zu destabilisieren."

„Es ist genauso möglich", warf Kristoff ein, „dass es Orc-Aufrührer sind, die den Namen dieses ausgestorbenen Clans für ihre eigenen Zwecke missbrauchen."

Lorena schüttelte ihren Kopf. „Das erklärt nicht, warum Strovs Bruder davon in einer Taverne in Theramore hörte."

Die Lady nickte so tief in Gedanken versunken, als hätte sie vergessen, dass sich auch noch andere im Raum aufhielten. Lorena kannte nicht viele Zauberer, aber sie alle hatten die Tendenz, hin und wieder in tranceartige Zustände zu verfallen.

Doch anders als andere Magier, die oft einen Schlag auf den Kopf benötigten, um die Welt um sich her wieder wahrzunehmen, war Lady Prachtmeer meist in der Lage, sich selbst zurück in die Realität zu holen.

Das tat sie gerade und stand dabei auf. „Oberst, ich möchte, dass Ihr diese Vereinigung namens Flammendes Schwert auskundschaftet. Wir müssen wissen, wer dahintersteckt, wie sie operiert, und ganz besonders, ob sie Magie einsetzt. Wenn Orcs dafür rekrutiert wurden, warum sollten sie sich dann noch mit Menschen abgeben? Geht dem auf den Grund, Lorena. Setzt ein, was immer Ihr für nötig erachtet."

Lorena richtete sich auf und salutierte zackig. „Jawohl, Ma'am."

„Kristoff, ich fürchte, ich muss sofort abreisen. Donnerechsen sind aus Donnergrat entkommen und bedrohen die Staubwindklamm."

Ärgerlich sagte der Kämmerer. „Ich verstehe nicht, inwieweit das uns kümmern müsste – oder Euch."

„Ein Teil des Waldes, der die Echsen auf Donnergrat hält, wurde bis zum Stumpf abgeholzt. Orcs *tun* so etwas nicht."

„Wie könnt Ihr da so sicher sein?" Kristoff klang ungläubig.

Das gleiche Gefühl überkam Lorena angesichts der törichten Frage des Kämmerers. „Es können unmöglich Orcs gewesen sein!", platzte es aus ihr heraus.

Ihr wurde bewusst, dass es ihr nicht zugestanden hatte, etwas zu äußern, deshalb suchte sie den Blickkontakt zu Lady Prachtmeer. „Es tut mir leid, Ma'am."

Lächelnd sagte die Lady: „Ist schon in Ordnung. Bitte, fahrt fort."

Lorena sah wieder Kristoff an und erklärte: „Selbst unter dem Bann der Brennenden Legion hätten Orcs so etwas *niemals* getan. Orcs haben eine tiefe Ehrfurcht vor dem Land, so tief, dass sie manchmal, mit Verlaub, schon ans Psychotische grenzt."

Lady Prachtmeer schmunzelte. „Eigentlich würde ich eher sagen, die menschliche Neigung, die Natur zu missbrauchen, grenzt ans Psychotische. Aber der Oberst hat einen guten Punkt angesprochen. Orcs sind einfach nicht in der Lage, so etwas zu machen. Besonders, wenn man überlegt, was die Donnerechsen anrichten könnten. Also bleiben nur die Trolle, die sich jedoch selbst Thralls Herrschaft unterworfen haben, die Gnome, die aber neutral sind – und wir, die Verbündeten von Durotar." Sie seufzte. „Dazu kommt, dass es keine Spur von dem Holz gibt. Es müsste irgendwie transportiert worden sein. Aber es gibt keinerlei Berichte über Transporte zu Wasser, zu Lande oder durch die Lüfte. Was auf Magie hindeutet."

„Nachdem ich Euren Bericht gehört habe, Oberst, tendiere ich sehr in diese Richtung, und darüber möchte ich mehr von Euch erfahren."

Kristoff verschränkte seine spindeldürren Arme vor der schmalen Brust. „Ich verstehe nicht, warum Ihr deshalb Theramore verlassen müsst."

„Ich habe Thrall versprochen, dass ich das persönlich untersuche." Sie lächelte schief. „Im Moment bin ich eine der Hauptverdächtigen, weil ich sehr wohl dazu in der Lage wäre, die Bäume abzuholzen und nach sonst wohin zu teleportieren. Welchen besseren Weg, meine Unschuld zu beweisen, gäbe es, als selbst die Wahrheit herauszufinden?"

„Mir fielen mehrere Wege ein", meinte Kristoff säuerlich.

Lady Prachtmeer ging zur anderen Seite des Tisches und stand ihrem Kämmerer gegenüber. „Es gibt noch einen anderen Grund. Es kann gut sein, dass fremde Magie dahintersteckt. Machtvolle Magie. Wenn es Magie von dieser Stärke auf Kalimdor gibt, dann muss ich wissen, wer sie ausübt. Und herausfinden, warum sich der betreffende Zauberer versteckt hält."

„*Wenn* Magie dahintersteckt." Kristoff klang gereizt, weshalb Lorena ihn leidenschaftlich gern verprügelt hätte. Doch dann atmete er tief aus und senkte seine Arme. „Dennoch *ist* es ein legitimer Einwand. Und der muss untersucht werden. Ich ziehe meine Einsprüche zurück."

„Ich bin froh, dass Ihr zustimmt, Kristoff", sagte die Lady spröde. Sie ging zu ihrem Tisch und durchsuchte den Stapel Schriftrollen. „Ich werde am Morgen abreisen. Kristoff, Ihr werdet Euch um alles kümmern, solange ich weg bin, weil ich nicht weiß, wie lange ich fortbleiben werde. Ihr seid ermächtigt, in meinem Namen zu handeln, bis ich wieder da bin." An Lorena gewandt ergänzte sie: „Viel Glück, Oberst. Ihr seid entlassen."

Lorena salutierte, drehte sich um und ging. Als sie hinaustrat, hörte sie Kristoff etwas sagen, aber die Lady unterbrach ihn. „Ich habe gesagt, Ihr seid entlassen, Kämmerer."

„Selbstverständlich, Ma'am."

Der Oberst musste angesichts des verärgerten Tons des Kämmerers lächeln.

Es gab Zeiten, in denen es Jaina Prachtmeer hasste, recht zu behalten. Falsch zu liegen war nie etwas, das sie gestört hatte. Dafür machte sie vor allem Antonidas verantwortlich. Ihr Mentor hatte ihr vom ersten Moment ihrer Lehrzeit an eingebläut, dass Arroganz die größte Sünde des Magiers und die am leichtesten zu begehende war.

„Mit so viel Macht unter den Fingerspitzen, wie du sie besitzt, ist man leicht versucht, sich für allmächtig zu halten", hatte der alte Magier gesagt. „Die meisten Zauberer erliegen dieser Versuchung irgendwann. Das ist einer der Gründe, warum ich nicht müde werde, dich zu warnen. Ich spreche aus leidvoller eigener Erfahrung." Letzteres hatte er mit einem leichten Lächeln gesagt.

„Ihr seid nicht gefährdet", hatte Jaina bemerkt.

„Doch, doch", war die Antwort des Magiers gewesen. „Niemand bleibt davon unbeeindruckt. Der Trick dabei, um dem zu widerstehen, ist, den Makel in dir selbst zu erkennen und daran zu arbeiten."

Später hatte ihr Mentor von Magiern aus alten Tagen erzählt. Solchen wie Aegwynn und Medivh, den letzten beiden Wächtern von Tirisfal. In beiden Fällen hatte Arroganz ihren Untergang besiegelt. Jahre später sollte Jaina mit Medivh zusammenarbeiten und erkennen, dass zumindest er sich davon losgesagt hatte. Seine Mutter, Aegwynn, hatte weniger Glück. Sie war die erste weibliche Wächterin, eine Frau, die Jaina über weite Strecken ihres Lebens bewundert hatte. Ihr einziger Fehler in all den Jahrhunderten als Wächterin war es gewesen zu glauben, Sargeras allein besiegt zu haben. Tatsächlich zerstörte sie nur seinen Avatar und erlaubte es dem Dämon, sich in ihrer Seele zu verstecken. Der blieb dort jahrhundertelang, bis Aegwynn Medivh gebahr. Dann wechselte Sargeras in diesen über.

Medivh war das Medium für Sargeras' Invasion gewesen und verantwortlich für die Anwesenheit der Orcs in dieser Welt. Und das alles nur, weil Aegwynn arrogant genug gewesen war zu glauben, dass sie Sargeras allein besiegen könnte …

Jaina hatte sich diese Worte zu Herzen genommen und immer ihre eigene Selbstsicherheit angezweifelt. Sie bewunderte Aegwynn immer noch. Ohne sie als Wegbereiterin wäre die einzige Antwort auf Jainas Versuch, Magie zu studieren, Gelächter gewesen, statt der Skepsis, die sie vorfand.

Und sie hatte Antonidas beeinflusst.

Manchmal hatten die Selbstzweifel gegen sie gearbeitet. Sie hatte länger, als es gut gewesen war, nicht ihrem Instinkt vertraut, dass Arthas dem Bösen verfallen war. Wenn sie Arthas' Niedergang bedachte, fragte sie sich immer noch, ob alles anders gekommen wäre, hätte sie nur früher gehandelt. Aber meistens hatten sie ihr gut geholfen. Sie machten sie auch, das hoffte sie zumindest, zu einer weisen Herrscherin von Theramore.

Als Thrall ihr von der Zerstörung des Waldes von Donnergrat berichtet hatte, hatte sie sofort gewusst, dass Magie im Spiel war – und zwar mächtige Magie. Aber sie hatte auch gehofft, dass sie falsch mit ihrer Annahme lag.

Was sich als trügerische Hoffnung erwiesen hatte.

Sie war geradewegs von ihrer Kammer in Theramore zu dem betreffenden Wald *gegangen*. Sobald sie materialisierte, konnte sie die Magie förmlich riechen. Und selbst ohne ihre besonderen Fähigkeiten hätte sie wissen müssen, dass hier Zauberei wirkte.

Vor ihr befand sich ein Feld von Baumstümpfen, das sich so weit erstreckte, wie ein Mensch sehen konnte, bevor es sich über dem Hügel verlor, der hinunter zum Gebirgskamm führte. Jeder Stumpf zeigte eine perfekte Schnittfläche.

Es war, als wäre eine riesige Sense durch alle Bäume auf einmal gefahren. Mehr noch, die Schnitte waren allesamt gleich – ohne Risse oder Brüche. Solch einen Grad an Perfektion konnte man nur mit Magie erreichen.

Jaina kannte die meisten Magier, die noch lebten. Und die wenigen, die außer ihr zu so etwas in der Lage waren, befanden sich nicht auf Kalimdor. Außerdem fühlte sich diese Magie *anders* als jede an, die sie kannte.

Jeder Magier verwendete seine Kräfte auf ureigene Art und Weise. Wenn man sensibel genug war, konnte man die Unterschiede zwischen den Zaubern erkennen. Und diese Magieform hier rief leichten Ekel in Jaina hervor, was sie vermuten ließ, dass es sich um *Dämonen*magie handelte. Das Ekelgefühl war zwar kein eindeutiges Indiz dafür, aber auch die Zauberei der Brennenden Legion hatte Jaina immer krank gemacht. Doch das hatte auch die Magie von Kel'Thuzad, als Antonidas sie in Jainas drittem Lehrjahr einführte. Und das war zu einer Zeit gewesen, als der Erzmagier einer der besten Zauberer von Kirin Tor war (lange bevor er zur Nekromantie wechselte und ein Vasall des Lichkönigs wurde).

Allerdings war die Quelle der Zerstörung weniger wichtig als deren Auswirkungen. Donnerechsen streiften nun durch die Staubwindklamm – und möglicherweise noch viel weiter. Jaina musste einen entlegenen Ort finden, wohin sie sie bringen konnte, damit sie nicht über die Farmen und Städte der Orcs herfielen.

Sie griff unter ihren Umhang und zog eine Karte hervor – eine der beiden Sachen, die sie aus der Unordnung auf ihrem Schreibtisch gefischt hatte. Sie hatte sich für das Klingenschmissgebirge als ideales Exil entschieden, um die Echsen umzusiedeln. Im südlichen Bereich von

Durotar gelegen, östlich von Ratchet, war das Hochland weit genug entfernt und vom restlichen Land durch Berge getrennt, die den Donnerechsen das Entkommen schwer machen würden. Außerdem gab es genügend Gras zum Weiden, Platz, um nach Herzenslust herumzulaufen, und einen Gebirgsfluss, der fast so groß war wie der Fluss, an den sie am Donnergrat gewöhnt waren. Die Echsen würden sicher sein und ebenso die Bevölkerung von Durotar.

Zuerst hatte sie sie noch weiter fortschaffen wollen. Zum Beispiel nach Feralas auf die andere Seite des Kontinents. Aber selbst Jainas Fähigkeiten waren Grenzen gesetzt. Sie selbst konnte sich mit Leichtigkeit dorthin teleportieren. Aber zusammen mit Hunderten von Echsen war das mehr, als selbst sie über eine solche Distanz zu schaffen vermochte.

Dann zog sie den anderen Gegenstand aus ihrem Umhang: eine Schriftrolle, die einen Spruch enthielt, der es ihr ermöglichen würde, die Gedanken von jeder Donnerechse auf dem Kontinent zu erspüren.

Sie murmelte die Beschwörung und ließ dann ihre Sinne wandern. Anders als die meisten Reptilien besaßen Donnerechsen einen Herdentrieb wie Rinder. Deshalb blieben sie meist zusammen, selbst wenn sie ihre Heimat verließen.

Schnell fand sie eine Herde grasend an dem Fluss, der die Staubwindklamm mit Wasser versorgte. Sie waren gerade in einer friedlichen Stimmung, was Jaina das Leben merklich erleichterte. Sie war auch darauf vorbereitet, sie magisch in diesen Zustand zu versetzen, falls es nötig werden sollte. Donnerechsen waren entweder absolut friedfertig oder sie randalierten. Zwischen diesen beiden Extremen gab es nichts. Und es wäre sehr viel problematischer geworden, sie zu teleportieren, während sie gerade außer Rand und Band waren.

Generell zog sie es vor, die Tiere nicht mehr als nötig in ihrer Routine zu stören, aber das schloss nicht aus, dass sie heilfroh war, sie gerade im kooperativeren Zustand anzutreffen.

Im Allgemeinen hieß es, ein Zauberer benötige Blickkontakt mit dem „Passagier“, wenn er ihn bei der Teleportation mitnehmen wollte. So stand es in den Schriftrollen, die es zum Thema gab. Aber Antonidas hatte Jaina beigebracht, dass es auch funktionierte, wenn man einen *Gedanken*kontakt herstellte. Dazu musste die Magierin den Geist derer berühren, die sie auf ihrem Sprung begleiten sollten. Was bedeutend riskanter war, da es etliche Geschöpfe gab, deren Geist zu berühren schwierig oder gar gefährlich war. Andere Magier oder Dämonen hatten sich dagegen geschützt, und selbst einige besonders willensstarke Menschen wären in der Lage, Widerstand zu leisten.

Im Fall der Donnerechsen bestand diese Gefahr jedoch nicht. Momentan waren ihre Gedanken auf drei existenzielle Dinge beschränkt: essen, trinken oder schlafen. Abgesehen von der Paarungszeit waren dies zugleich die Aktivitäten, die das Denken der Donnerechsen die meiste Zeit ihres Lebens ausfüllten.

Trotzdem benötigte Jaina mehrere Stunden, um mit ihrem Geist über den vernichteten Wald zu tasten auf der Suche nach jeder Donnerechse, die sich in der Staubwindklamm herumtrieb, und ebenso jedem Nachzügler, der sich auf Klingenhügel zubewegte.

Gras. Wasser. Augen schließen. Ausruhen. Kauen. Schlucken. Schlürfen. Schlafen. Atmen.

Für einen Moment verlor sie sich fast im Wust der Impressionen. Die Gedanken der Echsen waren nicht sonderlich komplex, aber es gab *Hunderte,* und Jaina bemerkte, dass sie von deren instinktiven Bedürfnissen – essen, trinken, schlafen – förmlich überrollt wurde.

Sie biss die Zähne zusammen und behauptete ihr eigenes Ich gegen das von Hunderten von Donnerechsen. Dann begann sie, die Beschwörung für den Teleportspruch zu murmeln.

Qual!

Sengender, glühend heißer Schmerz durchtobte Jainas Schädel, als sie die letzte Silbe des Spruchs über ihre Lippen brachte. Der zerstörte Wald schmolz vor ihr wie in einer Implosion zusammen ... und eruptierte im nächsten Moment wieder zu seiner alten Form zurück.

Ein milderer Schmerz pflanzte sich durch Jainas linkes Knie, und erst da erkannte sie, dass sie zu Boden gestürzt war. Ihr Knie war auf einen Baumstumpf geprallt.

Schmerz. Verletzt. Verletzt. Verletzt. Laufen. Laufen. Laufen. Laufen. Kein Schmerz mehr. Laufen, kein Schmerz.

Schweiß perlte von ihrer Stirn. Jaina widerstand dem Drang, durch den Wald zu rennen. Irgendetwas war mit dem Teleportspruch schiefgegangen, aber Jaina hatte nicht die Zeit, herauszufinden, was passiert war. Denn die Schmerzen, die der fehlgeschlagene Spruch auslöste, wurden über die mentale Verbindung auf die Donnerechsen übertragen.

Ein Reiz, stark genug, um sie aus ihrer Friedfertigkeit zu reißen und in Berserker zu verwandeln!

Jaina musste die Tiere stoppen, bevor sie neuerlich Amok durch die Staubwindklamm liefen.

Jeder Instinkt in ihr forderte, dass sie die Verbindung augenblicklich abbrach. Die Aussicht, die wie tollwütig gewordenen Echsen aufzuhalten und wieder zu besänftigen, lagen fast bei null. Aber die einzige Chance, sie zu beruhigen, bestand darin, die Verbindung aufrecht zu halten.

Sie schloss die Augen und zwang sich zur Konzentration. Dann sagte sie einen Spruch auf, von dem Antonidas behauptet hatte, er sei speziell für bockende Reittiere geschrieben worden. Sie ballte die Hände zu Fäusten, so fest, dass sie fürchtete, ihre Fingernägel würden in die Handballen eindringen. Gleichzeitig brachte sie so viel wie möglich von sich selbst in den Spruch ein, um sicherzustellen, dass *alle* Echsen erreicht wurden.

Augenblicke später schliefen sie ein. Jaina schaffte es kaum, die geistige Verbindung zu lösen, und drohte selbst einzunicken. Dazu hätte fast schon ihre eigene Erschöpfung ausgereicht, der magischen Rückkopplung hätte es gar nicht bedurft …

Ihre Glieder und ihre Augen wurden schwer. Teleportsprüche waren selbst unter günstigsten Voraussetzungen kräftezehrend. Und sowohl die schiere Menge dessen, was sie bewegen wollte, als auch die Störung des Spruchs verschlechterten die Bedingungen zusätzlich. Jaina wollte nichts anderes mehr als sich hinlegen und wie die Echsen einschlafen. Aber das konnte sie sich nicht leisten. Der Spruch würde die Echsen lediglich für sechs Stunden beruhigen. Vielleicht sogar weniger, da der Zauber so breit gefächert worden war. Sie musste herausfinden, was im Klingenschmissgebirge verhindert hatte, dass sie den Spruch ordentlich hatte beenden können.

Sie setzte sich und überkreuzte die Beine. Ihre Arme hingen an der Seite herab und sie kontrollierte ihren Atem. Dann sandte sie wieder ihre Sinne aus, diesmal Richtung Klingenschmissgebirge, zu dem kleinen Gebiet im Herzen der bergigen Region.

Es dauerte nicht lange, bis sie fand, wonach sie suchte.

Jemand hatte magische Barrieren im gesamten Hochland errichtet. Jaina konnte die Art der hier angewandten Magie nicht exakt bestimmen, aber die Hindernisse eigneten sich perfekt, um Teleportsprüche zu stören und um das, was auch immer jenseits von ihnen liegen mochte, zu schützen.

Jaina stand auf und sammelte sich. Sie setzte zum Teleportzauber an, der sie ins Klingenschmissgebirge bringen würde, doch dann hielt sie inne. Sie griff in den kleinen Beutel, der an ihrem Gürtel befestigt war, und holte etwas zu essen heraus. Eine weitere von Antonidas frühesten Lektionen war die Ermahnung gewesen, dass Magie den Körper verzehrte und der einzige Weg, um ihn wieder zu regenerieren, der war, gehaltvolle Nahrung zu sich zu nehmen. „Viele Zauberer,“ hatte er gesagt, „sind gestorben, weil sie so beschäftigt mit der Erforschung der Wunder der Magie waren, dass sie schlicht vergaßen, sich zu *ernähren.*“

Ihr Gebiss schmerzte vom Kauen auf dem harten getrockneten Fleisch. Dann wirkte die erfrischte, ausgeruhte Jaina einen Spruch, der sie knapp vor einer der Barrieren absetzte, die über das Hochland verteilt waren.

Der einzige Nachteil ihres Plans, etwas zu essen, bevor sie teleportierte, war das Grummeln im Magen. Ein Nebeneffekt, der sich mit *unverdauter* Nahrung in ihrem Bauch noch viel stärker bemerkbar machte als mit gar keiner. Aber sie schob die Gedanken daran beiseite, während sie sich an der Grenze zum Hochland umsah. Hinter ihr ragte eine scharfe Klippe auf, vor ihr lag ein Steilhang. Es gab kaum genug Platz zum Stehen.

Natürlich waren die magischen Barrieren für das normale Auge unsichtbar. Aber Jaina konnte sie fühlen. Sie waren nicht besonders stark, aber das mussten sie auch nicht sein. Wenn ihre Aufgabe tatsächlich darin bestand, etwas oder jemanden zu verbergen – wovon Jaina inzwischen überzeugt war –, war es das Beste, die Barrieren auf einem niedrigen Niveau zu halten. Wären sie zu stark gewesen, hätten sie auf andere Magier wie ein Leuchtfeuer gewirkt.

Aus der Nähe erkannte Jaina auch die Charakteristik der Magie, die diese Barrieren erzeugt hatte. Das letzte Mal hatte sie dergleichen in der Begleitung von Medivh gespürt, während des Krieges. Das war die Magie der *Tirisfalen.* Aber alle Wächter waren tot, Medivh eingeschlossen, der der letzte gewesen war.

Nun, da sie wusste, wo sie sich befanden, bedurfte es nur einer Geste, um die Barrieren zu entfernen. Danach schritt sie weiter und begann, das Hochland zu erforschen. Dann machte sie eine kurze Pause, um einen Unsichtbarkeitszauber für sich selbst zu wirken und sich unerkannt bewegen zu können.

Anfangs war es genau so, wie sie es erwartet hatte: Grasland, gesprenkelt mit Früchte tragenden Büschen und dem üblichen Baumbestand. Wind wehte von der Großen See her, kanalisiert von den Bergen. Jainas weißer Umhang bauschte sich auf. Am Donnergrat war es wolkig gewesen, aber das Hochland lag über den Wolken. Deshalb war es hier hell und sonnig. Jaina schlug die Kapuze ihres Umhangs zurück, damit sie die Sonne genießen konnte, die ihr ins Gesicht schien.

Schnell entdeckte sie ersten Spuren desjenigen, der sich hier versteckt hielt: Von mehreren Büschen waren erst kürzlich Früchte gepflückt worden.

Als sie weiter bergauf ging, fand sie einen Brunnen und etwas Feuerholz gestapelt daneben. Auf der anderen Seite eines großen Baumes sah sie eine Hütte. Ordentliche Reihen von Nutzpflanzen, meist Gemüse und einige Kräuter, wuchsen hinter der Hütte.

Einen Augenblick später kam ein Frau in Sicht. Sie trug nur ein abgetragenes hellblaues Leinenkleid und lief barfuss. Ihr Gang war fest. Als sie den Brunnen erreichte, sah Jaina, dass sie ungewöhnlich groß für eine Frau war. Auf jeden Fall größer als Jaina. Außerdem war sie unzweifelhaft alt. Falten und tiefe Furchen verunstalteten ihr Gesicht, das, wie Jaina bemerkte, einst schön gewesen sein musste. Die Frau hatte weißes Haar, das von einem silbernen Diadem gehalten wurde, und die grünsten Augen, die Jaina jemals gesehen hatte. Sie passten zu dem beschädigten Jade-Anhänger, der um ihren Hals hing.

Plötzlich stellten sich Jainas Nackenhaare auf, weil sie die Frau zu erkennen glaubte. Sie hatten sich nie getroffen, aber während ihrer Lehrzeit hatte Jaina Beschreibungen über sie gelesen. Und alle Quellen erwähnten ihre Größe, ihr blondes Haar, das von einem einfachen Silberdiadem gehalten wurde, ihre Augen. *Jeder* erwähnte diese Augen.

Wenn sie es wirklich war, erklärte das die Barrieren. Obwohl man doch davon ausging, dass sie schon vor langer Zeit gestorben war …

Die Frau stemmte ihre Fäuste in die Hüften. „Ich weiß, dass Ihr hier seid, deshalb braucht Ihr auch nicht weiter den Unsichtbarkeitszauber zu verschwenden.“ Sie schüttelte den Kopf, als sie zum Brunnen ging und einen Eimer hinabließ, indem sie ein Seil Hand über Hand abwickelte. „Gütiger, sie bringen Euch jungen Magiern heute *gar nichts* mehr bei. Die Violette Zitadelle ist vor die Hunde gegangen, so viel steht fest.“

Jaina beendete den Zauber. Die Frau reagierte kaum, außer das sie ein *Tsss* von sich gab, während sie das Seil abließ.

„Mein Name ist Lady Jaina Prachtmeer. Ich regiere Theramore, die Menschenstadt auf diesem Kontinent.“

„Schön für Euch. Wenn Ihr zurück zu diesem Theramore kommt, übt den Unsichtbarkeitszauber. Ihr könntet Euch, so wie Ihr ihn momentan beherrscht, nicht mal vor einem erkälteten Bluthund verstecken."

Jaina schwindelte, als ihr klar wurde, dass diese Frau unmöglich eine andere sein konnte als diejenige, für die sie sie hielt. So unmöglich das auch immer sein mochte. „Magna, es ist mir eine Ehre, Euch zu treffen. Ich habe gedacht, Ihr wärt …"

„Tot?" Die Frau schnaufte, als sie das Seil zurückzog. Ihr verkniffener Mund verriet die Anstrengung, die es kostete, einen mit Wasser gefüllten Eimer emporzuhieven. „Ich *bin* tot, Lady Jaina Prachtmeer von Theramore. Oder doch wenigstens so nah dran, dass es keinen Unterschied mehr macht. Und nennt mich nicht mehr ‚Magna'. Das war eine andere Zeit und ein anderer Ort, und ich bin nicht mehr diese Frau."

„Diesen Titel kann man nicht verlieren, Magna. Und ich kann Euch nicht anders nennen."

„Papperlapapp. Wenn Ihr mich schon irgendwie *nennen* müsst, tut es bei meinem Namen. Ich bin Aegwynn."

NEUN

Viele Jahre lang war Rexxar, der Letzte des Mok'Nathal-Clans, allein durch Kalimdors Weiten gezogen. Immer in Begleitung seiner großen Braunbärin Misha. Als Mischling, in dem Orc- und Oger-Blut flossen, wie bei den meisten seines nun ausgestorbenen Clans, war er des Streits, der Rücksichtslosigkeit und des endlosen Krieges müde geworden – womit zugleich all das umschrieben war, was lächerlicherweise als Zivilisation gerühmt wurde. Rexxar fand mehr Zivilisation bei Mishas Bärenfreunden oder bei den Wölfen von Winterspring als in einer der Städte, die Menschen, Zwerge, Elfen oder Trolle errichtet hatten und die die Landschaft verschandelten.

Nein, Rexxar zog es vor umherzuziehen, vom Land zu leben und niemandem Rechenschaft ablegen zu müssen. Wenn er je das Bedürfnis verspürte, einen Ort *Heim* zu nennen, wusste er, dass er ein solches in Durotar hatte. Als die Nation der Orcs gegründet wurde, war Rexxar einer sterbenden Grünhaut zu Hilfe geeilt, die eine Nachricht an Thrall überbringen sollte. Dem Krieger seinen letzten Wunsch erfüllend hatte Rexxar Thrall die Meldung zukommen lassen und festgestellt, dass jene Orcs zurück zur alten Lebensart gefunden hatten, welche noch aus der Zeit stammte, bevor Gul'dan und sein Schattenrat ihr einst so stolzes Volk missbraucht hatten.

Aber obwohl Rexxar die Ehre hatte, Thrall einen Freund nennen zu dürfen, und ihm Treue geschworen hatte – und dieser Pflicht gern nachkam, indem er den Orcs gegen Admiral Prachtmeers Verrat half –, drängte es Rexxar schließlich doch wieder, seine Wanderschaft fortzusetzen. Selbst eine so großartige Nation wie Durotar hatte Städte, Siedlungen und *Regeln*. Rexxar jedoch war für die Freiheit der Wildnis geschaffen.

Ohne Vorwarnung begann Misha loszurennen.

Rexxar zögerte eine Sekunde, dann folgte er seiner Begleiterin. Er durfte nicht darauf hoffen, mit dem galoppierenden Gang des vierbeinigen Tiers Schritt halten zu können. Aber die Beine des Halbbluts waren stark genug, um ihn in Sichtweite der Bärin zu halten. Misha würde sich nicht ohne guten Grund von seiner Seite entfernen.

Sie befanden sich in der Nähe der Küste, in einem Gebiet, das mit hohem Gras bewachsen war. Obwohl niedere Kreaturen es vermutlich als anstrengend empfunden hätten, das Terrain zu durchqueren, schafften Rexxar und Misha dies mühelos.

Eine Minute später blieb Misha stehen, ihre Schnauze vom schulterhohen Gras verborgen. Rexxar wurde langsamer und legte seine Hand um den Griff einer seiner Äxte, die auf seinem Rücken befestigt waren.

Was Misha gewittert hatte, war der Körper eines Vollblut-Orcs. Rexxar wusste das, weil ein beachtlicher Teil eben dieses Blutes vergossen worden war.

Rexxar schüttelte seinen Kopf.

„Ein gefallener Krieger. Es ist nur bedauerlich, dass er allein gestorben ist, ohne Kameraden, die ihm im Kampf hätten beistehen können ...“

Noch bevor der Halbblut-Wanderer in Betracht ziehen konnte, den tapferen Orc zu begraben, hörte er ein Flüstern.

„Bin ... noch nicht ... tot ...“

Misha gab ein Jaulen von sich, als wäre sie davon, dass der Orc sprechen konnte, überrascht worden. Rexxar schaute sich genauer an, was er für einen Leichnam gehalten hatte. Er bemerkte, dass dem Orc ein Auge fehlte, diese Wunde aber längst verheilt war, weshalb sie nicht von derselben Hand verursacht worden sein konnte, die den Orc so übel zugerichtet hatte.

„Flammendes ... Schwert. – Müssen nach ... Orgrimmar. Thrall ... warnen ... Flammendes ... Schwert ...“

Rexxar wusste nicht, was an einem Schwert, das in Flammen stand, so wichtig sein sollte. Aber dieser Krieger hatte sich offensichtlich ans Leben geklammert, um genau diese Botschaft an Thrall zu übermitteln.

Er erinnerte sich an den Treueschwur, den er dem Kriegshäuptling geleistet hatte, und fragte: „Wie heißt du?“

„By... Byrok.“

„Fürchte dich nicht, Byrok. Ich bin Rexxar von den Mok'Nathal, und ich schwöre dir, dass Misha und ich dafür sorgen werden, dass du nach Orgrimmar gebracht wirst, damit du deine Warnung an den Kriegshäuptling überbringen kannst!"

„Rexxar ... ich ... kenne dich ... Wir ... müssen ... beeilen."

Das Halbblut kannte den Orc nicht – aber das war ohne Bedeutung. Mit einer Sanftheit, die er nur selten zum Vorschein kommen ließ, hob er Byroks blutenden Körper an und legte ihn über Mishas breiten Rücken. Die Bärin trug die Last ohne Murren. Obwohl sie sich keine besondere Treue geschworen hatten, war das Band zwischen Rexxar und Misha unzertrennlich. Was immer Rexxar von ihr forderte oder erbat, Misha hätte es getan.

Ohne ein weiteres Wort wandten sie sich westwärts und schritten auf Orgrimmar zu.

Als Rexxar das erste Mal nach Orgrimmar gekommen war, wurde noch daran gebaut. Ringsum waren Heerscharen von Orcs damit beschäftigt gewesen, Häuser zu errichten, Wege anzulegen und die raue Wildnis Kalimdors in eine neue Heimat zu verwandeln.

Bei seiner Rückkehr stellte er fest, dass diese Arbeiten inzwischen erledigt waren. Aber es waren immer noch viele Dutzend Orcs durch die Tore sichtbar, die sich mit den Alltäglichkeiten des Lebens beschäftigten.

Obwohl er wenig für die Zivilisation übrig hatte, erfüllte Rexxar das, was er sah, mit Stolz und Freude. Seit er in diese Welt gekommen war, war das Volk seiner Mutter entweder besessenes Werkzeug von Gul'dans dämonischen Meistern gewesen oder gebrochene Sklaven der menschlichen Feinde. Wenn Orcs auf dieser Welt leben sollten, dann besser zu ihren eigenen Bedingungen.

Auf drei Seiten war die Stadt von Hügeln umgeben, auf der vierten hatte man eine massive Steinmauer errichtet. Von riesigen Holzstämmen verstärkt, wurde die Wand nur von einem großen Holztor unterbrochen, das derzeit offen stand. Und von zwei Wachtürmen. Auf der Mauer befanden sich Stangen mit spitzen Enden und noch mehr Stämme, allesamt zugespitzt, um Feinde davon abzuhalten, die Tore zu erstürmen. Das purpurne Banner der Horde wehte von beiden Türmen und an einigen der Stangen.

Es war, befand Rexxar, ein furchterregender Anblick, passend zur Heimstatt der mächtigsten Krieger der Welt.

Eine Wache, die einen Speer trug, kam ihm vom Tor entgegen. „Wer bist du?"

„Ich bin Rexxar, der letzte Sohn der Mok'Nathal. Ich trage Byrok, der verletzt wurde und eine Botschaft für Kriegshäuptling Thrall hat."

Die Wache schaute finster drein und spähte zu einem der Wachtürme hoch. Der dort postierte Krieger rief nach unten: „Ist schon in Ordnung. An den kann ich mich erinnern und ebenso an seine Bärin. Kenne auch die Wolfsmaske. Er ist ein Freund des Kriegshäuptlings. Lass ihn ein."

Rexxar trug den ausgebleichten Schädel eines Wolfs, den er selbst erlegt hatte, wie einen Kriegshelm. Er diente ebenso als Kopfschutz wie als Schreckenssymbol für seine Feinde.

Die Wache gab sich damit zufrieden, trat zur Seite und erlaubte Rexxar, Misha und der Last auf dem Rücken der Bärin den Zutritt nach Orgrimmar.

Die Orc-Stadt war wie eine große Schlucht gebaut, mit traditionellen Sechseckgebäuden zu den Seiten. Als er durch das Tal der Ehre schritt, wo das Tor zum Tal der Weisheit stand, in dem sich Thralls Thronsaal befand, war Rexxar gleichermaßen fasziniert wie betroffen.

Ersteres, weil die Orcs es in gerade mal drei Sommern so weit gebracht hatten. Letzteres, weil es noch eine weitere Stadt war in einer Welt, in der es schon viel zu viele davon gab.

Als er das Tal der Weisheit zur Hälfte durchquert hatte, wurde er von einem mittelgroßen Orc empfangen. Nazgrel war der Anführer von Thralls Leibwache und erwartete ihn zusammen mit vier anderen Kriegern. „Sei gegrüßt, letzter Sohn der Mok'Nathal. Es ist viel zu lange her."

Aus Respekt nahm Rexxar seinen Helm ab. „Seit ich dich gesehen habe, Nazgrel, ja. Seit ich die Stadt gesehen habe, nein. Ich habe Thrall die Treue geschworen und ich würde diesen edlen Krieger hier nie im Gras sterben lassen."

Nazgrel nickte. „Wir sind gekommen, um dich zu ihm zu geleiten. Der Schamane wurde ebenfalls gerufen, damit er sich um Byrok kümmert. Wir sind auch gekommen, um Misha von ihrer Bürde zu befreien."

Auf ein Zeichen von Nazgrel hin hoben zwei seiner Wachen Byroks blutenden Körper von Mishas Rücken.

Zuerst brüllte die Bärin, aber nach einem Wink von Rexxar hörte sie auf.

Sie setzten den Weg durch die langen und gewundenen Straßen von Orgrimmar fort, bis sie zu einem großen sechseckigen Gebäude an der entfernten Seite des Tals der Weisheit gelangten. Thrall empfing sie im Thronsaal, der Rexxar so kalt vorkam wie der Frostsäblerfelsen.

Thrall saß auf seinem Thron. Auf der einen Seite stand sein verschrumpelter Schamane Kalthar und auf der anderen ein Orc, den Rexxar nicht kannte. Als die Wachen Byrok auf den Boden gelegt hatten, beugte sich Kalthar zu dem Krieger hinab.

Leicht fröstelnd salutierte Rexxar vor dem Kriegshäuptling. „Ich entsende dir Grüße, Kriegshäuptling der Horde."

Thrall lächelte. „Es tut gut, dich wiederzusehen, mein Freund. Ich wünschte nur, es hätte nicht erst einer meiner Leute fast totgeprügelt werden müssen, damit du nach Orgrimmar zurückfindest."

„Es ist nicht meine Art, unter Städtern zu leben, Kriegshäuptling, wie du gut weißt."

„In der Tat, das tue ich. Wieder hast du uns einen großen Dienst erwiesen." Er drehte sich zu dem Schamanen um. „Wie geht es ihm?"

„Er wird es überleben. Er ist stark. Und er wünscht, mit dir zu sprechen."

„Kann er das denn?", fragte Thrall.

Kalthar schnaufte „Nicht gut, aber ich bezweifle, dass er mir erlaubt, ihn richtig zu behandeln, bevor er das getan hat."

„Ich muss … mich aufsetzen … Hilf mir, Schamane“, sagte Byrok. Er klang stärker, als er es im Gras getan hatte, wenn auch nur geringfügig.

Mit einem langen Seufzer gab der verrunzelte Orc Nazgrels Wachen ein Zeichen, damit sie Byrok in eine sitzende Position halfen.

Zögerlich, immer wieder unterbrochen von Atempausen, erzählte Byrok, was ihm widerfahren war. Rexxar wusste nichts vom Flammenden Schwert, aber die anderen offensichtlich durchaus.

„Das kann nicht dasselbe sein“, meinte der Orc, den Rexxar nicht kannte, irgendwann. „Nicht das, was wir kennen.“

„Es scheint unwahrscheinlich, das ist wahr, Burx“, sagte Thrall, „aber wenn ihr Symbol exakt so aussieht …“

Burx schüttelte seinen Kopf. „Es könnte Zufall sein, aber das glaube ich nicht. Ich habe Gerüchte über einen Menschenkult gehört, der in Theramore entsteht. Er wird das Flammende Schwert genannt. Es könnte sein, dass einer von denen ein paar unserer Leute als Sklaven hielt, davon gehört hat und es für seine Zwecke missbraucht.“

Nazgrel nickte. „Ich habe auch derartige Gerüchte gehört, Kriegshäuptling.“

„Bei allem Respekt“, sagte Kalthar, „ich muss diesen Mann behandeln. Er hat seine Pflicht erfüllt. Jetzt werde ich ihn aus diesem unerträglich kalten Thronsaal fortbringen und heilen.“

„Natürlich.“ Thrall nickte und auf Anweisung des alten Schamanen trugen die Wachen Byrok aus dem Saal.

Thrall stand von seinem Thron aus Fellen auf und begann auf und ab zu gehen. „Was weißt du von diesem Flammenden Schwert, Nazgrel?"

Nazgrel zuckte mit den Achseln. „Sehr wenig. Menschen, die sich in ihren Häusern versammeln, um Dinge zu besprechen."

Burx lachte höhnisch. „Sitzen und reden können die Menschen *wirklich* gut."

„Aber wenn sie frech genug werden, einen Orc innerhalb der Grenzen von Durotar anzugreifen", fügte Nazgrel hinzu, „dann sind sie ein gutes Stück mächtiger geworden, als wir dachten."

„Wir müssen darauf reagieren", sagte Burx. „Es ist nur eine Frage der Zeit, bis uns die Menschen sonst ihrerseits angreifen."

Rexxar hielt das für eine übertriebene Einschätzung. „Du würdest eine ganze Spezies nach den Taten von sechs Einzelnen beurteilen und strafen?"

„Sie würden dasselbe mit uns tun, ohne mit der Wimper zu zucken", schnaubte Burx. „Und wenn wir es dabei nicht mit denselben sechs zu tun haben, die schon unsere Bäume stahlen und die nur herumstanden und nicht einschritten, als Orc-Händler attackiert wurden, dann sprechen wir von wesentlich mehr als nur *sechs*."

Thrall drehte sich und sah Burx an. „Theramore ist unser Verbündeter, Burx. Jaina würde nicht erlauben, dass solche Sachen eine derartige Reaktion entfachen."

„Sie hat vielleicht keine Kontrolle mehr darüber", sagte Nazgrel. „Trotz all ihrer Macht, trotz allem, was ihr unseren Respekt eingebracht hat, ist und bleibt sie doch stets nur eine Menschenfrau."

Rexxar erinnerte sich an Jaina Prachtmeer als den einzigen ehrenhaften Menschen, den er je kennengelernt hatte. Als sie sich entscheiden musste, sich auf die Seite ihres Vaters zu stellen, ihrem eigenen Fleisch und Blut, oder ein Versprechen mit den Orcs einzuhalten, hatte sie das Letztere getan.

Ihre Wahl bewahrte Durotar davor, zerstört zu werden, noch bevor es überhaupt richtig erbaut worden war.

„Lady Prachtmeer", sagte er, „wird das Richtige tun."

Burx schüttelte den Kopf und entgegnete: „Dein Vertrauen ist rührend, Mok'Nathal, aber unangebracht. Glaubst du wirklich, dass eine *Frau* menschliches Verhalten ändern kann, das über Jahrzehnte gewachsen ist? Sie bekämpften uns und töteten uns und *versklavten* uns. Glaubst du, das ändert sich, nur weil eine einzige Person es sagt?"

„Die Orcs haben sich geändert, weil *eine* Person es gesagt hat", erwiderte Rexxar leise. „Diese Person steht jetzt vor dir als Kriegshäuptling. Misstraust du ihm?"

Darauf lenkte Burx ein. „Natürlich nicht. Aber …"

Thrall hatte seine Entscheidung schon getroffen. Er setzte sich zurück auf seinen Thron und verbot Burx, weiterzusprechen. „Ich weiß, wozu Jaina in der Lage ist, und ich kenne ihr Herz. Sie wird uns nicht verraten, und falls Vipern in ihrer Mitte sind, werden die Horde und die mächtigste Zauberin des Kontinents sich *gemeinsam* darum kümmern. Wenn sie mit den Donnerechsen fertig ist, werde ich mit ihr über das Flammende Schwert sprechen.“ Er drehte sich um und musterte Burx eindringlich. „Was wir aber nicht machen werden, ist, unser Wort brechen und die Menschen angreifen – haben wir uns verstanden?“

„Das haben wir, Kriegshäuptling.“

ZEHN

Strov hatte bereits eine Stunde in einer dunklen Ecke im Gasthaus Zum Dämonenhaupt gesessen, als sein Bruder Manuel mit vier Arbeitskollegen hereinschneite.

Auf Oberst Lorenas Anweisung hin hatte Strov mit seinem Bruder über das Flammende Schwert gesprochen. Manuel hatte gesagt, dass er die Person, die ihn zu rekrutieren versucht hatte, seitdem nicht mehr gesehen hatte.

Aber die letzten Male im Dämonenhaupt hatte er gehört, wie ein wieseliger kleiner Fischer namens Margoz nach einigen Bechern Brandy etwas über das Flammende Schwert gebrabbelt hatte. Strov hatte gehofft, den eigentlichen Anwerber aufspüren zu können, von dem ihm Manuel eine Woche zuvor erzählt hatte. Aber laut Manuel war der Mann seitdem nicht mehr im Dämonenhaupt gesichtet worden.

Manuel konnte noch nie gut Menschen beschreiben. Margoz bezeichnete er als „wieselig“, was etwa auf die Hälfte der Gäste im Dämonenhaupt zutraf. Aber Manuel war sich sicher, dass er den Mann wiedererkennen würde, sobald er ihm gegenüberstand. Deshalb versprach er, nach seiner Schicht in den Docks zum Dämonenhaupt zu kommen.

Strov traf bereits früh ein und nahm in der Ecke Platz. Er wollte mit dem Hintergrund der Taverne verschmelzen und die Leute beobachten. Nach ein paar Stunden war ihm klar, dass er niemals wieder hierherkommen würde. Der Tisch war schmutzig, der Stuhl, auf dem er saß, schief, und er wackelte auf dem ungewischten Boden. Er hatte sich sein erstes Getränk, ein wässriges Bier, selbst an der Theke geholt. Seitdem hatte niemand versucht, ihm nachzufüllen. Strov war erstaunt, dass sich der Besitzer mit dieser Einstellung halten konnte.

Außerdem fand Strov den Dämonenschädel hinter dem Tresen unglaublich störend. Es war, als würde ihn das Ding die ganze Zeit anstarren. Obwohl, wenn man es recht bedachte, konnte er sich gut vorstellen, wie die Anwesenheit dieses Schädels die Leute dazu anspornte, mehr zu trinken – schon um ihn irgendwann *nicht* mehr zu sehen, zumindest nicht klar. So gesehen war es letztlich wohl doch eine dem Umsatz förderliche Entscheidung, das hässliche Ding hier aufzuhängen.

Manuel trat mit einer Gruppe von Leuten ein, die wie er selbst stämmig und laut waren und ärmellose Hemden über weiten Baumwollhosen trugen. Strovs Bruder bestritt seinen Lebensinhalt mit dem Be- und Entladen von Schiffen, die in Theramore anlegten, und verbrachte die meiste freie Zeit beim Würfeln oder in dieser Taverne. Es war ein Job, der den Körper forderte, nicht den Geist, weshalb er für Strov uninteressant war, aber dem deutlich fantasieloseren Manuel genügte. Strovs älterer

Bruder strengte nicht allzu gern seinen Grips an. Selbst die eher rustikale Soldatenausbildung, die Strov genossen hatte, wäre zu anspruchsvoll für ihn gewesen. Er bevorzugte es schlicht. Ihm genügte es, dass man ihm auftrug, eine Kiste von einem Ort zu einem anderen zu befördern. Alles, was darüber hinausging – wie etwa die Feinheiten eines Schwertkampfes –, bereitete ihm Kopfschmerzen.

Als die Dockarbeiter zur Theke gingen, sagte Manuel: „Sucht einen Tisch, Jungs. Ich ordere die Getränke."

„Die erste Runde geht auf dich?", fragte einer mit breitem Grinsen.

„Klar, wir verrechnen es später." Manuel lachte und ging zur Bar. Strov bemerkte, dass sein Bruder nicht den direkten Weg dorthin einschlug. Stattdessen bewegte er sich in einem merkwürdigen Winkel, sodass er sich zwischen zwei Leuten hindurchzwängen musste, um sein Ziel zu erreichen.

„'n Abend, Erik", begrüßte er den Wirt.

Der nickte nur und wartete auf die Bestellung.

„Zwei Bier, einen Brandy, einen Wein und einen Eberschnaps!"

Strov grinste. Manuel hatte schon immer eine Schwäche für Eberschnaps gehabt, der selbstverständlich das teuerste Getränk in der Taverne war. Das war einer der Gründe, warum er immer noch bei ihren Eltern lebte, während Strov längst seine eigene Behausung hatte.

„Verstehe, das Übliche", sagte Erik. „Kommt sofort."

Als Erik sich abwandte, um die Bestellung zusammenzustellen, drehte sich Manuel um und blickte den

Mann, der ihm am nächsten saß, unverwandt an. Der war nach Strov gekommen, trank aber bereits seinen dritten Brandy.

„Hey“, sagte Manuel, „du bist Margoz, richtig?“

Der Mann schaute wortlos und mit leerem Blick zu Manuel auf.

„Du bist doch mit diesen Flammendes-Schwert-Leuten zusammen, oder? Da war doch dieser Kerl hier drin, schon ’ne Weile her, und der hat nach neuen Rekruten gesucht. Zu dem gehörst du, oder?“

„Keine Ahnung, wovon du sprichs’“, nuschelte Margoz und verschluckte dabei den einen oder anderen Buchstaben. „’schulligung.“

Margoz stand auf, stürzte ungelenk zu Boden, stand wieder auf, lehnte jede Hilfe von Manuel ab und bewegte sich dann ebenso langsam wie unsicher auf die Tür zu.

Einen Augenblick, nachdem Manuel genickt hatte, verabschiedete sich Strov von seinem längst geleerten Krug und trat ebenfalls auf die Straße hinaus.

Das Kopfsteinpflaster war wie ein Gitternetz angeordnet, um Passanten, Reittieren und Wagen einen festen Untergrund zu bieten und zu verhindern, das sie in dem sumpfigen Boden, auf dem die Stadt errichtet worden war, stecken blieben. Die meisten Leute bevorzugten es, darauf zu gehen, statt auf dem Schlamm und Gras an den Seiten. Deshalb waren die Durchgänge so stark frequentiert, dass Strov Margoz folgen konnte, ohne befürchten zu müssen, von ihm entdeckt zu werden.

Nachdem Margoz mit vier verschiedenen Leute zusammengestoßen war, von denen zwei auch noch angestrengt versucht hatten, genau das zu vermeiden, wurde Strov klar, dass sie auch weit und breit die Einzigen auf der Straße hätten sein können, ohne dass Margoz ihn entdeckt hätte. Der Kerl war so betrunken, dass er sogar einen Drachen übersehen hätte, wenn der ihm feuerspeiend gefolgt wäre.

Trotzdem blieb Strov vorsichtig. Er hielt sicheren Abstand, starrte seine Zielperson nur selten direkt an und behielt sie stattdessen lieber aus den Augenwinkeln im Blick.

Nach kurzer Zeit erreichten sie ein kleines Haus aus gebrannten Lehmziegeln nahe den Docks. Dieses Haus war aus noch billigeren Materialien als Holz oder Stein, was darauf hindeutete, dass wirklich arme Leute darin lebten. Wenn dieser Margoz tatsächlich Fischer war, musste er ein ziemlich schlechter sein. Man musste schon reichlich unbegabt sein, um als Fischer an der Küste der Großen See ein so spartanisches Leben zu führen.

Die nahe gelegene Jauchegrube war offenbar nur unzulänglich abgedeckt, und Strov würgte, als er den Geruch der Fäkalien einatmete.

Margoz betrat das Gebäude, das vermutlich ursprünglich als Behausung mit vier Räumen errichtet worden war, bewohnt von *einer* Familie. Jetzt aber hatte jeder Raum einen anderen Mieter.

Strov bezog hinter einem der gegenüberliegenden Bäume Position.

In dreien der Räume brannten bereits Laternen. Die vierte ging rund eine halbe Minute an, nachdem Margoz das Haus betreten hatte. Strov verließ seinen Platz, schlenderte hinüber und blieb nahe bei Margoz' Fenster stehen. Dabei tat er so, als müsse er urinieren. Er stolperte mit Absicht, damit Passanten ihn für einen Betrunkenen hielten, der seine Erleichterung suchte. In dieser Gegend waren Trunkenbolde nichts Ungewöhnliches, und erst recht nicht, dass sie dort, wo sie gerade standen, die übervolle Blase leerten.

Aus Margoz' Quartier hörte Strov dumpfe Worte. „*Galtak Ered'nash. Ered'nash ban galar. Ered'nash havik yrthog. Galtak Ered'nash.*"

Den Rest verstand Strov nicht. Aber der erste und der letzte Teil waren zweifelsfrei dem Idiom entliehen, das die Orcs verwendeten, die sie in Nordwacht angegriffen hatten.

Zufrieden, die richtigen Schlüsse gezogen zu haben, hörte Strov weiter zu.

Sein Gesicht verzog sich vor Ekel, als er plötzlich auftretenden Schwefelgestank bemerkte. Eigentlich hätte der Schwefel wenigstens etwas angenehmer riechen müssen – oder zumindest weniger widerwärtig – als der überwältigende Geruch aus der Jauchegrube. Aber etwas stimmte daran nicht. Etwas *Böses* lag darin. Margoz' Worte hatten wie eine Beschwörung geklungen, und jetzt das. Magie schien im Spiel zu sein. Und Strov hätte sein Schwert darauf verwettet, dass es sich um *dämonische* Zauberkunst handelte.

„Tut mir leid, Herr, ich wollte nicht …" Margoz schwieg. „Ja, ich verstehe, Ihr wollt nicht gestört werden, wenn es nicht wichtig ist, aber es dauert jetzt schon *Monate*, Herr, und ich hause immer noch in demselben Loch.

Ich will ja nur wissen …“ Wieder eine Pause. „Aber es ist wichtig für mich. Und was noch wichtiger ist: Die Leute reden mit mir, als ob ich ihnen helfen könnte.“

Strov konnte die andere Hälfte der Unterhaltung nicht hören, woraus er schloss, dass Margoz entweder verrückt war und mit sich selbst sprach (was, wie Strov einräumen musste, nicht völlig unwahrscheinlich war), oder der Dialogpartner artikulierte sich auf eine Art, die nur Margoz hören konnte.

„Ich weiß nicht, wovon Ihr redet. Keiner ist …“ Wieder eine Pause. „Nun, woher sollte ich denn das wiss… Hä? Ich hab doch hinten keine Augen.“

Was Strov über Dämonen wusste, drehte sich weitgehend darum, wie man sie tötete. Aber diese einseitige Unterhaltung trug definitiv die Handschrift von Dämonen. Und das nicht nur wegen des Schwefels.

Er zog seine Hose hoch. Er hatte genug gehört, was er Oberst Lorena berichten konnte. Außerdem mochte er die Vorstellung nicht, sich so nah bei einem Dämon aufzuhalten.

Als er sich umdrehte, starrte er in absolute Dunkelheit.

„Was zum Teuf…?“ Er wirbelte herum. Aber auch dort gab es nur tintige Schwärze. Theramore war vollständig verschwunden.

Ich mag keine Spione.

Strov hörte die Stimme weniger, als dass er sie bis tief ins Mark seiner Knochen *spürte*. Es war, als hätte ihm jemand die Augen zugenäht – nur dass sie weit offen standen und er dennoch *absolut nichts* sehen konnte.

Aber war nicht nur die Sicht, die ihm abhandengekommen war. Die Dunkelheit legte sich auch auf seine übrigen Sinne. Er konnte weder den Straßenlärm von Theramore hören noch die von der See hergetragene Salzluft schmecken, noch die Brise spüren, die von der Großen See herüberwehte.

Das Einzige, was er nach wie vor roch, war Schwefel.

Warum spionierst du meinem Untertan hinterher?

Strov schwieg. Er war sich nicht mehr sicher, ob er überhaupt der Sprache mächtig war, und selbst wenn, wollte er solchen Kreaturen niemals irgendwelche Informationen zukommen lassen.

Ich habe für solche Spielchen keine Zeit. Mir scheint, du solltest einfach sterben.

Die Dunkelheit brandete auf Strov herab. Sein Körper wurde kalt, das Blut gefror ihm in den Adern, sein Geist schrie in unendlicher Qual.

Der letzte Gedanke, den Strov zu formen imstande war, galt Manuel. Er hoffte inständig, dass sein Bruder nicht Strovs gesamte Hinterlassenschaft in Eberschnaps umsetzen würde …

ELF

Knirschbüchs liebte es, ein Gnomenbüttel zu sein. Und als er damit angefangen hatte, war es ein leichter Job gewesen. Büttel sicherten den Frieden in Ratchet, und die Bezahlung war gut. Knirschbüchs verbrachte seine Schicht damit, in seinem Bereich am Pier von Ratchet auf und ab zu gehen, die üblichen Betrunkenen und Landstreicher zu verprügeln, Bestechungen von Schiffsmeistern, die Schmuggelware beförderten, entgegenzunehmen, diejenigen einzusperren, die zu dumm oder zu geizig waren, Bestechungen zu zahlen, und generell alle möglichen Arten von Leuten zu treffen.

Knirschbüchs hielt sich seit jeher für den geselligen Typ. Ratchet war ein neutraler Hafen. Gnome hatten es sich zur Regel gemacht, in den zahlreichen Konflikten, die das Land verwüsteten, keine Partei zu ergreifen. Als Resultat davon kam so ziemlich jede Spezies, die man auf der Welt finden konnte, früher oder später hier durch. Elfen, Zwerge, Menschen, Orcs, Trolle, Oger, ja sogar gewöhnliche Gnome. Hier war der Knotenpunkt von Kalimdor.

Knirschbüchs liebte es, die wechselseitigen Beziehungen zu beobachten, ob es nun Zwerge waren, die Baumaterial an die Elfen verschifften, Elfen, die Edelsteine zu den Menschen schafften, Orcs, die den Elfen Getreide lieferten, Menschen, die Fisch zu den Oger brachten, oder Trolle, die Waffen an so ziemlich jeden verhökerten.

Aber dann waren die Beziehungen schlagartig abgekühlt. Besonders zwischen Menschen und Orcs. Was problematisch war, weil die meisten Besucher in Ratchet zu einer dieser beiden Rassen gehörten. Ratchet lag an Durotars südlichster Küste und war auch der Theramore am nächsten gelegene Hafen.

Erst letzte Woche hatte Knirschbüchs einen Streit zwischen einem Orc-Seemann und einem Menschen-Händler beenden müssen. Der eine war auf den Zeh des anderen getreten und der Mensch hatte sich darüber ziemlich aufgeregt. Knirschbüchs war gezwungen gewesen, sie auseinanderzubekommen, bevor der Orc den Menschen zu Brei schlagen konnte, was alles andere als ein Spaß gewesen wäre.

Knirschbüchs bevorzugte Kämpfe gegen Betrunkene oder Landstreicher, weil die so freundlich waren, nicht zurückzuschlagen. Wild gewordene Orcs hingegen waren ein ganz anderes Kaliber und Knirschbüchs wollte damit lieber nichts zu tun haben.

Kämpfe bedeuteten normalerweise, dass er sein Netzgewehr in Anschlag bringen musste, und jedes Mal, wenn er das tat, riskierte er, dass jemand herausfand, wie schlecht er wirklich mit dem dummen Ding umzugehen verstand.

Ja klar, er konnte es sehr leicht abfeuern. Jeder Idiot konnte das – nur Zielen und den Abzug drücken, und ein Schwall komprimierter Luft jagte ein Netz raus, um das einzufangen, worauf man eben gerade schoss.

Aber Knirschbüchs zielte im Regelfall sehr schlecht, das Netz verpasste fast immer das Ziel und veranstaltete dann eine ziemliche Sauerei. Glücklicherweise reichte es normalerweise völlig aus, wenn ein Büttel mit der riesigen Mündung des Gewehrs auf jemanden *zielte*, um die meisten Konflikte zu beenden. Oder die Kontrahenten wenigstens so lange hinzuhalten, bis Verstärkung eintraf.

Seitdem waren keine neuen Kämpfe mehr entbrannt. Aber eine Flut von Schimpfworten wurde ausgetauscht und hitzige Diskussionen folgten. Es war so weit gekommen, dass viele der Handelsschiffe neuerdings nur noch mit einer bewaffneten Eskorte nach Ratchet kamen – die Orc-Boote mit Kriegern aus Orgrimmar, die Menschen-Schiffe mit Soldaten aus Nordwacht.

Knirschbüchss Bereich war die nördlichste Sektion des Piers, ein Gebiet mit zwanzig Ankerplätzen, und als er dort entlangschlenderte, sah er, dass fünfzehn der zwanzig Docks belegt waren. Noch aber blieb zu seiner Erleichterung alles ruhig. Die Sonne schien ihm ins Gesicht und wärmte ihn in seinem Brustpanzer. Vielleicht würde es heute ein guter Tag werden.

Nach ein paar Minuten verschwand die Sonne. Ein paar Wolken waren aufgezogen. Bald würde es zu regnen anfangen. Knirschbüchs seufzte. Er verabscheute Regen.

Am kurzen Ende des Docks sah er einen Menschen und einen Orc, die eine lebhafte Unterhaltung miteinander führten. Knirschbüchs gefiel nicht, was er sah. Lebhafte Unterhaltungen zwischen Menschen und Orcs neigten in diesen Zeiten dazu, in Gewalt auszuarten.

Er ging näher heran. Das Boot des Menschen war direkt neben dem des Orcs vertäut, an den nördlichsten Anlegeplätzen. Knirschbüchs erkannte den Orc. Es war Kapitän Klatt von der *Raknor*, einem Handelsschoner, der Getreide von den Bauern in der Klingenhügel-Region transportierte.

Obwohl er sich nicht an den Namen des Menschen erinnerte, wusste Knirschbüchs, dass dessen Schiff ein Fischtrawler namens *Lohn der Leidenschaft* war. Knirschbüchs hatte wenig Verständnis für die Namenskonventionen der Menschen. Klatt hatte die *Raknor* nach seinem Bruder benannt, der im Kampf gegen die Brennende Legion gefallen war, aber der Gnom hatte nicht die geringste Ahnung, worauf sich der Name *Lohn der Leidenschaft* bezog. Bestimmt nicht aufs Fischen.

Der Handel mit Waren boomte. Getreideanbau war schwierig in den Düstermarschen, wo die Menschen auf Kalimdor lebten. Aber es gab ausreichend Fisch. Klingenhügel dagegen lag zum Fischen viel zu tief landeinwärts. Deshalb tauschten die Menschen des öfteren ihren überschüssigen Fang gegen das überschüssige Getreide der Orcs.

„Ich tausche doch nicht meinen besten Lachs gegen diese Abfälle!“

Knirschbüchs seufzte. Offensichtlich liefen die Geschäfte heute nicht sonderlich gut.

Klatt stampfte mit dem Fuß auf. „Abfälle? Du lügst, du kleine Made. Das ist mein bestes Getreide."

„Das spricht nicht für deine Farm", konterte der Mensch trocken. „Das Korn sieht aus, als sei ein Oger darauf herumgetrampelt. Und es riecht auch so."

„Ich stelle mich doch hier nicht hin und lasse mich von einem *Menschen* beleidigen!"

Der Mensch richtete sich zu seiner vollen Größe auf, wodurch er dem Orc gerade mal bis zur Schulter reichte. „Nicht du bist derjenige, der hier beleidigt wird. Ich habe meinen besten Fang, und du bietest mir den Bodensatz aus deinem Fass zum Tausch an!"

„Dein Lachs taugt nicht mal als Streu!"

Zu spät bemerkte Knirschbüchs, dass der Mensch mit etwas bewaffnet war, das wie ein Langschwert aussah, während Klatt unbewaffnet schien. Weil er annahm, dass der Mensch im Umgang mit der Klinge geübt war, relativierte das die Vorteile, die Klatt in einem Kampf aus seiner Größe ziehen konnte.

„Und dein Korn taugt nicht mal für die Hunde!"

„Feigling!"

Knirschbüchs zuckte bei Klatts Worten zusammen. „Feigling" war die größte Beleidigung, die ein Orc von sich geben konnte.

„Dreckige Grünhaut! Ich hätte große Lust …"

Wozu der Mensch große Lust hatte, ging unter, als Klatt ihn angriff. Der Mensch war nicht in der Lage, sein Langschwert rechtzeitig zu ziehen, und die beiden rollten miteinander ringend über das Dock. Klatt hieb immer wieder auf den Menschen ein.

Noch während er überlegte, wie genau er die Sache beenden sollte, wurde ihm die Entscheidung von der Menscheneskorte erleichtert. Drei Wachen, die Brustpanzer trugen, die sie als Lady Prachtmeers Truppen auswiesen, sprangen von der *Lohn der Leidenschaft* und rissen Klatt von ihrem Kapitän fort.

Aber Klatt ließ sich von gerade mal drei Menschen nicht nachhaltig bremsen. Er boxte einem in den Bauch, griff sich den zweiten und schleuderte ihn gegen den dritten.

Nun begannen die Orcs von der *Raknor* zu springen und in die Schlägerei einzugreifen. Knirschbüchs erkannte, dass er etwas tun musste, bevor *alles* aus dem Ruder lief.

Er legte sein Netzgewehr an, hoffte dabei von ganzem Herzen, dass er es nicht wirklich einsetzen musste, und brüllte: „Okay, das war's! Aufhören, *sofort*, oder ihr habt alle ein Problem! Kapiert?"

Klatt, der gerade wieder auf den Menschenkapitän zuspringen wollte, stoppte. Sein Widersacher, der aus Nase und Mund blutete, schrie: „Er hat mich angegriffen!"

Die Stimme des Menschen hatte einen nasalen Beiklang, vermutlich das Resultat seiner lädierten Nase.

„Ja, das hast du auch verdient – wer sein Wort bricht …", schnaubte Klatt.

„Das ist doch kein Grund, einem Mann an die Gurgel zu gehen!"

„Ich sagte, Ruhe!“ Knirschbüchs ergriff das Wort, bevor Klatt antworten konnte. „Ihr steht beide unter Arrest. Ihr kommt entweder friedlich mit – oder in Einzelteilen. Für mich macht das keinen Unterschied.“ Er sah die Orc-Krieger und die Menschen-Soldaten an. „Hier ist Gnomengebiet, und das bedeutet, dass *ich* hier die Befehle gebe, kapiert? Deshalb habt ihr jetzt zwei Möglichkeiten: Helft mir, diese beiden einzusperren, bis ein Schiedsmann sich des Falls annimmt, oder schafft eure Ärsche raus aus Ratchet. Es bleibt ganz Euch überlassen.“

Knirschbüchs hatte seine Stimme gesenkt in der Hoffnung, dass er so seinen Worten mehr Autorität verleihen konnte. Aber er wusste, dass er keine Möglichkeit hatte, diese Leute aufzuhalten, wenn sie sich seinen Worten zum Trotz doch entschlossen, weiterzukämpfen. Falls er gezwungen wurde, das Netzgewehr abzufeuern, würde er bestenfalls einen der Landepfosten in Mitleidenschaft ziehen.

Zu seiner Erleichterung sagte einer der Menschen: „Wir wollen keinen Ärger. Wir ziehen ab.“

Augenscheinlich wollten auch die Orcs nicht die Souveränität der Gnome von Ratchet verletzen, wenn es schon die Menschen nicht taten. Deshalb rief einer der Orcs schnell: „Wir auch!“

Als er Klatt und den blutenden Menschen zurückbrachte, versuchte Knirschbüchs, seinen Atem unter Kontrolle zu bekommen, um nicht zu hyperventilieren. Er war für diese Art Aufregung nicht geschaffen, aber ihm fiel auch auf Anhieb kein anderer Job ein, in dem er seinen Mann gestanden hätte.

Wie auch immer, Büttel zu sein hatte *definitiv* an Attraktivität eingebüßt.

Major Davin war so wütend, dass er an seinem Bart riss. Er zwang sich aufzuhören. Das letzte Mal, als er so wütend gewesen war, hatte er ganze Büschel ausgerupft, was nicht nur schmerzvoll war, sondern auch gegen die Kleiderordnung verstieß.

Der Grund seiner Wut war Korporal Rychs Bericht, den dieser nach seiner hastigen Rückkehr aus Ratchet verfasst hatte. „Sie haben tatsächlich Captain Joq eingesperrt?“

„Nun, das geschah nur der Fairness halber, Sir“, sagte Rych, „sie haben den Orc ebenfalls eingesperrt. Kaum ging die Streiterei los, kam dieser Gnomenbüttel dazu.“

„Und Ihr habt ihn Joq einsperren lassen?“

Rych blinzelte. „Mir blieb keine Wahl, Sir. Gnome sind für Ratchet zuständig. Wir haben keinerlei …“

Davin schüttelte den Kopf. „Keine Befehlsgewalt, ich weiß, ich weiß.“ Er stand von seinem Stuhl auf und begann im Büro auf und ab zu gehen. „Es ist lächerlich. Wir sollten diesem Schwachsinn nicht ausgesetzt sein.“

„Sir, ich verstehe nicht, worauf …“

„Die Orcs haben wirklich Nerven, wenn sie versuchen, uns so zu hintergehen.“ Er drehte sich um und trat zum Fenster.

Rych nickte schnell und sagte: „Das ist sicherlich richtig, Sir. Das Korn, das sie uns angeboten haben, war wirklich widerlich, Sir. Eine Beleidigung war das. Und dann hat dieser Orc den Captain angegriffen. Völlig grundlos."

Der Major blieb stehen und öffnete das Fenster. Er sah hinaus auf die Große See. Kleine Wellen schwappten sanft gegen den sandigen Strand. Es war ein friedliches Bild. Ein Idyll, von dem Davin wusste, dass es trügerisch war. „Alles gerät außer Kontrolle. Wenn die Orcs so weitermachen, ist es nur eine Frage der Zeit, bis wir wieder mit ihnen im Krieg liegen."

„Ich glaube nicht, dass das passieren wird, Sir." Rych klang zweifelnd, aber Davin wusste es besser.

„Oh, es wird, Korporal, da könnt Ihr Euch *absolut* sicher sein. Und mit den Tauren und den Trollen auf ihrer Seite werden sie uns überrennen. – Es sei denn, wir sind vorbereitet." Er wandte sich zur Tür. „Gefreiter!"

Der Gefreite Oreil kam herein. Wie immer, wenn er ihn sah, seufzte Davin. Ganz gleich, wie viele Male der junge Gefreite auch eingekleidet wurde, immer war ihm die Rüstung um einiges zu groß.

„Ja, Sir?"

„Nachricht nach Theramore, sofort. Wir brauchen Verstärkung, und zwar so schnell wie möglich!"

„Jawohl, Sir, wird erledigt, Sir." Oreil salutierte und verließ das Wachbüro, um den magischen Stein zu holen, den Lady Prachtmeer ihnen gegeben hatte, um die Kommunikation zwischen Nordwacht und Theramore zu verbessern. Längere Unterhaltungen konnte man damit zwar nicht führen, aber für kurze Botschaften reichte es.

Rych rieb sich gedankenverloren die Wangen. „Oh,

Sir, bei allem gebotenen Respekt, aber ist das wirklich eine so gute Idee, Sir?“

„Sogar eine *sehr* gute.“ Davin setzte sich wieder an seinen Tisch und verspürte nicht länger den Drang, sich die Haare aus dem Bart zu rupfen. Endlich hatte er die Initiative ergriffen und es wirkte befreiend auf ihn. „Ich lasse ganz bestimmt nicht zu, dass uns diese grünhäutigen Bastarde unvorbereitet treffen!“

ZWÖLF

Aegwynn wünschte sich sehnlichst, dass diese lästige junge Frau einfach verschwinden möge.

Doch das würde natürlich nicht passieren. Aegwynn war zu sehr Realistin, um etwas anderes zu erwarten. Aber das hielt sie nicht davon ab, es sich von ganzem Herzen zu wünschen. Sie war seit zwei Jahrzehnten allein und hatte es schätzen gelernt, sich selbst genug zu sein. In diesen zwanzig Jahren war sie glücklicher gewesen als in den Hunderten davor.

Sie hatte gehofft, dass dieses Hochland mit seinen unpassierbaren Bergen abgelegen genug war und niemand in der Lage sein würde, sie zu finden. Aber diese Hoffnung hatte sich als trügerisch erwiesen.

„Ich kann nicht glauben, dass Ihr immer noch lebt."

Diese Prachtmeer-Frau klang wie eine Halbwüchsige. Aegwynn wusste jedoch, dass das eigentlich nicht ihre Natur war, sondern sie sich erst in diese Rolle hineingesteigert hatte, als sie erfuhr, wer Aegwynn in Wahrheit war.

„Ihr wart immer einer meiner Helden. Als ich noch Schülerin war, habe ich die Aufzeichnungen Eurer Taten studiert. Ihr wart der bedeutendste Wächter", fuhr Prachtmeer fort.

Aegwynn schauderte bei dem Gedanken, was diese schlotternden alten Dummköpfe in der Violetten Zitadelle über sie verbreitet und niedergeschrieben haben mochten, und sagte: „Wohl kaum."

Sie konnte dieses Geschwätz nicht länger ertragen, hob den Wassereimer an und ging zurück zur Hütte. Wenn sie Glück hatte, würde diese Prachtmeer sie nicht weiter belästigen.

Aber Aegwynn hatte heute nicht sonderlich viel Glück.

Prachtmeer folgte ihr. „Wegen Euch konnte ich überhaupt erst Magierin werden."

„Grund genug für mich zu bereuen, dass *ich* eine wurde."

„Ich verstehe nicht. Warum seid Ihr hier? Warum habt Ihr nicht allen erzählt, dass Ihr noch lebt? Ehrlich gesagt hätten wir Eure Hilfe im Kampf gegen die Brennende ..."

Aegwynn schleuderte den Eimer zu Boden und wirbelte zu Prachtmeer herum. „Warum ich hier bin, geht nur mich etwas an. Jetzt lasst mich in Frieden."

Unglücklicherweise führte diese Aktion nur dazu, dass Prachtmeer ihr bisheriges Gehabe aufgab und wieder zu jener starken Persönlichkeit wurde, die sie eigentlich war. „Es tut mir leid, aber das kann ich nicht, Magna. Ihr seid zu wichtig für ..."

„Ich bin für niemanden wichtig. Versteht Ihr das nicht? Du kleines dummes Kind! Ich bin nicht auf menschliche Gesellschaft vorbereitet – oder orcische oder die von Trollen, Zwergen ... wen immer Ihr wollt."

Dieser Ausbruch brachte erneut das junge Ding in Prachtmeer zum Vorschein. Aegwynn konnte die Magie in ihr sehen und erkannte – mochte sie auch im Vergleich zu ihr ein Kind sein –, dass sie sehr mächtig war. Sie war durch die Barrieren gelangt, ohne dass Aegwynn etwas davon mitbekommen hatte. Das zeugte von einem gewissen Können. „Ich bin kein kleines Mädchen. Ich bin eine Magierin aus Kirin Tor."

„Und ich bin tausend Jahre alt, und soweit es mich betrifft, habt Ihr noch ein paar Jahrhunderte vor Euch, bevor ich eventuell in Erwägung ziehen könnte, Euch nicht mehr als kleines Mädchen zu bezeichnen, kleines Mädchen ... Jetzt geht. Ich möchte allein sein."

„Warum?" Prachtmeer klang ehrlich verwirrt, was Aegwynn zu der Erkenntnis brachte, dass die junge Zauberin ihren Werdegang nicht richtig studiert hatte. Oder ihr Lebenslauf war gründlich verändert – verfälscht! – worden, bis Prachtmeer ihn in die Finger bekommen hatte.

Das Mädchen fuhr fort: „Ihr wart diejenige, die Frauen den Weg geebnet hat, überhaupt Zauberinnen werden zu können. Ihr seid einer der besungenen Helden von Azeroth. Wie konntet Ihr Euch nur abwenden ..."

„Wie? Hm, ganz einfach – *so.*" Aegwynn drehte sich um und ging ins Haus. Ihren Eimer ließ sie stehen. Sie würde ihn später holen.

Natürlich gab Prachtmeer nicht auf, sondern folgte ihr durch die klapprige Holztür. „Magna, Ihr ..."

Sie standen jetzt in dem Raum, den Aegwynn scherzhaft das Wohnzimmer nannte. Es war zugleich der einzige Raum in der Hütte und diente auch als Schlafstube, Küche und Esszimmer. Aegwynn rief erbost: „Hört auf, mich so zu *nennen*. Ich bin keine Magierin mehr. Ich bin auch kein Held und ich will Euch nicht in meinem Haus haben. Ihr sagtet, dass ich Frauen den Weg zum Magiersein geebnet hätte. Wenn ich mir überhaupt etwas anrechnen darf, dann ist es, der beste Grund zu sein, warum Frauen *niemals* Magierinnen werden sollten."

„Ihr liegt falsch", sagte Prachtmeer. „Es ist, weil Ihr ..."

Aegwynn presste ihre Hände auf die Ohren und sagte: „Um Himmels willen, würdet Ihr bitte damit aufhören?"

Ruhig antwortete Prachtmeer: „Ich sage nichts, was Ihr nicht schon wüsstet. Wenn Ihr nicht gewesen wärt, wären die Dämonen schon viel früher gekommen und wir ..."

„Und welchen Unterschied *genau* hätte das ausgemacht?" Aegwynn lächelte das Mädchen hohntriefend an. „Die Dämonen kamen trotzdem und Lordaeron wurde trotzdem zerstört, der Lichkönig regiert immer noch und Sargeras hat immer noch gewonnen."

Prachtmeer zuckte bei der Erwähnung des Lichkönigs aus irgendeinem Grund zusammen. Aber Aegwynn interessierte das Warum nicht. Das Mädchen antwortete: „Ihr könnt Eure Beteiligung leugnen, solange Ihr wollt, aber das ändert gar nichts. Ihr wart eine Inspiration für alle ..." Sie lächelte. „Für alle ‚kleinen Mädchen', die Magierinnen werden wollten. In der Zitadelle war meine Lieblingsgeschichte immer die, wie Ihr von Scavell als erster weiblicher Wächter auserwählt wurdet. Dem ersten Magier, der den Wert weiblicher Schüler erkannt hat – und wie die Wächter von Tirisfal die Wahl begrüßt haben und …“

Aegwynn musste lachen. Sie lachte lang und laut. Sie hatte sogar Schwierigkeiten, Luft zu bekommen vor lauter Prusten. Sie fing an zu husten, bekam sich aber wenig später wieder unter Kontrolle. Nach tausend Jahren begann ihr Körper jetzt zu altern, aber sie hatte immer noch genug Lebenskraft, um sich von ein bisschen Gelächter nicht umwerfen zu lassen.

Genau genommen war es der beste Lacher, der seit Jahrhunderten aus ihr herausgebrochen war.

Prachtmeer schaute wie jemand, der in eine Zitrone gebissen hatte. Ihr Gesicht war wutverzerrt. „Ich verstehe nicht, was daran so komisch sein soll.“

„Natürlich nicht.“ Aegwynn lachte und atmete ein paarmal tief ein und aus. „Wenn Ihr all den Müll glaubt, der über mich kursiert, seid Ihr selber schuld.“ Sie tat einen weiteren Atemzug, der sich in ein Seufzen verwandelte. „Nun, wenn Ihr wahrhaftig darauf besteht, in meine Privatsphäre einzudringen, Lady Jaina Prachtmeer aus der ach so noblen Stadt Theramore, dann setzt Euch.“ Sie wies auf den geflochtenen Stuhl, für dessen Herstellung sie das gesamte dritte Jahr ihres Exils geopfert hatte, sich aber nach seiner Fertigstellung weigerte, je darauf Platz zu nehmen. „Setzt Euch, und ich werde Euch die *wahre* Geschichte erzählen, wie ich zur Wächterin von Tirisfal wurde … und warum ich die Letzte bin, die Ihr als irgendeine Art von Heldin feiern solltet …“

Achthundertvierundsiebzig Jahre zuvor

Zum ersten Mal seit Jahren jagte Tirisfal Aegwynn Angst ein. Die Wälder nördlich der Hauptstadt von Lordaeron waren immer ein Ort der Schönheit und Ruhe gewesen, fern vom Alltag. Ihre Mutter hatte sie das erste Mal auf einem Ausflug hierher mitgenommen, als sie noch ein junges Mädchen gewesen war. Die kleine Aegwynn hatte die Landschaft gleichzeitig als erschreckend und faszinierend empfunden. Sie war überrascht, dass die Tiere frei herumliefen, war fasziniert von der unglaublichen Farbenpracht der Vegetation und begeistert, wie viele Sterne sie des Nachts sehen konnte, weit weg von den Lichtern der Stadt.

Im Laufe der Zeit war die Angst verschwunden. Sie wich Freude, Verwunderung und immer wieder Erleichterung.

Bis heute. Heute war die Angst mit aller Macht zurückgekehrt.

Seit ihrer Kindheit war sie eine Schülerin des Zauberers Scavell, zusammen mit vier anderen, die aber natürlich Jungen waren. Aegwynn wollte schon immer Magierin werden, aber ihre Eltern hatten ihr stets gesagt, dass sie irgendwann irgendjemands Frau werden würde. Und dass ihr Herumspielen mit Kräutern im Augenblick noch in Ordnung sei. Aber bald schon würde sie wichtigere Dinge lernen – wie Nähen und Kochen …

Diese Predigten ließ sie so lange über sich ergehen, bis sie Scavell traf und er sie bat, seine Schülerin zu werden. Dabei machte er deutlich, dass er ein Nein als Antwort nicht akzeptieren würde. Ihre Eltern jammerten, sie würden ihr kleines Mädchen verlieren. Aber Aegwynn war begeistert. Aus ihr würde eine Magierin werden!

Damals gab es nur drei andere Schüler: Falric, Jonas und Manfred. Sie waren genauso merkwürdig wie alle anderen Knaben, die Aegwynn kannte, aber immerhin ein wenig erträglicher. Der vierte, Natale, stieß erst ein Jahr später zu ihnen.

Heute Morgen hatte Scavell verkündet, dass er Mitglied eines geheimen Ordens wäre, den man die Wächter von Tirisfal nannte. Aegwynns erste Assoziation, die sie damit verknüpfte, war, dass der Wald, den sie so liebte, danach benannt worden war. Aber es stellte sich heraus, dass es genau umgekehrt war. Sie nannten sich so, weil sie sich schon seit vielen Jahrhunderten auf dieser Lichtung trafen. Das erstaunte Aegwynn, weil sie nie solche Treffen bemerkt hatte, obwohl sie seit Jahren regelmäßig Ausflüge nach Tirisfal unternahm.

Dann hatte Scavell ihnen erklärt, dass sie nun nach Tirisfal gehen würden, um die Tirisfalen zu *treffen*.

Die Knaben unterhielten sich über Geheimgesellschaften, und wie aufregend das alles war. Als wenn es sich um eine Art Abenteuer gehandelt hätte. Aber Aegwynn blieb still. Sie wollte genau wissen, *was* diese Tirisfalen darstellten. Scavell blieb äußerst vage in diesem Punkt. Während die Knaben auf Scavells Wort vertrauten, wollte Aegwynn mehr wissen.

„Das wirst du schon noch früh genug herausbekommen, mein Mädchen“, hatte Scavell auf ihre Frage geantwortet. Er nannte sie immer „mein Mädchen“.

Als Scavell sie nach Tirisfal brachte, war Aegwynn verwirrt, weil sich niemand auf der Lichtung befand. Doch nur Augenblicke später, gerade als sie Scavell fragen wollte, was denn nun sei, gab es einen Lichtblitz. Danach wurden sie, Scavell und ihre Mitschüler, von sieben Gestalten umstanden – in einem perfekten Kreis. Drei waren Menschen, drei waren Elfen und einer war ein Gnom. Alle waren Männer.

„Wir haben gewählt“, sagte einer der Elfen.

Falric echote: „Gewählt?“

Der Gnom antwortete: „Schweig, Junge, das wirst du schon bald selbst herausfinden.“

Der Elf wandte sich an Scavell. „Du hast alle fünf Schüler gut ausgebildet, Magna Scavell.“

Aegwynn runzelte die Stirn, sie hatte diese Ehrenbezeichnung noch nie zuvor gehört.

„Trotz allem gibt es einen Schüler, der aus den anderen hervorsticht. Ein Schüler hat sich auf den wissbegierigen Wegen der Magie bewiesen – was über normale Neugierde weit hinausgeht. Einer hat eine Begabung beim Wirken von Zaubern gezeigt, die ohnegleichen ist, und er hat sogar schon die Schriftrollen des Meitre gemeistert.“

Jetzt raste Aegwynns Herz. Der Nachtelf Meitre war ein großer Zauberer gewesen, der vor vielen Tausend Jahren gelebt hatte. Elfenmagier versuchten sich nicht vor dem letzten Jahr ihrer Ausbildung an Meitres Sprüchen. Und Menschenmagier versuchten es während ihrer Ausbildung oft überhaupt nicht. Aegwynn aber beherrschte Meitres Sprüche schon seit Ende ihres ersten Jahres.

Sie hatte es in aller Heimlichkeit getan. Scavell hatte darauf bestanden, weil es sonst „die Knaben ärgern würde“.

Falric schaute seine Mitschüler der Reihe nach an. „Wer beherrscht Meitres Sprüche?“

Mit einem Grinsen sagte Aegwynn triumphierend: „Ich.“

„Wer hat dir das erlaubt?“, fragte Manfred ärgerlich.

Mit seiner brüchigen Stimme sagte Scavell: „Das war ich, junger Manfred. Und du und Falric wärt gut beraten, nicht noch einmal unaufgefordert zu sprechen.“

Falric und Manfred neigten ihre Köpfe. „Ja, Meister.“

Der Elf fuhr fort. „Was ich euch jetzt sagen muss, euch allen, ist, dass ein Krieg tobt. Er ist der Öffentlichkeit nicht bekannt, nur der Gemeinschaft der Magier, von der ihr alle eines Tages ein Teil sein werdet. Dämonen sind in unsere Welt eingedrungen, und sie werden mit jedem Jahr aggressiver, egal, was wir auch dagegen unternehmen.“

„In der Tat“, warf der Gnom ein, was ihm einen tadelnden Blick des Elfen einhandelte. „Eigentlich werden sie *wegen* unserer Erfolge immer aggressiver.“

„Dämonen?“ Natale klang entsetzt. Er hatte sich immer schon vor Dämonen gefürchtet.

„Ja“, sagte einer der Menschen. „Bei jedem Umlauf versuchen sie, uns zu vernichten. Nur Zauberer können gegen sie ankämpfen.“

„Den Tirisfalen wurde aufgetragen“, ergänzte der Elf mit einem Blick auf den Menschen, der verriet, dass er die Unterbrechung nicht schätzte, „diese Welt zu beschützen, und wir haben einen Wächter dafür berufen.

Die besten jungen Magier im Land werden vom aktuellen Wächter zusammengebracht, eurem Meister Scavell in diesem Fall, der sie ausbildet. Dann bestimmen wir, welcher der Begabteste ist und der neue Wächter werden soll."

„Die Wahl war nicht einfach", sagte der Gnom.

Jonas murmelte: „Es ist eine dumme Wahl."

„Was hast du gesagt, junger Mann?", fragte ein anderer Elf.

„Ich sagte, die Wahl ist dumm. Aegwynn ist ein *Mädchen*. Sie taugt als weise Frau, die Kräutertränke an die Dörfler verteilt, aber das ist schon alles. Wir anderen werden *Magier* sein."

Aegwynn sah Jonas empört an. Sie war ihm sehr nahe gekommen. Die beiden hatten ein paarmal miteinander geschlafen, ihre Verbindung aber vor den anderen Schülern geheim gehalten, obwohl Scavell davon wusste. Es gab nichts, was dem alten Magier entging. Das Letzte, was sie erwartet hätte, waren diese Worte aus seinem Mund. Von Falric vielleicht, er war oft unausstehlich, aber doch nicht Jonas. Aegwynn schwor sich, dass er sie niemals wieder in sein Bett bekommen würde …

„Es ist wahr", sagte ein alter Mensch mit einem Seufzen, „dass Frauen emotional reagieren und zu unkontrollierten Ausbrüchen neigen, die einem Magier nicht zustehen. Aber es ist auch wahr, dass Aegwynn das größte Potenzial von allen hat, und wir können es uns nicht leisten, dass nicht der Beste Wächter wird. Selbst wenn das bedeutet, die Position einer Frau zu geben."

Daraufhin entgegnete Aegwynn zornig: „Bei allem Respekt, gute Meister. Ich werde ein genauso guter Magier sein wie diese heranwachsenden *Männer* da. Ich glaube sogar, dass ich besser sein werde. Weil ich viel mehr Hindernisse zu überwinden hatte, um hierherzukommen."

Der Elf lachte. „Sie trägt ein gutes Argument vor."

„Wartet mal", sagte Natale, „ihr meint, dass sie dieses Wächter-Dings wird und wir anderen gar nichts kriegen?"

„Nicht doch", sagte der Elf. „Ihr werdet alle wichtige Rollen bekleiden. Alle Zauberer in unserem Orden kämpfen in dieser Schlacht. Es ist nur so, dass die Rolle des Wächters *noch* wichtiger ist."

Aegwynn sah ihren Mentor an und fragte: „Scavell, was wird mit Euch? Warum müsst Ihr das Amt des Wächters aufgeben?"

Scavell lächelte. „Ich bin alt, mein Mädchen, und sehr müde. Horden von Dämonen zu bekämpfen ist etwas für Junge. Ich wünsche die mir verbleibenden Jahre damit zu verbringen, die nächste Generation vorzubereiten." Er betrachtete seine Schützlinge. „Seid beruhigt, ich werde euer Mentor bleiben."

„Na großartig", murmelte Falric. Alle vier Knaben schmollten.

„Die Tatsache" sagte der Gnom gereizt, „dass ihr euch so unreif benehmt, ist exakt der Grund, warum wir Aegwynn vorziehen."

„Außerdem", ergänzte der ältere Mensch, „ist der Wächter das Werkzeug des Rats. Ich vermute, dass ein Mädchen weniger willensstark ist und die Befehlskette besser achtet."

„Das ist keine militärische Operation“, sagte einer der anderen Menschen.

Aegwynn konnte nicht anders als anzumerken: „Ihr habt es selbst als einen Krieg beschrieben.“

„Ganz richtig“, sagte der Elf mit einem verhaltenen Lachen. Dann schaute er Aegwynn aus Augen an, die sich direkt in ihre Seele zu brennen schienen. „Du hast noch Vorbereitungen zu treffen, *Mädchen*, bevor du dich der Übertragung der Kraft unterziehen musst. Die Magie aller Tirisfalen wird dir gewährt. Begreife Folgendes, Aegwynn: Du übernimmst die größte Verantwortung, die ein Magier nur tragen kann.“

„Ich verstehe“, sagte Aegwynn, obwohl sie sich nicht sicher war, ob das stimmte. Aber sie wollte mehr als alles andere ein Magier sein, und sie wusste, die oberste Pflicht eines Zauberers war, die Welt zu schützen. Im Idealfall wurde Magie von Zauberern nur dafür eingesetzt, um Ordnung in die chaotische Welt zu bringen, und Aegwynn ahnte schon jetzt, dass eine Menge Arbeit auf sie zukam.

Sie hatte nur nicht geahnt, wie viel Arbeit es wirklich werden würde. Oder was Scavells wahre Gründe waren, als er ihr Meitres Schriftrollen gezeigt hatte …

Falric trat vor. „Verdammt, ich bin so gut wie jedes Mädchen. Besser noch. Ich kann auch einen von Meitres Sprüchen wirken. Seht!“ Falric schloss seine Augen, öffnete sie dann wieder und starrte auf einen Felsen, der aus dem Boden ragte, genau neben der Stelle, wo der Elf stand. Er murmelte eine Beschwörung, dann wiederholte er sie. Meitres Sprüche bedurften immer der doppelten Beschwörung, was, wie Scavell gesagt hatte, eine Sicherheitsvorkehrung war.

Licht blitzte und der Fels glühte schwach in einem leichten Gelb. Falric grinste Aegwynn höhnisch an und lächelte dann in Richtung der Magier.

„Stein zu Gold", sagte der Gnom. „Wie wenig originell."

„Eigentlich," sagte der Elf mit einem Lächeln, „ist es Falschgold."

Falrics Grinsen verschwand. „Wie kann das sein?" Er wirkte einen schnellen Identifizierungsspruch und dann wurde sein Gesicht noch länger. „Verdammt!"

„Du hast eine große Gabe zu lernen", sagte der Elf, „aber du hast noch viel mehr Potenzial. Ihr alle, Falric, Manfred, Jonas, Natale, ihr werdet als Scavells Schüler euer Potenzial zur Entfaltung bringen." Wieder sah er sie mit dem seelendurchdringenden Blick an. „Aegwynn, deine Bestimmung wird ein wenig eher kommen. Wir werden uns auf dieser Lichtung in einem Monat wiedertreffen, um die Kraft zu übertragen. Es gibt noch viel, worauf du dich vorbereiten musst."

Damit verschwanden sämtliche Mitglieder des Bundes in einem Lichtblitz.

Einen Monat später übergab Scavell die Macht des Wächters an Aegwynn. Vorher hatte er ihr alles über die Dämonen und ihre schrecklichen Diener beigebracht, die stetig versuchten, in die Welt einzudringen. Einzig Wächter wie Scavell hatten das erfolgreich verhindert. Es war mit nichts vergleichbar, was sie je zuvor erlebt hatte.

An Zauber, die einst ihre volle Konzentration erfordert hatten, verschwendete sie inzwischen kaum mehr als einen flüchtigen Gedanken. Auch ihre Auffassungsgabe verbesserte sich sprunghaft, weil sie nun den Kern der Dinge sehen konnte. War es einst mit großem Aufwand verbunden gewesen oder benötigte es gar einen komplexen Spruch, die Natur einer Pflanze oder den emotionalen Zustand eines Tieres zu erfassen, schaffte sie das nun mit einem einzigen Blick.

Ein Jahr später starb Scavell friedlich im Schlaf. Als er erkannte, dass er sterben würde, arrangierte er es, dass neue Lehrer für Jonas, Natale und Manfred gefunden wurden. Falric konnte zu der Zeit schon auf eigenen Beinen stehen. Scavell vermachte Aegwynn all seine Besitztümer.

Weniger als einen Monat nach Scavells Tod kam Aegwynn gerade aus dem kleinen Dorf Jortas zurück, als der Rat sie auf magischem Weg rief.

Kaum war sie in Tirisfal eingetroffen, sagte der Gnom, dessen Name, wie sie erfahren hatte, Erbag lautete: „Was hast du eigentlich in Jortas getrieben?"

„Die Menschen vor Zmoldor gerettet." Aegwynn dachte, dass die Antwort auf der Hand läge.

„Und glaubst du, du hast von Zmoldor noch etwas erfahren, bevor du ihn vernichtet hast? Hattest du eine Strategie, wie man ihn loswerden konnte, ohne dass die Bevölkerung von Jortas die Wahrheit erfahren würde? Oder bist du blind losgerannt in der Hoffnung, du würdest schon gewinnen?"

Müde und verärgert verhielt sich Aegwynn etwas freimütiger, als es ihr vor dem Rat zugestanden hätte. „Weder noch, Erbag, wie du sehr wohl weißt. Ich hatte keine Zeit, um eine Strategie auszuarbeiten oder mehr herauszufinden. Sonst hätte ich die Kinder in der Schule, die Zmoldor besetzt hatte, in Gefahr gebracht. Es waren *Kinder*. Sollte ich abwarten und …"

„Wir haben von dir erwartet", sagte Erbag, „dass du *tust*, was man dir befielt. Hat Scavell dich nicht die Prinzipien der Tirisfalen gelehrt? Wir gehen mit Vorsicht zu Werke und mit …"

Aegwynn unterbrach den Gnom. „Ihr reagiert nur, Erbag. Das ist *alles*. Deshalb habt ihr auch kaum Fortschritte gemacht während der letzten Jahrhunderte. Zmoldor war in der Lage, eine ganze Schule zu übernehmen, und wollte die Kinder von Jortas für ein Ritual missbrauchen, das ihre Seelen vergiftet hätte. Es war purer Zufall, dass ich den üblen Geruch der Dämonenmagie bemerkte und deshalb rechtzeitig eingreifen konnte. Eure Methoden sind nicht mehr zeitgemäß und nicht der Bedrohung angepasst. Wenn es nach euch ginge, würden wir stets nur *reagieren* und nicht selbst das Heft des Handelns in die Hand nehmen."

„Selbstverständlich ist das so!" Erbag warf seine Arme vor und zurück. „Der Rat wurde geschaffen, um genau das zu tun: zu reagieren auf die Bedrohung der …"

„Und es hat nicht funktioniert. Wenn wir wirklich gegen diese Monster erfolgreich sein wollen, die in unsere Heimat eindringen und sie zu zerstören trachten, können wir ihnen nicht erlauben, sich hier so leicht einzuschleichen und *Kinder* gefangen zu nehmen, bevor wir überhaupt davon erfahren. Wir müssen bei der Suche nach ihnen *aktiv* werden und sie eliminieren, bevor ihr Tun Wirkung zeigt – oder wir werden überrannt."

Erbag war nicht überzeugt. „Und wenn die Leute erkennen, dass ihre Leben in Gefahr sind, und dann in Panik verfallen?"

Statt auf die Frage zu antworten, blickte Aegwynn zu den anderen Ratsmitgliedern. „Spricht Erbag für euch alle oder ist er nur der lauteste?"

Der älteste der Elfen im Rat, Relfthra, bedachte Aegwynn mit einem Lächeln. „Beides, Magna." Das Lächeln verschwand. „Erbag hat recht, dass du zu rücksichtslos bist. Zmoldor war ein niederer Dämon im Dienste von Sargeras, er hätte uns mit nützlichen Informationen über seinen Meister versorgen können."

„Ja, und er *könnte* auch all die Kinder getötet haben, bevor er uns die Informationen gegeben hätte."

„Vielleicht. Aber dieses Risiko müssen wir manchmal eingehen, um diesen Krieg zu gewinnen."

Aegwynn war entsetzt. „Wir reden über das Leben von *Kindern*. Außerdem ist das gar kein Krieg, es ist nur eine Verschleppungsschlacht, im besten Fall. Und wenn wir nicht aufpassen, wird sie uns alle umbringen, egal ob Kinder oder Erwachsene." Bevor einer der anderen Magier etwas erwidern konnte, sagte sie: „Erhabene Magier des Rates, bei allem Respekt, ich bitte euch. Ich bin erschöpft und brauche Schlaf. Gibt es sonst noch etwas?"

Relfthras Miene verfinsterte sich. „Bedenke deine Stellung, Magna Aegwynn. Du bist der Wächter, aber du dienst diesem Amt als der Arm des Rates der Tirisfalen. Vergiss das nie."

„Ich bezweifle, dass ihr mir das jemals gestatten würdet", murmelte Aegwynn. „Wenn das jetzt alles war ...?"

„Für diesmal", sagte Relfthra.

Die Worte hatten kaum seinen Mund verlassen, als Aegwynn auch schon todmüde zurück zur Violetten Zitadelle teleportierte.

DREIZEHN

Lorena war enttäuscht, aber nicht wirklich überrascht, als sie Kristoff auf Lady Prachtmeers Thron sah. Die Lady selbst vermied es, auf diesem Ding zu sitzen. Ganz anders ihr Kämmerer, wenn er sie vertrat.

Kristoff hockte auch weniger auf dem Thron, als dass er sich darauf *drapierte*. Seine schmalen Schultern hingen herab, und er saß schräg, sodass ein Bein über die Seite baumelte. Er las in einer Schriftrolle, als Lorena von Duree hereingeführt wurde.

„Oberst Lorena möchte Euch sehen, Sir“, sagte die alte Zofe kleinlaut.

„Was ist los, Oberst?“, fragte Kristoff, ohne von seinem Dokument aufzuschauen.

„Strov ist verschwunden“, sagte sie ohne Einleitung.

Jetzt blickte er doch von dem Papier auf und hob eine Augenbraue „Sollte mir dieser Name etwas sagen?“

„Er würde es, wenn Ihr den Treffen in den Gemächern der Lady etwas mehr Aufmerksamkeit zollen würdet.“

Kristoff legte die Schriftrolle zur Seite und richtete sich auf. „Mäßigt Euren Ton, wenn Ihr mit mir in diesem Raum sprecht, Oberst.“

Lorena starrte den Kämmerer verblüfft an. „Ich rede mit Euch, wie es mir gefällt, *egal*, in welchem Raum wir uns befinden. Lady Prachtmeer hat Euch beauftragt, Theramore *in ihrer Abwesenheit* zu regieren. Das heißt aber nicht, dass Ihr dadurch die Lady werdet." Sie lächelte selbstgefällig. „Dafür mangelt es Euch an Grundlegendem."

Kristoff runzelte die Stirn. „Bis Lady Prachtmeer zurückkommt, bin ich ermächtigt, in ihrem Auftrag zu handeln. Und Ihr werdet dem mit Respekt begegnen."

„Ihr seid der Kämmerer, Kristoff, was Euch dazu ermächtigt, der Berater von Lady Prachtmeer zu sein, genau wie ich. Verfallt deshalb nicht in Größenwahn."

Kristoff lehnte sich auf dem Thron zurück, nahm die Schriftrolle auf und fragte gelangweilt: „Seid Ihr aus einem bestimmten Grund gekommen? Ich meine, außer mich infrage stellen zu wollen?"

„Wie ich schon sagte, Strov ist verschwunden. Ich hatte ihn losgeschickt, um nach den Mitgliedern des Flammenden Schwerts zu fahnden. Ich habe mit seinem Bruder Manuel gesprochen, der mir bestätigt hat, dass im Dämonenhaupt alles wie geplant verlaufen ist. Strov saß in einer Ecke, Manuel redete mit dem Kerl, von dem er annahm, dass er zum Flammenden Schwert gehört, und Strov folgte ihm. Das war vorgestern. Seitdem habe ich nichts mehr von ihm gehört."

„Und was geht mich das an?" Kristoff klang immer noch völlig desinteressiert.

„Weil er, Ihr schwafelnder Narr, nach dem Flammenden Schwert gesucht hat. Demselben Flammenden

Schwert, das mich und meine Leute in Nordwacht angegriffen hat. Ich denke, das ist verdächtig genug, oder nicht?"

„Nicht unbedingt." Er legte die Schriftrolle erneut nieder. „Leute desertieren immer wieder vom Militär. Eine traurige Tatsache, von der ich annahm, dass sie Euch geläufig ist, Oberst."

Lorena antwortete knapp: „Sie *ist* mir geläufig, Kämmerer. Aber ich kenne auch Strov. Er würde sich lieber ein Körperteil abhacken als zu desertieren. Er ist der beste Soldat, den ich habe. Ich will die Insel auseinandernehmen und ihn *finden*. Ich werde nicht hinnehmen, dass er einfach verschwindet!"

„Nein."

Lorenas Hand ging instinktiv zum Schwert, aber sie wusste, dass es dumm gewesen wäre, den Mann auf Theramores Thron niederzustrecken – ganz gleich, wie wenig er seine momentanen Privilegien auch verdienen mochte. „Was meint Ihr mit ‚Nein'?"

„Ich hatte angenommen, Ihr wärt mit der Definition des Wortes vertraut ..."

„Sehr spaßig." Sie nahm ihre Hand vom Schwertgriff und ging zu dem großen Fenster, damit sie Kristoff nicht ansehen musste. Der Himmel war so klar, dass sie die Insel Alcaz im Nordosten sehen konnte. „Dieses Flammende Schwert macht mir Sorgen, Kämmerer. Sie benutzen Magie und sie ..."

„Im Moment ist das Flammende Schwert wenig mehr als ein Gerücht. Und noch dazu eines, möchte ich hinzufügen, das Ihr nicht beweisen könnt, weil Euer Gefreiter vermisst wird. Es tut mir leid, ich kann Theramores Ressourcen nicht vergeuden, um einen Deserteur zu finden. Nicht, wenn ich diese Ressourcen anderswo dringend benötige."

Lorena wirbelte herum. „Wovon redet Ihr?"

„Euer Kommen hat mir die Mühe erspart, Euch rufen zu lassen", sagte Kristoff.

Lorena wunderte sich, warum er das nicht gleich gesagt hatte, und sprach ihn darauf an.

Spöttisch antwortete Kristoff: „Es steht Euch nicht zu, die Person infrage zu stellen, die auf dem Thron sitzt, Oberst. Stattdessen steht es Euch zu, den Befehlen dieser Person zu gehorchen. Und gerade jetzt sagt Euch diese Person, dass sich Orc-Truppen bei der Kolkarklippe sammeln. Das ist der Grenzbereich zwischen Durotar und Nordwacht."

Sie verzichtete darauf, ihm zu erklären, dass sie verdammt genau wusste, wo die Kolkarklippe lag. Stattdessen fragte sie mit einem finsteren Blick: „Wann ist das passiert?"

„Gerade erst heute Morgen. Major Davin braucht zusätzliche Verstärkung. Ich will, dass Ihr sie anführt."

Es gehörte nicht zu Lorenas Job, alle Truppenbewegungen innerhalb von Theramore und Nordwacht zu überwachen. Aber sie hätte sehr wohl *darüber* informiert werden müssen. „Zusätzliche Verstärkungen? Wurde Nordwacht denn vorher schon verstärkt?"

„Ja, gestern. Es gab mehrere Zwischenfälle entlang der Handelsküste mit Orcs, die Menschen provoziert haben. Es hat sogar Verhaftungen gegeben. Und gerade in diesem Moment wird ein Menschen-Kapitän in Ratchet gefangen gehalten, weil ein Orc ihn angegriffen hat."

Lorena nickte, weil sie den betreffenden Bericht gelesen hatte. „Und was ist daran schlimm? Die Gnome haben das Recht, Prügeleien zu beenden."

„Das war keine Prügelei!" Kristoff brüllte – ein Gefühlsausbruch, der Lorena überraschte. Der Kämmerer war oft hochmütig, arrogant, und – das räumte sie gern ein – auch brillant in seinem Job. Aber sie hatte noch nie erlebt, dass der dürre Mann seine Stimme erhoben hätte.

„Ob es eine Schlägerei war oder nicht", sagte sie in ruhigem Ton, den sie absichtlich als Kontrast zu Kristoffs anschwellender Lautstärke wählte, „ist nicht unsere Angelegenheit. Warum wurde Nordwacht verstärkt?"

„Ich sagte Euch bereits, Orc-Truppen ..."

„Ich meine die eigentliche Verstärkung."

Kristoff zuckte mit den Achseln. „Major Davin hielt es für notwendig und ich stimmte zu."

Lorena schüttelte ihren Kopf und drehte sich zum Fenster um. „Major Davin glaubt nicht, dass die Orcs irgendetwas wert sind, Kämmerer. Ich würde seiner Aussage in dieser Sache nicht trauen. Er übertreibt möglicherweise."

„Ich glaube nicht, dass er das tut. Schon gar nicht jetzt, wo sich gerade die Truppen sammeln." Kristoff stand auf, verließ den Thron und blieb neben Lorena stehen. „Oberst, wenn Nordwacht zur Front eines neuen Krieges zwischen Menschen und Orcs wird, sind wir vorbereitet. Deshalb entsende ich zwei Garnisonen und ebenso die Leibwache."

Als er das gesagt hatte, starrte Lorena ihn mit offenem Mund an. Sie wechselte rasch die Position, damit sie Kristoff ansehen konnte und sich gleichzeitig von ihm entfernte. „Die Leibwache? Deren Aufgabe ist der Schutz von Lady Prachtmeer."

Ruhig antwortete Kristoff: „Die gerade nicht mit uns in Kontakt steht und außerdem auf sich selbst aufpassen kann. Besser, ich setze sie in Nordwacht ein, als dass ich sie hier nutzlos herumsitzen lasse."

Wieder schüttelte Lorena den Kopf. „Ihr macht einen riesigen Fehler, Kristoff. Im Moment haben wir nur eine angespannte Situation. Das bedeutet nicht gleich einen neuen Krieg."

„Vielleicht nicht. Aber besser, man ist auf einen Krieg vorbereitet, den man nicht austragen muss, als unvorbereitet auf einen zu sein, den man führen muss."

Die Logik war bestechend, gefiel Lorena aber trotzdem nicht. „Und was, wenn die Orcs das als kriegerischen Akt betrachten?"

„So beurteile ich deren Aktionen, Oberst. Wir brauchen dort unseren besten Truppenkommandeur. Deshalb will ich, dass Ihr die Verstärkung für Nordwacht anführt. Schnelligkeit zählt. Nehmt Eure höheren Offiziere per Luftschiff mit, um alles vorzubereiten. Der Rest der Truppe wird im Boot reisen und rechtzeitig eintreffen, um Eure Anweisungen auszuführen, wenn er mit Euch zusammentrifft."

Lorena seufzte. Wenn das Luftschiff bereits vorbereitet war, hatte Kristoff seine Entscheidung getroffen, bevor sie diesen Raum betreten hatte. Trotzdem konnte sie noch einen letzten Trumpf ausspielen. „Ich glaube, wir sollten warten, bis Lady Prachtmeer zurückkommt."

„Das zu glauben ist Euer gutes Recht." Kristoff ging zurück zum Thron und setzte sich darauf. Dabei legte er seine Arme theatralisch auf die breiten Lehnen.

„Lady Prachtmeer ist damit beschäftigt, ihrem netten Orc-Freund zu helfen, während die Orcs ihre Verteidigungsanlagen bemannen und sich darauf vorbereiten, uns zu vernichten. Ich werde nicht zulassen, dass alles, was sie aufgebaut hat, zerstört wird, weil sie in Bezug auf Thrall blind ist. Nun denn, Oberst, Ihr habt Eure Befehle. Führt sie aus."

„Kristoff, es ist ein Fehler. Lasst mich Strov suchen. Dann kann ich herausfinden ..."

„Nein." Kristoff entspannte sich. „Nun gut, Oberst. Ich will Euch ein Zugeständnis machen: Ihr dürft zwei Soldaten für die Suche nach Strov abstellen. Mehr kann ich nicht entbehren."

Sie nahm an, dass sie von dem Kämmerer nicht mehr bekommen würde. „Danke. Wenn Ihr mich jetzt entschuldigen würdet. Es scheint, ich muss meine Offiziere zusammenrufen."

Kristoff nahm die Schriftrolle mit seiner rechten Hand wieder auf und entließ Lorena mit einem Wink seiner Linken. „Ihr dürft gehen."

Sie drehte sich um und verließ den Thronsaal bebend vor Zorn.

VIERZEHN

Als Aegwynn ihre Erzählung, wie sie eine Wächterin wurde, beendet hatte, stellte Jaina fest, dass sie eher überrascht als schockiert war. Die Geschichten, die sie gelesen hatte, hatten immer die Berufung von Aegwynn in einem vollständig positiven Licht gezeigt.

Dass der Rat es zunächst eher fragwürdig fand, sie zu berufen und der Bedenken wegen ihres Geschlechts hatte, oder dass man ihre Methoden so vehement ablehnte … das alles war ihr völlig neu.

Allerdings waren Aegwynns Erinnerungen an jene Tage mehrere Jahrhunderte alt, weshalb Jaina nicht umhinkonnte einzuwerfen: „Eure Darstellung der Dinge deckt sich nicht mit den historischen Schriften, Magna.“

„Nein“, bestätigte Aegwynn seufzend. „So ist es wohl. Sie wollten euch junge Magier glauben lassen, dass alle Zauberer stets in perfekter Eintracht zusammenarbeiten.“ Sie schüttelte den Kopf und rutschte etwas tiefer in ihren Sitz. „Aber es ist wahr, sie wollten kein Mädchen und akzeptierten mich nur, weil ihnen keine andere Wahl blieb. Ich war die Bestqualifizierte. Sicherlich besser als die anderen vier. Und sie bereuten es jede Minute." Sie richtete sich wieder auf. „Am Ende taten wir das alle. Denn wenn ich nicht gewesen wäre ..."

Jaina schüttelte ihren Kopf. „Das ist lächerlich. Ihr habt so viel Gutes getan."

„Was habe ich denn gemacht? Ich bestand darauf, dass die Tirisfalen im Umgang mit den Dämonen aktiver wurden. Doch was wurde dadurch erreicht? Acht Jahrhunderte lang versuchte ich, die Flut einzudämmen – genützt hat es nichts. Zmoldor war nur der Erste. So viele Dämonen, so viele Schlachten ... und am Ende wurde ich von Sargeras einfach ausgetrickst. Ich ..."

Dieses Mal brauchte Jaina die Geschichte nicht zu hören, um zu wissen, worauf Aegwynn anspielte. „Ich weiß, was passiert ist, als Ihr auf Sargeras getroffen seid. Ihr zerstörtet seine physische Gestalt, aber seine Seele blieb in Euch. Und wurde an Medivh weitergegeben."

Aegwynns Lachen war voller Bitterkeit. „Und Ihr glaubt immer noch, dass ich eine große Magierin bin? Ich ließ zu, dass Arroganz mein Urteilsvermögen trübte. Ich nahm an, dass die Tirisfalen eine Gruppe von engstirnigen alten Narren seien, anstatt zu erkennen, was sie wirklich waren: erfahrene Magier, die es besser wussten als ich. Und nachdem ich Sargeras besiegt hatte, wurde ich *noch* selbstgefälliger – falls das überhaupt möglich ist. Ich ignorierte sogar die Rufe, die der Rat mir sandte, missachtete ihre Verfahren, missachtete ihre Anweisungen. Immerhin, ich hatte Sargeras besiegt, und er war ein *Gott*, was wussten *die* denn also schon?" Sie knurrte: „Ich war solch eine Närrin!"

„Macht Euch doch nicht selbst so nieder." Jaina

konnte es nicht fassen. Schlimm genug, dass die größte Zauberin der Welt, die Frau, die sie Zeit ihres Lebens verehrt hatte, sich als eine dermaßen unfreundliche Person entpuppte. Aber jetzt benahm sie sich auch noch einfach völlig … verblendet. „Wir sprechen hier von Sargeras. Jeder Magier hätte den Fehler gemacht, den Ihr begangen habt. Wie Ihr schon sagtet, er war ein *Gott*. Er wusste, dass er Euch in Anbetracht Eurer Macht und der ihm drohenden Gefahr austricksen musste. Und er wusste, wie man Euch manipulieren konnte. Was Ihr getan habt, war nur natürlich."

Aegwynn starrte in eine der Ecken der baufälligen Hütte, die sie offenbar ihr Heim nannte.

„Ich habe viel, viel mehr als das getan. Da war auch noch Medivh."

Jetzt war Jaina noch verwirrter. „Ich kannte Medivh, Magna. Er war …"

Aegwynn wirbelte herum, sah Jaina an und fauchte: „Ich spreche nicht davon, *was* mein Sohn war. Ich spreche davon, *wie* er war."

„Was meint Ihr damit?" Jainas Verwirrung stieg. „Medivh wurde von Nielas Aran gezeugt, und …"

„Gezeugt?" Aegwynn machte ein Geräusch, das wie berstender Fels klang. „Das ist ein vielleicht doch etwas zu weit hergeholter Begriff *dafür* …"

Vor neunundsechzig Jahren

Der Ruf war dieses Mal drängend, was der einzige Grund war, weshalb Aegwynn darauf reagierte. Die Wächter von Tirisfal hatten sich mit der Zeit verändert.

Die drei Elfen waren dieselben geblieben, aber die Menschen und der Gnom waren allesamt gestorben und ersetzt worden – und auch deren Nachfolger starben und hatten ihrerseits Nachfolger. In mancherlei Hinsicht aber hatten sie sich rein gar nicht verändert. Doch anstatt sich mit ihnen oder mit einem Schüler abzugeben, hatte Aegwynn ihre Magie dafür benutzt, um ihr Leben zu verlängern. So konnte sie ihr Wächter-Amt immer noch versehen.

Einmal wäre sie beinahe gestorben, als sie gerade auf einer Balkonbrüstung in Lordaeron gestanden hatte und einen Zauber wirkte. Damit hatte sie einen von Sargeras früheren Sklaven ausfindig machen wollen, der sich irgendwo in der Nähe aufhalten sollte. Mitten in der Beschwörung hatte der Rat sie mit einem so drängenden Ruf zu sich zitiert, dass sie fast die Balance verloren hätte. Es war der dritte Ruf in ebenso vielen Tagen gewesen, aber der erste, der zu einer solchen Beeinträchtigung ihrer Fähigkeiten geführt hatte.

Sie erkannte, dass es nicht aufhören würde, wenn sie nicht endlich darauf reagierte. Deshalb teleportierte sie sich nach Tirisfal. Sie stand auf dem Felsen, den Falric, der schon vor langer Zeit gestorben war – genauso wie die drei anderen Schüler und alle im Kampf gegen Dämonen – in Falschgold verwandelt hatte. Die Zeit hatte ihn verwittern lassen. Ein dumpfes Braun ersetzte den hellen Goldton, den der Stein achthundert Jahre zuvor noch hatte.

„Was ist so wichtig, um mich in meiner Arbeit zu unterbrechen?"

„Die dauert jetzt schon acht Jahrhunderte, Aegwynn“, sagte einer der nachgerückten Menschen. Aegwynn hatte sich nie die Mühe gemacht, sich seinen Namen zu merken. „Es ist höchste Zeit, dass Ihr Eure Aufgaben abgebt.“

Aegwynn richtete sich zu ihrer vollen Größe auf, was sie größer als jeden Mann auf der Lichtung machte, und erwiderte: „Korrekterweise werde ich mit ‚Magna‘ angeredet. Das ist nur eine dieser lächerlichen Formalitäten, auf die Ihr besteht und der magischen Welt aufzwingt.“

Das Wort war zwergischen Ursprungs, bedeutete „Beschützer“ und stellte die Ehrenbezeichnung für jeden Wächter dar. Aegwynn kümmerte sich nicht um Titel, aber weil der Rat auch sonst auf allen Regeln und Regularien bestand, fand sie es nur recht und billig, solche Dinge anzumahnen – zumindest in der gereizten Verfassung, in der sie gerade war.

Relfthra rief: „Ach, auf einmal klebt Ihr an Bestimmungen, wie?“

Der Mensch warf Relfthra einen Blick zu und sagte dann: „Der Punkt, Magna, ist, dass Ihr Euch der Risiken Eurer Arbeit ebenso bewusst seid wie wir. Je öfter Ihr Euer Leben verlängert, desto größer wird das Risiko, dass es schiefgeht. Die Verjüngungsmagie ist keine exakte Wissenschaft und noch weniger ist sie verlässlich. Es kann jederzeit mitten in einem Kampf oder beim Wirken eines Zaubers passieren, dass man plötzlich auf sein tatsächliches Alter zurückgeworfen wird. Wenn das passiert, ohne dass ein Nachfolger bestimmt wurde …“

Aegwynn hob die Hand. Das Letzte, was sie brauchen

konnte, war eine Lektion in Sachen Magie. Sie war eine stärkere Zauberin als alle anderen zusammen. Hatten *sie* Sargeras persönlich gegenübergestanden?

„Sehr gut. Ich werde also einen Nachfolger finden und die Macht des Wächters an diese Person übertragen."

Der Mensch widersprach mit drohendem Unterton: „*Wir* werden Euren Nachfolger aussuchen, so wie wir es auch bei Scavell taten. Und bei jedem Wächter davor."

„Falsch. *Ich* werde die Wahl treffen. Ich glaube, ich weiß besser als irgendein anderer, worauf es ankommt, ein Wächter zu sein. Auf jeden Fall weiß ich es besser als ihr alle, die ihr hier auf dieser Lichtung steht und nur Reden schwingt, während andere die Drecksarbeit erledigen."

„Magna ...", begann der Mensch, aber Aegwynn wollte nichts mehr hören.

„Ich habe Euren Rat gehört, und zum ersten Mal ist er es wert, ihm Beachtung zu schenken." Sie lächelte. „Ich nehme an, es musste ja mal passieren. Selbst ein Dorftrottel mag ab und zu über wertvolle Ideen stolpern. Wenn mein Nachfolger gefunden ist, werdet ihr von mir informiert. Das ist alles."

Ohne darauf zu warten, entlassen zu werden, teleportierte sie zurück auf die Balkonbrüstung, wo der Ruf sie ereilt hatte. Auch wenn der Hinweis des Rates tatsächlich vernünftig war, musste sie doch immer noch in erster Linie ihre Pflicht erfüllen.

Sie sprach noch einmal den Suchzauber, um zu überprüfen, ob wirklich ein Dämon Lordaeron unsicher machte. Aber es stellte sich heraus, dass kein solcher hinter den aktuellen Geschehnissen steckte, nur ein paar Halbwüchsige, die mit Magie herumspielten. Hätten sie weitergemacht, wäre der Dämon vielleicht gerufen worden, aber Aegwynn kam den Bemühungen der Unwissenden zuvor.

Danach reiste sie nach Sturmwind ins Haus von Nielas Aran.

Aran war schon seit vielen Jahren einer ihrer Verehrer. Aegwynn schenkte ihm kaum Aufmerksamkeit, obwohl er über mehr Talent verfügte als die meisten anderen Magier, die zu den Tirisfalen gehörten. Glücklicherweise teilte er die Vorurteile des Rates nicht und beherrschte – als Hofmagier von König Landan Wrynn – sein Handwerk hervorragend. Wäre sie mehrere Jahrhunderte jünger gewesen, hätte sie vielleicht die stahlblauen Augen, seine breiten Schultern und sein angenehmes Lachen mehr geschätzt.

Aber sie war nicht mehrere Jahrhunderte jünger und hatte deshalb weder Lust noch Verlangen, auch nur sein Interesse an ihr anzuerkennen. Sie hatte zahlreiche Liebschaften in ihren jüngeren Tagen gehabt, angefangen bei Jonas, aber sie hatte schon lange die Geduld dafür verloren. Nach achthundert Jahren war für sie Romantik nur eine Anhäufung von Täuschungen und Tricks, auf die sie mittlerweile keine Zeit mehr verwenden wollte.

Aber immer noch konnte sie ihren Charme einsetzen, den sie als Halbwüchsige zuerst an Jonas erprobt hatte, und so begann sie, mit Aran zu flirten. Urplötzlich war sie von seinen Hobbys fasziniert und teilte sein Interesse für zwergische Musik. All das diente nur einem einzigen

Zweck – und lief darauf hinaus, dass er das Bett mit ihr teilte.

Am nächsten Morgen wusste sie, dass sie schwanger geworden war. Sie war ein wenig niedergeschlagen, als sie erkannte, dass die Frucht in ihrem Leib zu einem *männlichen* Kind heranwachsen würde, denn insgeheim hatte sie auf eine Tochter gehofft – als weiteren Dorn im Auge des Rates. Aber nichtsdestotrotz würde dieser Junge den Zweck erfüllen, für den er gedacht war.

Sie trennte sich von dem mehr als enttäuschten Aran, der sich sehr viel mehr erwartet hatte, und verließ Sturmwind. Neun Monate lang erledigte sie ihre Aufgabe als Wächterin, so gut sie es vermochte, und gebar schließlich Medivh.

Erst dann kehrte sie zu Aran zurück, übergab ihm das Kind und erklärte es zu ihrem Nachfolger.

„Ich kann von Eurem Gesicht ablesen, dass Ihr entsetzt seid.“ sagte Aegwynn mit einem boshaften Grinsen.

„Allerdings.“ Jaina hatte zusammen mit Medivh gekämpft. Er war es gewesen, der sie ermutigt hatte, sich mit Thrall gegen die Brennende Legion zu verbünden. Aber sie hatte nicht geahnt, dass die Herkunft des Propheten derart … geschmacklos war. Eigentlich wusste sie sehr wenig über ihn. Nur dass er von den Toten zurückgekehrt war und versuchte, für seine Sünden zu büßen, indem er alles in seiner Macht Stehende tat, um die Legion zu stoppen.

„Deshalb habe ich Euch diese Geschichte erzählt“, sagte Aegwynn. „Ich bin keine Heldin, ich bin kein Vorbild, ich bin keine Lichtgestalt, die Zauberer gleich welchen Geschlechts inspiriert. – Ich bin ein arrogantes Arschloch, das zugelassen hat, dass die eigene Macht und die List eines cleveren Dämons sie zerstörten ... und mit ihr den Rest der Welt."

Jaina schüttelte den Kopf. Sie erinnerte sich an viele Gespräche mit Kristoff, in denen klar geworden war, dass man die Lehren der Geschichte selten aus den niedergeschriebenen Worten zu ziehen vermochte. Weil solche Darstellungen immer von den Meinungen des Verfassers beeinflusst wurden. Und jetzt sah sie sich darin bestätigt, dass dies tatsächlich so war – dass dies auf die Geschichten, die sie in Antonidas Bibliothek über die Wächter von Tirisfal gelesen hatte, ebenso zutraf wie auf die historischen Schriften, von denen Kristoff gesprochen hatte.

Dann, plötzlich, spürte sie ein Prickeln in ihrem Nacken. Jaina stand auf.

Aegwynn tat es ihr gleich. Zweifellos spürte die alte Frau dasselbe. Was sich bestätigte, als sie sagte: „Die Barrieren sind wieder aktiv."

Jaina fand es interessant, dass Aegwynn dies bemerkte. Insbesondere, wenn sie bedachte, dass Aegwynn es bei ihr, als sie sie überlistete und aufhob, *nicht* bemerkt hatte. Das nährte einen ganz bestimmten Verdacht.

Viel besorgniserregender war allerdings, dass diese Barrieren stärker waren als zuvor. Und sich völlig *falsch* anfühlten.

„Etwas stimmt hier nicht", murmelte sie.

„Ja, ich kenne diese Magie. Hätte nie gedacht, dass ich ihr noch einmal begegnen würde, um ehrlich zu sein."

Aegwynn schüttelte den Kopf. „Ich bin mir nicht sicher, wie das überhaupt möglich ist."

Bevor sie Aegwynn um eine Erklärung bitten konnte, musste Jaina sicherstellen, dass sie diese Barrieren ebenfalls durchdringen konnte. Sie versuchte einen Teleport-Spruch und fügte dieses Mal eine Beschwörung zur Barrierendurchdringung bei. Dann bereitete sie sich auf den Schmerz vor, sollte der Spruch seinen Zweck nicht wie erhofft erfüllen. Natürlich scheiterte sie. Beim ersten Mal hätte es vielleicht funktioniert, aber da hatte sie darauf verzichtet. Sie hatte den Durchdringungsspruch beim Teleportieren der Donnerechsen nur deshalb nicht benutzt, weil sie das Hochland erst untersuchen wollte, bevor sie Hunderte gereizte Tiere herbrachte.

Sie schloss kurz ihre Augen, um den Schmerz zu blockieren, und schaute dann Aegwynn an. „Ich komme nicht durch."

„Das hatte ich befürchtet." Aegwynn seufzte. Offensichtlich wenig begeistert davon, mit dem „kleinen Mädchen" festzusitzen.

Jaina war von dieser Aussicht auch nicht sonderlich angetan. Hauptsächlich, weil sie ihr Versprechen, das sie Thrall gegeben hatte, nicht erfüllen konnte, solange sie im Hochland gefangen war.

„Ihr sagtet, Ihr kennt die Magie?"

Aegwynn nickte. „Erinnert Ihr Euch an Zmoldor, den ersten Dämon, dem ich begegnet bin und der die Schulkinder einsperrte?"

Jaina nickte.

„Nun, diese neuen Barrieren stammen von ihm."

FÜNFZEHN

Kristoff hasste es, auf dem Thron zu sitzen, wenngleich er natürlich um die Notwendigkeit wusste, es zu tun. Von Führern wurde erwartet, dass sie ihre Autorität demonstrierten. Und die einschüchternde Präsenz des riesigen Thrones, der alles andere im Raum überragte, erfüllte diesen Zweck eindrucksvoll.

Dennoch hasste er es, darauf zu sitzen. Gleichzeitig war er davon überzeugt, dass es seiner Autorität Schaden zufügen würde, sollte er einen Fehler begehen.

Kristoff kannte seine Grenzen. Er war eben kein geborener Führer. Er hatte Jahre damit verbracht, wirkliche Führer aus erster Hand zu studieren und solche, an die er nicht herankam, aus Büchern. Inzwischen wusste er, was gute Führer auszeichnete, was sie richtig und was schlechte falsch machten. Etwas, was er früh gelernt hatte, war, dass sich arrogante Herrscher selten lange hielten. Herrscher machten Fehler. Die Arroganten gestanden sich das jedoch nicht ein. Das führte oft zur Selbstzerstörung oder zur Zerstörung durch Kräfte von außen.

Mit Sicherheit traf das auf Kristoffs vorherigen Arbeitgeber, Garithos, zu. Wenn der Hochlord auf Kristoff gehört hätte, oder einen der anderen sechs Ratgeber, hätte er sich nicht mit den Verdammten eingelassen. Kristoff hatte vorhergesagt, dass die untoten Kreaturen Garithos verraten und seine Krieger in den Untergang führen würden.

Unglücklicherweise waren die Arroganten normalerweise auch diejenigen, die sich vor allen anderen in Führungspositionen drängten. Kristoff hatte sich schon als junger Student damit auseinandergesetzt, denn es erklärte, warum es so wenige wirklich große Führungspersönlichkeiten gab.

Kristoff kannte sich gut genug, um zu wissen, dass er selbst unglaublich *arrogant* war. Das überlegene Vertrauen in seine eigenen Fähigkeiten war der Grund, warum er ein so guter Ratgeber für Lady Prachtmeer war. Gleichzeitig verhinderte es aber auch, dass er ihren Platz einnehmen konnte.

Nichtsdestotrotz würde er tun, was ihm aufgetragen worden war, und die Stelle der Lady vertreten, bis sie von ihrem Abstecher, den er keinesfalls befürwortete, zurückkehrte.

Mehr als alles andere aber hasste Kristoff den Thron als solchen, auch wegen seiner Unbequemlichkeit. Um den richtigen Effekt zu erzielen, musste man gerade sitzen, die Arme auf den Lehnen abgelegt, und auf den Bittsteller mit einem allwissenden Blick herabschauen. Allerdings war das aufrechte Sitzen für Kristoffs Rücken die Hölle. Die wirbelsäulenmalträtierende Position ließ sich nur vermeiden, wenn er mit dem Gesäß nach vorn rutschte und sich zu einer Seite neigte. Nur sah das dann aus, als würde er den Thron wie ein Sofa benutzen, was nicht ganz der Eindruck war, den er vermitteln wollte.

Es war eine schwierige Situation. Kristoff wünschte sich inbrünstig, dass die Lady nicht ins Orc-Land verschwunden wäre, um irgendeiner aberwitzigen Sache nachzugehen. Schließlich waren die Bedürfnisse von Theramore deutlich wichtiger als die Umsiedlung irgendwelcher randalierenden Reptilien auf Durotar.

Lady Prachtmeer hatte erstaunliche Dinge vollbracht. Nur wenige Personen ihres Geschlechts wären in der Lage gewesen zu erreichen, was sie geschafft hatte. Dabei spielte es keine Rolle, ob als Magier oder Herrscher. Natürlich, es gab viele weibliche Monarchen, aber sie erlangten ihr Amt durch Erbfolge oder Heirat, nicht durch bloße Willensstärke, wie es im Fall der Lady geschehen war. Medivh hatte die Absicht formuliert, aber Jaina Prachtmeer hatte die unvorstellbare Aufgabe *bewältigt*, Menschen und Orcs zu einen. Nach seiner Meinung als Experte war sie die größte Anführerin, die die Welt je erblickt hatte, und Kristoff betrachtete es als Ehre, einer ihrer vertrautesten Ratgeber zu sein.

Deshalb trieb ihn ihre Blindheit in Bezug auf die Orcs auch in den Wahnsinn. Kristoff konnte sie ja verstehen. Von allen Anführern, die er getroffen und studiert hatte, war Thrall Lady Prachtmeer am ähnlichsten. Wie er die Orcs geeint und vom Joch des Dämonenfluchs, das sie so erniedrigte, befreit hatte, war noch beeindruckender gewesen.

Aber Thrall war einzigartig unter den Orcs. In ihrer Seele waren die Orcs unzivilisierte Bestien, kaum in der

Lage, sich zu artikulieren. Ihre Sitten und Gebräuche waren barbarisch, ihr Verhalten inakzeptabel. Ja, Thrall hatte sie auf Linie gehalten und dabei das genutzt, was er in seiner Zeit gelernt hatte, als er unter Menschen aufgewachsen war. Dadurch hatte er ihnen etwas Zivilisation beigebracht.

Doch Thrall würde nicht ewig leben. Wenn er starb, würde mit ihm auch der Flirt der Orcs mit den Menschen enden. Sie würden wieder zu den bösartigen Tieren degenerieren, die sie waren, als Sargeras sie erstmals hierherbrachte.

Doch Lady Prachtmeer würde diese Worte nicht hören wollen. Kristoff hatte es versucht, aber auch die größten Anführer konnten blind für gewisse Dinge sein, und dies war eben *ihre* Schwäche. Sie glaubte so fest daran, dass die Orcs in Frieden mit den Menschen leben konnten, dass sie ihren eigenen Vater verraten hatte.

An diesem Punkt hatte Kristoff erkannt, dass er zu außergewöhnlichen Maßnahmen greifen musste. Die Lady ließ eher ihren eigenen Vater töten, als das Vertrauen der Kreaturen zu enttäuschen, die, mit Ausnahme von Thrall, ihr diesen Gefallen niemals vergelten würden.

Unter anderen Umständen hätte Kristoff niemals getan, was er jetzt tat. Jeden Tag wachte er auf und fragte sich, ob er den richtigen Weg verfolgte. Aber jeden Tag wachte er auch in Furcht auf. Vom ersten Moment an, da er nach Kalimdor gekommen war, vom Ende des Krieges bis hin zur Gründung von Theramore, lebte Kristoff in der fürchterlichen Panik, dass alles, was sie aufgebaut hatten, zerstört werden könnte. Mit Ausnahme des kleinen Forts an der Handelsküste reduzierte sich die menschliche Präsenz in Kalimdor auf eine kleine Insel vor der östlichen Küste, auf drei Seiten von Kreaturen umgeben, die ihnen im besten Fall gleichgültig gesinnt waren – und im schlimmsten feindlich. Auf der vierten Seite begrenzte die Große See ihr Hoheitsgebiet.

Trotz seiner Ängste und trotz seines lautstarken Rates, bevorteilte die Lady die Orcs ständig – zum Schaden der Menschen. Sie bezeichnete es als Glücksfall für die Allianz, und dass sie verbündet stärker seien als getrennt. Das wahrhaft Tragische daran war, dass sie dies auch glaubte.

Aber Kristoff wusste es besser. Und als sich Lady Prachtmeer als unfähig erwies, die Gesamtsituation zu erfassen, das große Bild, das Kristoff sein ganzes Leben lang bemüht war zu erkennen, holte er sich Hilfe von außen.

Duree streckte ihre verschrumpelte Hand in die Kammer.

„Sir, der magische Stein von Nordwacht glüht. Ich glaube, er hat eine Botschaft."

Trocken versetzte Kristoff: „Das bedeutet es für gewöhnlich, ja." Er stand vom Tisch der Lady auf und ging hinaus in den Thronsaal, wo der Stein aufbewahrt wurde. Vermutlich war das entweder Lorena oder Davin, die ihn darüber unterrichten wollten, dass der Oberst endlich eingetroffen war. Ihre Truppen waren an diesem Morgen angekommen.

Kristoffs Plan, Lorena bereits dort zu haben, wenn der Truppentransport eintraf, war von mechanischen Problemen am Luftschiff vereitelt worden. Der Start hatte sich verzögert. Außerdem war der Truppentransporter durch starke Winde früher als erwartet eingetroffen.

Als er zu dem Stein ging, der auf einem Podest in der südwestlichen Ecke des Thronsaals ruhte, sah Kristoff, dass er tatsächlich rot leuchtete. Was darauf hinwies, dass sein Gegenpart in Nordwacht aktiviert worden war.

Einen Moment zögerte er, dann ergriff er den Stein. Wie erwartet schoss ein schmerzhafter Schock durch seinen Arm, der ihn fast zwang, den Stein wieder fallen zu lassen. Das Leuchten verschwand jedoch ebenso wie der Schmerz und dann folgte Major Davins Stimme. Es klang, als würde Davin aus einer Höhle heraus brüllen.

„Lord Kämmerer, es ist meine traurige Pflicht, Euch davon in Kenntnis zu setzen, dass sich Oberst Lorenas Luftschiff noch nicht gemeldet hat. Beobachter sahen das Luftschiff, doch es fuhr Richtung Nordosten. Die Truppen sind angekommen, aber ich weiß nicht, was der Oberst mit ihnen vorhatte. Bitte gebt mir Anweisungen.“

Kristoff seufzte, als er den Stein zurück auf das Podest legte. „Verdammt sei diese Frau!“

„Welche Frau?“, fragte Duree.

„Oberst Lorena. Wen hat sie im Luftschiff mitgenommen?“

Ohne zu zögern kramte die alte Frau die Antwort aus ihrem Gedächtnis. So sonderbar ihre Manieren auch sein mochten, so unglaublich effizient war sie. „Major Bek, Captain Harcort, Captain Mirra und Leutnant Norjo. Oh, und Korporal Booraven."

Kristoff runzelte die Stirn, „Warum hat sie einen Korporal mitgenommen?" Er hatte klar angeordnet, dass nur die ranghöheren Offiziere auf dem Luftschiff mitfahren und die gemeinen Truppen im Boot nachkommen sollten. Langsam bahnte sich die Erinnerung den Weg in sein Hirn. „Ich kenne den Namen von irgendwoher."

Duree, Gott schütze sie, eilte ihm zu Hilfe. „Das ist die, die man damals im Krieg den Glücksbringer nannte. Eine Sensitive, wenn ich mich recht erinnere, kann Magie auf hundert Schritte *riechen*."

„Richtig, genau." Kristoff erinnerte sich, dass die Booraven, die während des Krieges Gefreiter gewesen war, nicht nur in der Lage war, Dämonen aufzuspüren, die mit bloßem Auge nicht gesehen wurden, sondern auch herauszufinden imstande war, ob jemand von einem Mitglied der Brennenden Legion besessen war. Sie besaß außerdem die Fähigkeit, auch Lady Prachtmeer oder jeden anderen Zauberer ausfindig zu machen. Davon hatten mehrere Generäle Gebrauch gemacht, wenn die Lady schwierig aufzuspüren gewesen war.

Sofort erkannte Kristoff, was Lorena vorhatte. „Verdammt sei sie!" Er seufzte und murmelte: „Und verdammt sei auch ich!"

„Was ist los, Sir?", fragte Duree.

„Nichts", sagte Kristoff schnell. Er konnte es sich nicht leisten, die Zofe ins Vertrauen zu ziehen. „Das wäre dann alles."

Verwirrt erwiderte Duree: „In ... Ordnung, Sir." Mit einem merkwürdigen Blick verließ sie den Thronsaal.

Kristoff starrte aus dem großen Fenster. Es war heute diesig und er konnte nicht mehr als eine Meile oder zwei auf die Große See hinausschauen.

Nachträglich erkannte Kristoff, dass der Fehler wirklich bei ihm lag. Er hatte es zugelassen, dass die Feindseligkeit des Oberst – die immer da gewesen war und noch in Kriegstage zurückreichte – seine Reaktionen ihr gegenüber beeinflusste.

Er behandelte sie mit der gleichen Geringschätzung, mit der sie ihn behandelte. Eine Schwäche, die akzeptabel war, wenngleich manchmal auch kontraproduktiv, wenn sie beide die Lady berieten. Selbstmörderisch wurde es jedoch, wenn er, wie gegenwärtig, auf ihrem Thron saß. Teil des Symbolismus des erhabenen Thrones war, dass der Anführer über allem anderen zu stehen hatte. Einschließlich der kleinen Rivalitäten bei Hofe.

Dieselbe Arroganz, die in Garithos und so vielen vor ihm gewirkt hatte, steckte auch in Kristoff. Hätte der Kämmerer Lorena mit Respekt behandelt, hätte sie vielleicht das getan, was er befohlen hatte. Aber weil er es versäumt hatte, nahm sie Booraven mit, um wieder einmal Lady Prachtmeer zu suchen. Das erklärte auch, warum sie nordöstlich flog, nach Durotar, wo die Lady sich um die Donnerechsen kümmerte.

Sosehr es ihn auch ärgerte, blieb ihm doch nur eine Möglichkeit. Der Plan musste fortgesetzt werden, wenn auch mit kleinen Änderungen. Die würden später Probleme verursachen, aber bis dahin würden die Würfel gefallen sein. Es war der einzige Weg, damit Jaina Prachtmeer erkannte, dass man den Orcs nicht trauen konnte. Der ohnehin unausweichliche Krieg mit ihnen musste beschleunigt herbeigeführt werden!

Am Ende nahm er den Stein wieder auf, diesmal mit beiden Händen, was der Stein als Verlangen verstand, eine Botschaft zu senden. Diesmal glühte er blau. „Hier ist Kämmerer Kristoff. Ich fürchte, unsere schlimmsten Befürchtungen haben sich bestätigt. Lady Prachtmeer und Oberst Lorena wurden von einem Orc-Kult namens Flammendes Schwert gefangen genommen. Die Orcs müssen dafür bezahlen. Major Davin, Ihr übernehmt das Kommando über alle Truppen in Nordwacht und bereitet Euch auf die Schlacht vor."

Als er den Stein zurücklegte, verschwand das Glühen. Seine Botschaft wurde durch den Äther zu seinem Gegenstück auf der Feste geschickt.

Danach ging Kristoff zurück in seine Kammer, um die unterbrochene Arbeit zu beenden. Doch als er eintraf, durchdrang der Geruch von Schwefel den Raum, was bedeutete, dass Zmoldor angekommen war.

Galtak Ered'nash. Berichte, Kämmerer.

Kristoff kräuselte seine Nase wegen des Gestanks. Er hasste es, mit Dämonen zu paktieren, und wenn die Ziele nicht so wichtig gewesen wären, hätte er sich nie mit dieser Kreatur eingelassen. Aber eine andere Lektion, die Kristoff gelernt hatte, war jene, dass man manchmal merkwürdige Verbündete akzeptieren musste, um dem höheren Wohl des eigenen Volkes zu dienen. Das war der Grund gewesen, warum Lady Prachtmeer den ungewöhnlichen Schritt unternommen hatte, Menschen und Orcs zusammenzubringen und warum Kristoff denselben Schritt jetzt mit Zmoldor wagte. Es war eine zeitlich begrenzte Allianz mit einem niederen Dämon, was im Gesamtbild kaum etwas bedeutete. In Wahrheit *benutzte* Kristoff Zmoldor. Er spielte mit der Eitelkeit der Kreatur und kroch nur vor ihr, um sie dazu zu bringen, ihm zu Diensten zu sein.

„Alles verläuft genau nach Plan. Die Menschen von Theramore sind auf einen Angriff gegen die Orcs vorbereitet und werden sie vernichten."

Gut. Ich ziehe große Befriedigung daraus, wenn diese üblen Verräter von der Welt gefegt werden.

„So wie ich." Kristoff meinte diese Worte ernst. Zmoldor war ein nützlicher Verbündeter für Kristoff, weil beide dasselbe Verlangen teilten, die Welt von den Orcs zu befreien. Und wenn alles vorbei war und die Orcs keine Bedrohung mehr darstellten, plante Kristoff, die Welt von Zmoldor zu befreien ...

Möge unser Herzenswunsch bald erfüllt werden, Kämmerer. Leb wohl. Galtak Ered'nash.

Während er nickte, wiederholte Kristoff die beiden letzten Worte in Zmoldors eigener Sprache, was übersetzt so viel bedeutete wie: „Heil dir, Flammendes Schwert!"

SECHZEHN

Aegwynn beobachtete mit einem wehmütigen Lächeln, wie ihre Besucherin sich bemühte, die dämonische Barriere außer Kraft zu setzen. Die Frau hatte Aegwynns Hütte verlassen, um an den Rand des Barrierenfeldes zu treten, das sich an gleicher Stelle befand wie das alte, und versuchte, es aus der Nähe zu durchbrechen. Aegwynn glaubte nicht, dass sie dabei erfolgreicher sein würde.

Zmoldor hatte offenkundig kein Interesse mehr, Aegwynn wiederzubegegnen. Schließlich hatte er sich die Mühe gemacht, sie hier festzuzusetzen, nachdem Prachtmeer die alten Barrieren deaktiviert hatte. Solange Aegwynns Barrieren aktiv gewesen waren, hatte sich Zmoldor keine Gedanken machen müssen. Aber die Deaktivierung der Barrieren bereitete ihm Sorgen und deshalb errichtete er neue.

Nicht, dass es wirklich etwas ausgemacht hätte. Aegwynn war lange über den Punkt hinaus, dass sie Dämonen magisch bekämpfen konnte.

Nach ihrem neuerlichen fehlgeschlagenen Versuch griff Prachtmeer in ihren Umhang und holte etwas Nahrung heraus. Fast ohnmächtig gab Aegwynn nickend ihre Zustimmung. Wer auch immer dieses *Mädchen* ausgebildet hatte, war schlau genug gewesen, ihr die praktischen Dinge des Lebens beizubringen. Das war etwas, was Scavell bei all seiner Brillanz versäumt hatte. Sie selbst hatte erst daran gedacht, etwas Proviant mit auf eine Mission zu nehmen, nachdem sie bereits das dritte Mal auf der Jagd nach einem Dämon vor Hunger zusammengebrochen war.

Kurz darauf drehte sich das Mädchen zu Aegwynn um. „Vielleicht können wir es schaffen, wenn wir unsere Kräfte bündeln."

„Nicht sehr wahrscheinlich." Aegwynn lachte bitter. „Meine Kräfte mit Euren zu vereinen, würde keinen großen Unterschied machen. Meine magischen Fähigkeiten sind schon lange … verkümmert." Das Wort war unpräzise, aber ausreichend für den Zweck, Prachtmeers Fragen zu beantworten. „Schade, dass niemand da ist, der als Leiter dienen könnte."

„Als Leiter?"

Aegwynn revidierte ihre Einschätzung vom Lehrer der Prachtmeer. „Kennt Ihr nicht Meitres Durchdringungsspruch?"

Prachtmeer schüttelte den Kopf. „Die meisten von Meitres Schriftrollen wurden vor zehn Jahren zerstört. Ich studierte die, die gerettet wurden. Aber der kommt mir nicht bekannt vor."

„Traurig", war alles, was Aegwynn dazu sagte. Es hatte sie nicht interessiert, wessen Barrieren aktiv gewesen waren, solange sie sie hier sicher hielten. Sie hatte nichts anderes gewollt, als den Rest ihrer Tage weit weg von der Welt zu verbringen, der sie schon so viel Schaden zugefügt hatte.

„Warum seid Ihr so geschwächt?"

Aegwynn seufzte. Sie hätte damit rechnen müssen. Andererseits, Prachtmeer musste wohl die *ganze* Geschichte erfahren. Oder jedenfalls Aegwynns ureigene Version davon ...

Vor fünfundzwanzig Jahren

Medivh war in den Turm von Karazhan im Rotkammgebirge eingezogen, der in Hügel eingebettet lag, nur umgeben von Reben und Unkraut. Die alten Bäume des Waldes von Elwynn schafften es nicht mehr so weit. Sie waren gestorben, nachdem Medivh hier eingezogen war. Der kahle Hügel, auf dem Medivh seine Burg errichtet hatte, war genau wie ein menschlicher Schädel geformt.

Aegwynn fand die Form traurig angemessen. Sie näherte sich dem Ort zu Fuß, sie wollte vermeiden, dass ihr Sohn vorzeitig von ihrem Besuch erfahren könnte.

Die Wächter von Tirisfal waren tot. Orcs zogen brandschatzend durch Azeroth. Krieg war überall auf der Welt ausgebrochen. Und die Quelle all dessen?

Ihr eigen Fleisch und Blut.

Sie wusste nicht, wie das hatte geschehen können. Sie hatte Medivh geboren, damit er ihre Arbeit fortsetzen würde, nicht um sie zu zerstören.

Erst als sie am Tor eintraf, fühlte sie es. Ihr Sohn war da, das wusste sie, genauso wie Moroes, der Hausdiener, und der Koch. Beide schliefen in ihren Kammern.

Aber sie fühlte noch eine andere Präsenz, eine, deren Essenz mit der ihres Sohnes verflochten war. Eine, die sie Jahrhunderte zuvor besiegt hatte.

Sie kümmerte sich nicht weiter darum, sondern wirkte einen Windzauber, der gegen das Tor hieb und orkanartige Kräfte entfesselte, die das Holz in tausend Teile zerschmetterten.

Ihr Sohn stand auf der anderen Seite. Er hatte Aegwynns Größe und ihre grünen Augen geerbt, von Nielas Aran stammten die breiten Schultern und die elegante Nase. Sein graugeflecktes Haar war zurückgebunden zu einem bemerkenswerten Pferdeschwanz, und er hielt seinen Bart sauber gestutzt. Sein kastanienbrauner Umhang wehte hinter ihm in einer Brise. Das Wesen, das vor ihr stand, war unverkennbar ihr Sohn. Doch obwohl ihre Augen Medivh sahen, spürte ihre ganze Magie nur Sargeras.

„Wie ist das möglich? Ich habe Euch *getötet*."

Medivh lachte dämonisch. „Mutter, bist du wirklich so eine Närrin? Glaubst du ernsthaft, dass ein einfaches Mädchen eine Macht wie Sargeras vernichten kann? Er benutzte dich. Benutzte dich, um mich zu erschaffen. Er versteckte sich in dir, als du so hingebungsvoll meinen Vater verführt hast, übertrug sein Wesen in meinen Fötus. Er war mein ständiger Begleiter, mein Mentor, der Elternteil, den du mich niemals haben ließest."

Aegwynn konnte es nicht glauben. Warum war sie nur so blind gewesen? „Du hast den Rat getötet."

„Hast du nicht immer gesagt, dass sie nur Narren seien?"

„Das ist nicht der Punkt! Sie verdienten es nicht zu sterben!"

„Natürlich taten sie es. Du hast mir nicht sehr viel beigebracht, Mutter. Du warst immer viel zu beschäftigt mit deinen Aufgaben als Wächterin, um tatsächlich den Sohn aufzuziehen, den du in die Welt gesetzt hattest, damit er dein Nachfolger wird. Aber eine Lektion hast du mich gelehrt bei den seltenen Gelegenheiten, zu denen du so gütig warst, dich zu bequemen, meine Existenz zur Kenntnis zu nehmen. Und zwar, dass der Rat aus Narren besteht. Sargeras hat mir schließlich gezeigt, was das endgültige Schicksal aller Narren sein muss. Du siehst, Mutter, ich habe all meine Lektionen gut gelernt."

„Hör auf, dich zu verstellen, Sargeras", sagte sie. „Hör auf, mit der Stimme meines Sohnes zu sprechen."

Medivh warf seinen Kopf zurück und lachte. „Verstehst du nicht, kleines Mädchen? Ich *bin* dein Sohn!" Er hob seine Hand. „Und ich bin dein Ende."

Was als Nächstes folgte, passierte viel schneller, als Aegwynn es erwartet hatte. Sie erinnerte sich kaum an die Details, was vielleicht eine Gnade war. Alles, was sie sicher wusste, war, dass sie es schwerer und schwerer hatte, Medivhs – oder besser Sargeras – Sprüche zu kontern, und dass es ihm leichter und leichter bei den ihren fiel.

Geschwächt, zerschunden, blutend brach Aegwynn auf dem Boden zusammen, kaum mehr fähig, den Kopf zu heben. Ihr Sohn stand über ihr und lachte. „Warum schaust du so traurig, Mutter? Ich bin genau so, wie du mich gemacht hast. Immerhin hast du mich geboren, um den Rat zu überlisten und dein Erbe fortzuführen. Das hast du getan. Von dem Augenblick an, da du Sargeras physische Form zerstört und ihn so befreit hattest, dass er in dir leben konnte, war es dein Schicksal, Sargeras' Willen zu erfüllen. Nun hast du deinen Zweck erfüllt." Er grinste. „Ein letzter Dolchstoß in das Auge des Rates, eh?"

Aegwynns Blut gefror zu Eis. Das waren ihre eigenen Gedanken bei Medivhs Empfängnis gewesen. Sie hatte diesen Satz nie laut ausgesprochen und ganz sicherlich niemals gegenüber Medivh. Sie war tatsächlich nur wenig präsent in seinem Leben gewesen. Am Anfang vielleicht und da hauptsächlich zu seinem eigenen Schutz. Sie hatte es sich nicht leisten können, dass bekannt wurde, dass ihr Sohn in Sturmwind lebte. Ihre Feinde hätten das gegen sie eingesetzt. Sie offenbarte ihm erst, dass sie seine Mutter war, als er die Pubertät beendet hatte.

In diesem Moment ließ sie jeden Widerstand fallen. Sie wollte nicht länger in einer Welt leben, die sie so nachhaltig betrogen hatte. In ihrem Eifer, ihre Bestimmung zu erfüllen, dem Rat zu beweisen, dass er einen Fehler beging, wenn er sie absetzte, hatte sie den Dämonen zum Sieg verholfen.

Seit dem Ende ihrer Ausbildung hatte Aegwynn nicht mehr geweint. Die Geburt ihres Kindes, der Tod der Eltern, die Niederlagen gegen Dämonen … nichts davon hatte sie zum Weinen gebracht. Sie war immer stärker als das alles gewesen. Doch jetzt rannen Tränen über ihre Wangen, als sie ihren Sohn ansah, der angesichts ihrer Qual lachte.

„Töte mich."

„Und dich so vom Haken lassen? Sei keine Närrin, Mutter. Ich sagte, das ist dein Ende, nicht dein Tod. Dir das Sterben zu erlauben, wäre keine Buße für das, was du mir alles angetan hast." Dann murmelte er eine Beschwörung.

Vor acht Jahrhunderten hatte ihr der Rat die Macht der Wächter verliehen. Das war die wunderbarste Erfahrung in ihrem Leben gewesen. Es war so, wie es für einen Blinden sein musste, das erste Mal zu sehen. Als sie die Macht an Medivh übergab, war es weniger wundervoll, aber es gab immer noch das Gefühl der Befriedigung. Das Schwinden ihrer Kräfte war leicht und angenehm gewesen wie das allmähliche Hinübergleiten in den Schlaf.

Doch jetzt wurde ihr die Macht von Medivh *herausgerissen*. Es fühlte sich an, wie blind, taub und stumm geschlagen zu werden. Ihr gesamter Körper wurde abgetötet. Es war weniger wie einschlafen, mehr wie ein ins Koma fallen.

Aber sie blieb wach und bekam mit, was passierte. Dann erkannte sie, dass, wenn sie bleiben würde, Medivh, oder eher Sargeras, sie hierbehalten würde. Sie müsste in den Gewölben der Burg hausen, ohne Zweifel, um alles, was geschehen würde, sehen und hören zu können. Aufmerksam gemacht auf jede böse Tat, die ihr Sohn in Sargeras Namen beging.

Sie erkannte noch etwas anderes. Sie war immer noch jung. Das bedeutete, dass Medivh ihr nicht die Verjüngungsmagie genommen hatte.

Das war ihre Rettung. Sie sammelte die verbliebenen

Reste ihrer Konzentration und entfesselte die Magie der Verjüngungsmagie. Sie griff danach, formte und erschuf daraus einen Teleportspruch, der sie von hier fortbringen würde.

Augenblicke später, ihr Haar war weiß geworden, ihre Haut runzelig und ihre Knochen brüchig, fand sie sich auf Kalimdor wieder, an der Ostküste des Kontinents, in einer grasreichen Region in den Bergen.

Prachtmeers Stimme war gefasst, als sie sagte: „Das muss schrecklich für Euch gewesen sein."

„Das war es." Aegwynn schauderte. In Wahrheit war es noch schlimmer gewesen. Aber sie hatte nur die Höhepunkte erzählt, um Prachtmeer zu schonen. Sie hatte ursprünglich versucht, mit Medivh zu reden, um eine Erklärung von ihm zu erhalten, warum er tat, was er tat. Als ob Sargeras tatsächlich einen Grund gebraucht hätte. Aber sie sah keine Veranlassung, Prachtmeer mit so etwas zu belasten.

Die vorrangigste Absicht der Geschichte war, ihr den ganzen Umfang ihrer Dummheit zu offenbaren. Sie fuhr fort: „Als ich herkam, nutzte ich das bisschen Magie, das ich noch besaß, um festzustellen, dass niemand außer mir in der Gegend war. Ich baute meine Hütte, bepflanzte meinen Garten, grub meinen Brunnen. Die Barrieren stellte ich nicht auf, bevor Thrall und seine Leute hier in der Nähe siedelten."

„Ich bin nicht überrascht." Da war ein merkwürdiger Tonfall in Prachtmeers Stimme. Als ob sie etwas wusste, wovon Aegwynn nichts ahnte.

„Was soll das heißen?“

Bevor Prachtmeer antworten konnte, hörte Aegwynn etwas. Prachtmeer vernahm es auch, und beide drehten sich um, blickten nach Süden. Es klang vertraut, aber Aegwynn hatte das Geräusch seit Jahren nicht mehr gehört.

Augenblicke später wurde ihr Verdacht bestätigt: Das Geräusch wurde von einem gewaltigen Luftschiff verursacht, das nun um die Klingenschmissspitze herumkam. Es stoppte direkt vor den Barrieren und schwebte auf der Stelle. Aegwynn vermutete, dass sich ein Magier oder zumindest jemand an Bord befand, der Zauberei erkennen konnte.

Eine Strickleiter fiel vom Unterbau und eine Gestalt im Brustpanzer begann hinabzuklettern. Als sie näher kam, erkannte Aegwynn die Abzeichen eines Oberst.

Zu ihrem Schrecken war die Gestalt eine Menschenfrau. Sie drehte sich um und schaute Prachtmeer fragend an.

Das Mädchen lächelte. „Wenn eine Frau Wächter von Tirisfal werden kann, warum dann nicht auch Oberst?“

Darauf konnte Aegwynn nichts erwidern.

„Mylady“, sagte die Frau, nachdem sie von der unteren Sprosse der Leiter gesprungen war. „Ich fürchte, ich bringe schlechte Neuigkeiten.“ Dann sah sie fragend zu Aegwynn.

„Oberst Lorena, dies ist Magna Aegwynn. Ihr dürft mit ihr so offen sprechen wie mit mir.“

Der Oberst nickte und begann mit seinem Rapport. Augenscheinlich reichte diesem Oberst das Wort von

Jaina Prachtmeer. Aegwynn erkannte widerwillig an, dass sie beeindruckt war. Eine Frau stieg nicht in solche Positionen auf ohne große Leistungen. Sie vermutete, dass Lorena doppelt so gut war wie jeder männliche Oberst, einfach weil sie es sein musste, um sich durchzusetzen.

Wenn jemand dermaßen Talentiertes Prachtmeer so bedingungslos vertraute, dann war sie ein noch bemerkenswerterer Mensch, als Aegwynn es sich zunächst hatte eingestehen wollen.

Vielleicht gab es ja doch noch etwas Verehrungswürdiges an dem Helden des Mädchens.

Lorena sagte: „Ma'am, ich bin mir sicher, dass Kämmerer Kristoff ein Anhänger des Flammenden Schwerts ist. Er hat unsere Truppen in der Feste Nordwacht verstärkt, um die Orcs zu provozieren."

Die Züge Prachtmeers entgleisten. „Kristoff? Das glaube ich nicht."

Aber der Oberst verbrachte die nächsten Minuten damit zu erklären, was in Prachtmeers Abwesenheit in Theramore passiert war.

Als sie geendet hatte, fragte Aegwynn: „Wann hat das mit dem Flammenden Schwert angefangen?"

„Wir sind uns nicht sicher", sagte Prachtmeer. „Wir denken, dass es mit einem ehemaligen Orc-Clan zusammenhängt. Warum?"

„Weil Zmoldor einen Kult gegründet hat, der *das Flammende Schwert* genannt wurde. Das Schwert, das er benutzte, um die Kinder zu opfern, war mit Öl überzogen und wurde angezündet, sobald die Opferung begann. Da Zmoldor in der Gegend ist, ist es möglich, dass er auch etwas mit diesen Orcs zu tun hat."

Lorena entgegnete etwas, bevor Prachtmeer antworten konnte. „Mylady, warum seid Ihr hinter den Barrieren? Ich habe Booraven mitgebracht, um Euch zu finden, und sie sagte, dass diese Barrieren aktiv sind und wir sie nicht passieren können. Ihr hingegen … warum kommt Ihr nicht dahinter hervor?"

„Ich fürchte, ich kann es nicht. Als ich hier ankam, war ich in der Lage, sie zu durchdringen, aber dieser Zmoldor hat sie inzwischen durch dämonische ersetzt. Ich fürchte, mir fehlt das Hintergrundwissen, um sie außer Kraft zu setzen."

„Eine Schande", spöttelte Aegwynn. „Wenn das noch meine Barrieren wären, ich würde Euch sofort durchlassen."

Schnaubend sagte Prachtmeer: „Macht Euch nicht lächerlich. Es waren niemals Eure Barrieren. Es waren die von Medivh."

Aegwynn starrte Prachtmeer mit offenem Mund an. „Woher wusstet Ihr …"

„Als ich hier ankam, erkannte ich die Magie, die für die Barrieren benutzt wurde, als die eines Tirisfalen. Und nachdem ich sie durchdrungen hatte, bemerkte ich, dass ich wusste, von *welchem* Tirisfalen sie stammten, weil ich ihn schon mal getroffen hatte. Wie ich Euch bereits versucht habe zu erzählen, kannte ich Medivh. Er war es, der Menschen und Orcs in dieses Land gebracht hat, und er überzeugte uns davon, uns gegen die Brennende Legion zu verbünden. Ich kenne seine Magie recht gut."

Lorena sprach, bevor Aegwynn antworten konnte. „Mylady, bei allem Respekt, die Zeit wird knapp. Wir müssen Euch da rausholen. Es *muss* einen Weg geben."

Prachtmeer schaute zu Aegwynn. „Es gibt einen. Lehrt mich den Spruch von Meitre." Sie zeigte auf den Oberst und fügte hinzu: „Wir haben jetzt einen *Leiter*."

„Sehr gut", sagte Aegwynn, „und einverstanden – wenn das bedeutet, dass Ihr mich in Frieden lasst."

„Es tut mir leid, das ist nicht möglich."

Aegwynn blinzelte. „Wie bitte?"

„Ihr kommt mit uns."

Aegwynn schnaubte: „Tue ich das?"

„Ja. Ihr seid die Magna, der Wächter, der alles ist, was zwischen uns und den dämonischen Horden steht. Es obliegt Eurer Verantwortung, mit uns zu kommen."

„Wie kommt Ihr darauf?"

„Ihr sagtet, dass Zmoldor diese Barrieren errichtet hat. Das bedeutet, er lebt. Nach allem, was wir wissen, ist er verantwortlich für das Flammende Schwert, das gerade eben durch die Allianz schneidet, die Thrall und ich auf Anweisung Eures Sohnes geschmiedet haben. Aber Ihr habt geglaubt, Ihr hättet ihn vor achthundert Jahren besiegt. Offensichtlich habt Ihr Eure Arbeit nicht richtig beendet, und es ist Eure Pflicht …"

„Was wisst Ihr schon von Pflicht?", schrie Aegwynn. „Seit acht …"

„Ja, ich weiß, was Ihr getan habt, Magna, Ihr habt mir ein wenig von Euren Fehlern erzählt, Euren Täuschungen, Euren Lügen, Eurer Arroganz. Aber woran Ihr mich noch erinnert habt, ist, dass Ihr Euch niemals vor den Pflichten eines Wächters gedrückt habt. Alles, was Ihr gemacht habt, von der Konfrontation mit Zmoldor bis zur Vernichtung des Rates durch Medivhs Zeugung, tatet Ihr, weil Ihr an das geglaubt habt, was Ihr initiiert habt. Ungeachtet Eurer Fehler, der Niederlagen, Ihr habt nie die Aufgaben eines Wächters vernachlässigt. Bis jetzt." Prachtmeer schüttelte den Kopf. „Ihr habt mich gefragt, was ich von Verantwortung weiß, und jetzt behaupte ich: Mehr als Ihr. Weil Ihr nie für etwas anderes verantwortlich wart als für Euch selbst. Ich habe Menschen in die Schlacht geführt, ich habe sie regiert, als die Schlacht vorbei war. Und gerade jetzt brauchen mich die Leute, die mir vertraut haben. Und das kann gut wegen eines Dämons sein, den *Ihr* hättet töten sollen. Ich werde nicht alles, was wir aufgebaut haben, wegen Eures Selbstmitleids zerstören lassen, Magna."

„Ich glaube, ich habe mir das Recht verdient, mein eigenes Schicksal zu bestimmen."

„Weil Ihr Medivh zurückgebracht habt?"

Wieder hatte es Prachtmeer geschafft, Aegwynn mit ihrem Scharfsinn zu beeindrucken. Sie brachte keinen Ton heraus.

„Wir alle haben uns gefragt, wie Medivh von den Toten zurückkommen konnte, nachdem Khadgar und Lothar ihn besiegt hatten. Man brauchte schon machtvolle Magie dafür. Ich wäre dazu fähig gewesen, und auch noch ein oder zwei andere. Aber wenn sie es getan hätten, hätten sie es eingestanden. Ihr habt gesagt, Ihr wärt bei dem Kampf mit Medivh ausgezehrt worden. Aber es gibt etwas, das als Ersatz für die notwendige Kraft dienen konnte, und das ist das Band zwischen Mutter und Sohn."

Aegwynn nickte und starrte auf einen unbestimmten Punkt über einer der Klingenschmissspitzen. „Mit dem, was von der Verjüngungsmagie noch übrig blieb, war ich in der Lage, in den Brunnenwassern die Zukunft zu sehen. Ich sah meinen Sohn, getötet von seinem Schüler und seinem besten Freund. Und ich sah Sargeras, der aus ihm vertrieben wurde. Deshalb habe ich Jahre damit verbracht, meine Kraft aufzubauen, um ihn zurückzubringen. Als ich es tat, brachte es mich fast um. Deshalb waren die Barrieren von Medivh. Ich hatte nicht mehr die Kraft, sie zu setzen. Oder irgendetwas anderes zu tun. Bis heute nicht." Sie drehte sich um und sah Prachtmeer an. „Das war mein Schwanengesang, Lady Prachtmeer. Es kann nicht mal ansatzweise wiedergutmachen, was ich falsch gemacht habe."

„Ich widerspreche. Was Ihr getan habt, ist, einen Sohn zu gebären, der die Welt gerettet hat. Es mag eine Weile gedauert haben, aber was er tat, war genau das, was *Ihr* getan hättet. Was Ihr für ihn geplant hattet. Er ging gegen das konventionelle Wissen an und wurde aktiv im Bekämpfen der Brennenden Legion, indem er Thrall und mich überzeugte, unsere Kräfte zu vereinen. Das hat er nicht von Sargeras gelernt, und er hat das nicht im Jenseits gelernt, aus dem Ihr ihn zurückholtet. Das hat er von *Euch* gelernt."

Lorena folgte unruhig der Unterhaltung. Ihr offensichtlicher Respekt vor Lady Prachtmeer rang mit ihrem soldatischen Wunsch zu handeln. „Mylady ..."

„Ja, selbstverständlich", sagte Aegwynn, „Euer Oberst hat recht. Zmoldor muss besiegt werden. Dauerhaft dieses Mal." Sie seufzte. „Bereitet Euch vor, Oberst Lorena. Was jetzt folgt, mag ein bisschen wehtun. Lady Prachtmeer, sprecht mir nach."

Und dann lehrte Aegwynn Jaina Prachtmeer den Durchdringungsspruch des Meitre.

SIEBZEHN

Thrall hatte den Tag damit verbracht, Bittsteller anzuhören. Meist ging es um banale Dinge, mit denen sich auch seine Untergebenen hätten auseinandersetzen können. Es gab ein paar Streitigkeiten, die geschlichtet werden mussten, solche, bei denen beide Seiten einfach nicht von sich aus in der Lage waren, sich zu einigen, und deshalb eine neutrale Seite hinzuzogen. Tatsächlich hätte jeder die Sache regeln können, aber als Kriegshäuptling war es nun mal seine Pflicht, sich auch um Lappalien zu kümmern.

Als der letzte der Bittsteller den Saal verlassen hatte, erhob sich Thrall von seinem Thron aus Tierfellen und ging im Raum auf und ab. Er war dankbar, sich wieder strecken zu können.

Noch immer hatte er von Jaina nichts über die Sache mit den Donnerechsen gehört, aber es gab auch keine weiteren Berichte über randalierende Echsen. Deshalb nahm er an, dass die Situation unter Kontrolle war. Er hoffte, dass sie das Problem schnell löste, damit er sie wegen des Flammenden Schwerts konsultieren konnte.

Dann waren Kalthar und Burx eingetreten. Der Krieger sprach im drängenden Ton: „Häuptling, es ist jemand da, der mit dir reden muss. Sofort."

Thrall hasste es, wenn Burx ihm Befehle erteilte. Aber bevor er etwas erwidern konnte, warf ihm Kalthar einen vielsagenden Blick zu.

„Meinst du, ich sollte mit dieser Person sprechen, Schamane?", fragte Thrall.

„Ja, das meine ich", sagte der Schamane ruhig.

„Nun gut." Thrall blieb stehen, des Thrones überdrüssig geworden.

Burx ging hinaus und führte einen Kundschafter herein, einen Dschungeltroll. Er trug eine Schmuckrüstung, die traditionell bei Angehörigen des Stamms der Dunkelspeere anzutreffen war: Federn, Holz und Farbe kombiniert mit einem dreieckigen Helm, um einen möglichst furchterregenden Eindruck zu erzeugen.

Nachdem er seinen Helm abgenommen hatte, offenbarte sich ein freundliches, offenes Gesicht, das weit angenehmer war, als man es von den Dunkelspeeren gemeinhin erwartete. Dschungeltrolle setzten uralte Magie ein, die keine andere Rasse jemals gemeistert hatte. Das wusste Thrall von einigen Menschen, die es probiert hatten und daran gescheitert waren – und mit ihrem Seelenheil dafür bezahlen mussten. Die Dunkelspeere hatten Thrall die Treue geschworen.

„Das hier", sagte Burx, „ist Rokhan."

Die Vorstellung war unnötig. Der Ruf des Trolls eilte ihm voraus. Er war einer der besten Kundschafter auf Kalimdor.

Mit seinem Helm unter dem Arm trat Rokhan vor. „Es tut mir leid, dass ich schlechte Neuigkeiten zu überbringen habe. Die Menschen entsenden mehr und mehr Truppen nach Nordwacht."

Thrall konnte nicht glauben, was er hörte. „Sie *verstärken* die Feste?"

„Danach sieht es aus. Ich habe viele Boote voll mit Soldaten gesehen. Und sie sandten eines ihrer Luftschiffe nach Norden, ins Klingenschmissgebirge."

Thrall runzelte die Stirn. „Wie viele Truppen?"

Rokhan zuckte mit den Schultern. „Es waren mindestens zwanzig Boote und auf jedem fuhren zwanzig Soldaten."

„Vierhundert Mann also", sagte Burx. „Und das passierte, kurz nachdem deine Freundin Jaina loszog, um das Donnerechsenproblem zu lösen. Das die *Menschen* verursacht haben. – Wir können nicht darauf warten, bis sie es erledigt hat, Kriegshäuptling. Ich bin mir sicher, dass Jaina lautere Absichten hat. Aber ihre Leute offenbar weniger. Und das *können* wir nicht ignorieren."

„Burx hat recht." Kalthar sprach mit müder Stimme. Thrall rief sich in Erinnerung, wie alt der Schamane war. „Die Instandsetzung der Feste von Nordwacht war eine vorsätzliche Machtdemonstration der Menschen. Diese Verstärkungen im Licht anderer aktueller Ereignisse betrachtet können nur als Akt der Aggression gewertet werden, und zwar als einer, auf den wir *unbedingt* reagieren müssen."

„Die Feste von Nordwacht war Admiral Prachtmeers

Festung." Burx musste Thrall kaum daran erinnern, dass ihn das nicht aufhalten würde. „Und nun versuchen die Untergebenen von Admiral Prachtmeers Tochter, sein kriegstreiberisches Werk zu vollenden – hinter ihrem Rücken."

Burx' Worte beeindruckten Thrall nicht sonderlich, Kalthars Argumente hingegen sehr wohl. Außerdem war Rokhan sein bester Kundschafter. Seinen Beobachtungen konnte man vertrauen.

„Nun gut, Burx, lass Nazgrel eine Armee zusammenstellen und sie ins Ödland entsenden. Lasst die Krieger außerhalb von Nordwacht Position beziehen. Außerdem will ich, dass du eine Flotte von Booten nimmst und ebenfalls flussabwärts fährst. Ruf die Trolle, damit sie das Gleiche tun."

Er seufzte. Er hatte gehofft, dass die Tage, da er Menschen bekämpfen musste, endgültig der Vergangenheit angehörten. Aber es schien, als sei der alte, tief verwurzelte Hass einfach nicht auszurotten. „Wenn die Menschen den Kampf unbedingt herausfordern wollen, werden sie uns dazu bereit finden."

Nachdem Burx Nazgrel und dem Hafenmeister letzte Anweisungen erteilt hatte, ging er nach Hause. Er musste noch Vorbereitungen treffen, bevor er sich über die Große See begab, um der Menschenplage ein für alle Mal ein Ende zu bereiten.

Als er seine Axt schärfte, durchzog plötzlich Schwefelgestank seine Hütte. Er spürte einen warmen Hauch in den Falten seiner Hose, in der kleinen Innentasche, wo er den Talisman verborgen hielt, den ihm Zmoldor als Symbol seiner Treue gegeben hatte.

Galtak Ered'nash. Verläuft alles nach Plan?

Burx hasste die Vorstellung, irgendjemand anders als seinem eigenen Kriegshäuptling die Treue zu schwören. Aber er spielte mit und antwortete: „*Galtak Ered'nash.* Ja, das tut es. Thrall schickt Truppen zu Land und zur See. Innerhalb von zwei Tagen liegen unsere Männer mit den Menschen im Krieg. Innerhalb einer Woche sind die Menschen Geschichte."

Exzellent. Das hast du sehr gut gemacht, Burx.

Soweit es Burx betraf, war Zmoldor das kleinere Übel. Die Dämonen waren Bastarde, aber sie hatten auch immer die Interessen der Orcs berücksichtigt. Sie hatten die Orcs auf diese Welt gebracht, damit sie über sie herrschen konnten. Es war nicht der Fehler der Dämonen, dass die Menschen so widerspenstig und stark waren, dass es ihnen sogar gelang, sie einzusperren und sie vergessen zu lassen, wer sie einmal waren. Sicher, die Dämonen benutzten die Orcs, aber immerhin demütigten sie sie nicht.

Burx war als Sklave aufgewachsen. Menschen verprügelten ihn regelmäßig, verspotteten ihn, bewarfen ihn mit Dreck und zwangen ihn dann, alles wieder aufzuräumen – während sie ihn auslachten. Sie belegten ihn mit allen erdenklichen Spitznamen, von denen „du grünhäutiger Schwachkopf" noch einer der nettesten war, und sie achteten stets darauf, ihm auch ja nur die entwürdigendsten Aufgaben zu geben. Burx wusste nie, warum er aus all den Orcs herausgepickt worden war, um all das über sich ergehen lassen zu müssen. Niemand hatte es je für nötig gehalten, es ihm zu sagen.

Vielleicht war es ja nur ein unglücklicher Zufall gewesen …

Verglichen mit dem, was er als Menschensklave durchmachen musste, war das, was die Dämonen ihm angetan hatten, gar nichts. Und wenn er mit einem von ihnen zusammenarbeiten musste, um sicherzustellen, dass die Plage Mensch ausgelöscht wurde, dann war das für Burx akzeptabel.

Er verdankte Thrall alles – und noch mehr als das –, aber Thrall hatte lange über den Punkt hinweggesehen, der ihn, was die Menschen betraf, blind machte. Thrall war ja auch von seinem Herrn respektiert worden, auch wenn Aedelas Schwarzmoor üble Pläne mit ihm gehabt hatte. Aber er hatte ihn weit besser behandelt, als es Burx' Herrn je in den Sinn gekommen wäre.

Wahrscheinlich sogar besser als die meisten Orcs.

Langsam, aber sicher sah Thrall seine Fehler ein. Die Truppenverstärkung in Nordwacht hatte offenbar dazu beigetragen, ihm endlich die Augen zu öffnen. Von nun an war es nur noch eine Frage der Zeit. Orc- und Trollkrieger so nah bei den Menschen – das war ein Pulverfass.

Burx hörte auf, seine Axt zu schärfen, und freute sich bereits auf den Moment, da ihre Klinge sich rot färben würde von Menschenblut.

ACHTZEHN

Lorenas Brust schmerzte. Sie hatte Mühe zu atmen, denn ihr Rüstungspanzer schien sie zerquetschen zu wollen.

Aber Lady Prachtmeer und ihre Freundin Aegwynn vermochten die dämonischen Barrieren zu durchbrechen, die sie gefangen gehalten hatten. Wer auch immer diese Frau war, die Lady begegnete ihr mit mehr Respekt und Ehrfurcht, als Lorena es jemals zuvor beobachtet hatte. Offenbar hatten sie Lorenas Körper dazu benutzt, um die Barrieren von der anderen Seite her aufzuheben. Der Oberst verstand von all dem nicht das Geringste. Gerede über Magie verursachte ihr für gewöhnlich Kopfschmerzen; alles, was sie daran interessierte, war, ob sie funktionierte.

Lady Prachtmeer wandte sich an die ältere Frau. „Magna, ich habe eine Bitte."

„Ja?"

„Hättet Ihr etwas dagegen, den Platz mit ein paar Donnerechsen zu teilen? Ich kann Barrieren herbeizaubern, die Euer Haus, Euren Garten und Euren Brunnen schützen. Und das Hochland wird sie zusammenhalten." Sie erklärte schnell das Problem mit den Donnerechsen.

Als sie es hörte, lachte die alte Frau. „Ich habe keine Einwände. Ich hielt mir einst eine Donnerechse als Haustier."

Lorenas Mund öffnete sich vor Überraschung. „Bitte sagt mir, dass Ihr scherzt."

„Nicht im Geringsten. Es war kurz nach meinem vierhundertsten Geburtstag. Nach so langer Zeit wurde die Einsamkeit überwältigend, deshalb entschloss ich mich, ein Haustier zu halten. Ich betrachtete einen domestizierten Kodo als Herausforderung. Ich nannte ihn Scavell – nach meinem Mentor."

„Kodo?", fragte Lorena mit einem Stirnrunzeln.

Aegwynn zuckte mit den Achseln. „So nannten wir sie damals. Ich hatte schon immer eine Schwäche für die Biester und teile mein Zuhause gern mit ihnen."

„Danke, Magna." Lady Prachtmeer wandte sich an Lorena. „Gebt mir fünf Minuten, um zu erledigen, was mich nach Durotar geführt hat. Dann werde ich nach Theramore zurückkehren. Ich versetze uns alle drei hin. Befehlt Euren Soldaten, sofort per Luftschiff nach Theramore zurückzukehren." Sie lächelte ironisch. „Ich fürchte, ein ganzes Luftschiff zu teleportieren, nachdem ich die Donnerechsen hergebracht habe, überstiege meine Kräfte."

„Sehr gut, Mylady", sagte Lorena mit einem Nicken.

„Danke, Oberst." Die Lady sprach mit einem warmen Lächeln, und Lorena fühlte einen Anflug von Stolz. Der Oberst hatte ein großes Risiko auf sich genommen, hierherzukommen. Sie hatte auf Booravens Fähigkeiten gebaut, um Lady Prachtmeer im Orc-Land aufzuspüren, und darauf gehofft, dass die Lady angesichts dieser Anmaßung nicht verärgert sein würde. Aber es schien, dass es richtig gewesen war, ihren Instinkten zu vertrauen. Und außerdem hatte sie aktiv dabei mitgewirkt, die Lady und ihre Freundin aus der Gefangenschaft zu befreien.

Während Lady Prachtmeer ihre Augen schloss und sich auf das Zaubern konzentrierte, schaute Lorena zu der alten Frau. „Ihr seid wirklich *vierhundert* Jahre alt?“

„Nein. Mehr achthundert.“

Lorena nickte. „Ah.“ Sie blinzelte erneut. „Dann habt Ihr Euch gut gehalten.“

Aegwynn grinste. „Ihr hättet mich vor dreißig Jahren sehen sollen.“

Lorena entschied, dass ihr diese Unterhaltung viel zu bizarr wurde, und ging zur Strickleiter, um Major Bek und den anderen die neuen Anweisungen zu erteilen. Bek nahm den Befehl entgegen, wünschte ihr Glück und bereitete das Luftschiff auf die Rückreise vor.

Indem sie die Leiter hinunter gekletterte, signalisierte sie Lady Prachtmeer ihre Bereitschaft zum Aufbruch. Sobald Lorena von der untersten Sprosse getreten war, ordnete Bek an, die Leiter einzuziehen, und das Luftschiff trat seine Reise zurück nach Süden an.

„Der Kämmerer hat die meiste Zeit im Thronsaal verbracht.“ Lorena schaffte es nicht, ihre Abneigung aus der Stimme herauszuhalten. Dann fragte sie sich, warum sie es überhaupt versuchte. „Meist saß er auf Eurem Thron.“

Lady Prachtmeer nickte. „Kristoff war der Thron immer wichtig.“

„Ein wenig *zu* wichtig, wenn Ihr mich fragt“, bestätigte Lorena.

„Allerdings. Ich bin so weit.“

Lorena versteifte sich. Sie war nur einmal teleportiert worden, damals im Krieg, und sie hatte Magenschmerzen davon bekommen.

Dann stand die Welt Kopf, das Innerste wurde nach außen gestülpt. Lorena fühlte sich, als wäre ihr der Kopf entfernt und zwischen den Kniescheiben platziert worden, während die Füße plötzlich aus dem Hals ragten.

Eine Sekunde später normalisierte sich alles wieder und Lorena erhob sich vom Steinboden. Sie registrierte beiläufig, dass dies Lady Prachtmeers Thronsaal war, und Duree sie anschrie, weil sie nicht an sich halten konnte und sich übergab.

„Mylady!“, erklang Kristoffs Stimme. „Ihr seid zurück! Und Oberst Lorena auch. Wir hatten schon befürchtet, Ihr wärt vom Flammenden Schwert gefangen genommen worden. Ihr werdet erfreut sein zu hören, dass wir Nordwacht mit Truppen verstärkt haben. Was sich gut trifft, da Orc- und Troll-Armeen dorthin unterwegs sind … Und wer ist das?“

Lorena würgte schon wieder. Ihr Magen krampfte sich zusammen, aber diesmal beherrschte sie sich.

„Mein Name ist Aegwynn.“

„Wirklich?“ Kristoff klang so überrascht, als wüsste er, um wen es sich bei Aegwynn handelte. Lorena selbst hatte nicht den Hauch einer Ahnung, abgesehen davon, dass es sich offenkundig um eine sehr alte Frau handelte.

„Ja. Und obwohl ich eigentlich nicht länger wirklich

eine Tirisfalin bin, erkenne ich doch den Gestank von Dämonen, wenn ich ihn rieche – und hier ist er allgegenwärtig."

Obwohl ihr Bauch wahrscheinlich längst leer war, würgte Lorena neuerlich und fragte sich, was eine Tirisfalin sein mochte.

„Wovon redet Ihr da?", raunzte Kristoff ärgerlich.

„Bitte, Kristoff, sagt mir, dass Aegwynn sich irrt", forderte die Lady ihn auf. „Sagt mir, dass Ihr Euch nicht mit Zmoldor und dem Flammenden Schwert verbündet habt!"

„Mylady, es ist nicht so, wie Ihr offenbar glaubt ..."

Nachdem ihr Magen aufgehört hatte, sie zu quälen, konnte Lorena endlich wieder aufrecht stehen. Sie sah sich mit einem interessanten Szenario konfrontiert: Kristoff stand direkt vor dem Thron und schaute höchst erschrocken drein; Aegwynn blickte verärgert – was sich kaum von ihrem üblichen Gesichtsausdruck unterschied; aber in Lady Prachtmeers Zügen entdeckte sie etwas Neues, kalte Wut. Ein Sturm schien hinter ihren Augen aufzuziehen, und Lorena war dankbar, dass die Lady auf ihrer Seite stand.

„Nicht, wie ich *glaube*? Was sollte ich denn glauben, Kristoff?"

„Die Orcs müssen eliminiert werden, Mylady. Zmoldor hat dasselbe Ziel und er ist ein niederer Dämon. Ich habe bereits einen Plan, wie wir ihn, wenn wir fertig sind, von dieser Welt verschwinden lassen ..."

„Fertig? Fertig womit? Sagt mir, was Ihr da in Bewegung gesetzt habt, Kristoff."

„Eine Kette von Ereignissen, die die Orcs von unserer Welt vertreiben werden. Es ist alles nur zum Besten, Mylady. Sie gehören nicht hierher und …“

„Armseliger Narr!“

Kristoff reagierte, als wäre er geschlagen worden. Lorena war nicht weniger überrascht als der Kämmerer. In all der Zeit, die sie unter ihr gedient hatte, hatte sie Lady Prachtmeer nie so sprechen gehört.

„Zmoldor ist ein *Dämon.* Glaubt Ihr wirklich, Ihr könntet ihn stoppen?“ Sie wies auf die alte Frau. „Das ist Aegwynn, die Mächtigste der Wächterinnen.“

Aegwynn schnaufte zu den Worten, aber die Lady und Kristoff ignorierten es.

„Nicht einmal sie war imstande, Zmoldor vollständig zu schlagen – obwohl sie auf dem Höhepunkt ihrer Macht stand. Was lässt Euch also glauben, dass *Ihr* erfolgreicher sein könntet? Und selbst wenn Ihr es wärt … kein Ziel ist es wert, sich mit einem Dämon zu verbünden. Deren *einziges* Ziel es ist, Chaos zu säen. – Oder hat Euch die Zerstörung von Lordaeron noch nicht gereicht? Muss Kalimdor ihm in den Sog folgen, wenn erst der Krieg, auf den Ihr so begierig seid, nach Nordwacht schwappt?“

„Außerdem“, fügte Aegwynn hinzu, „selbst wenn Ihr die Absicht hattet, Zmoldor zu vernichten oder zu verbannen, so hättet Ihr es nicht vermocht. Niemals. Ihr seid sein Sklave.“

„Das ist absurd!“ Kristoff klang jetzt noch nervöser als zuvor. „Das ist nur ein Zweckbündnis, und wenn erst die Orcs weg sind …“

„Die Orcs sind unsere *Verbündeten*, Kristoff." Blitze schienen um ihr goldenes Haar zu knistern, und ein schwacher Wind materialisierte an ihren Knöcheln und ließ den weißen Umhang der Lady aufwallen. „Diese Allianz wurde mit Blut geschmiedet. Und die Dämonen sind der Feind allen Lebens. Wie konntet Ihr uns nur verraten? *Mich* verraten?"

Kristoff geriet jetzt über die Maßen ins Schwitzen. „Ich schwöre Euch, Mylady, es ist kein Verrat. Ich habe einfach getan, was ich für das Beste für Theramore hielt. Das Flammende Schwert ist nicht mehr als eine von Zmoldor angeführte Gruppe von Zauberern, welche die natürliche Feindseligkeit gegen die Orcs für ihre Zwecke ausnutzt. Sie schüren nichts, was nicht schon da wäre."

„Was ist mit den Orcs, die bei alldem mitmachen?", fragte Lorena.

„Wie?" Kristoff klang verwirrt.

„Die Orcs, die mich und meine Truppen in Nordwacht angegriffen haben, gehörten dem Flammenden Schwert an. Wie passt das zusammen?"

„Ich …" Kristoff wirkte ratlos.

Lady Prachtmeer schüttelte ärgerlich den Kopf. „Wie viele, Kristoff? Wie viele müssen sterben, um Eure perfekte, von Orcs befreite Welt zu erschaffen?"

Jetzt wähnte sich der Kämmerer auf sichererem Terrain. „Weit weniger, als wenn wir darauf warten, dass Thrall stirbt oder die Orcs sich wieder zurückverwandeln. Er war der Einzige …"

„Genug!" Jetzt verstärkte sich die Brise, Blitze schossen aus den Fingerspitzen der Lady.

Kristoff schrie eine Sekunde später auf und fasste sich an seine linke Schulter. Rauch kräuselte zwischen seinen Fingern.

Instinktiv rannte Lorena zu ihm und zerrte ihm den brennenden Stoff vom Leib.

Auf seiner nackten Schulter prangte eine Tätowierung, die identisch mit jener war, welche Lorena, Strov, Clai, Jalod und die anderen an den Orcs von Nordwacht gesehen hatten – die lodernde Klinge eines Schwertes.

Auch die Tätowierung fing nun Feuer.

Eine Sekunde später war sie verschwunden und hinterließ nur verkohltes Fleisch. Kristoff brach kraftlos zusammen, seine Augenlider flatterten.

In gefasstem Ton sagte Aegwynn: „Zmoldor ist weg."

„Ja." Auch Lady Prachtmeer klang jetzt wieder ruhiger. „Und mein Bannspruch hat ihm verraten, dass wir ihm auf der Spur sind."

„... so leid ..."

Lorena kniete neben Kristoff, der zu flüstern begonnen hatte. Die Worte, die über seine Lippen kamen, waren kaum mehr als ein Hauch.

„Dachte ... was ich tat ... geschehe aus freiem ... Willen ... aber Zmoldor ... kontrollierte ... *alles*. Tut ... so leid ... so leid ..."

Das Licht schwand aus seinen Augen.

Alle drei Frauen schwiegen für eine Weile. Für Lorena war es das Schlimmste, dass Kristoff im Grunde wahrscheinlich gar kein übler Mensch gewesen war. Er hatte lediglich das getan, was *er* für das Beste für Theramore hielt. Er hatte gemeint, seine Pflicht zu erfüllen. Natürlich hatte er dies denkbar falsch angestellt, aber er hatte das Herz am rechten Fleck getragen.

Sie fühlte sich schuldig. Es hatte Zeiten gegeben, in denen sie Kristoff nichts mehr gewünscht hatte als den Tod. Aber nun, da er tot *war*, fühlte sie nur eine große Traurigkeit.

Sie blickte zu Lady Prachtmeer. „Wir müssen nach Nordwacht. Wenn wir Glück haben, hat der Krieg noch nicht begonnen, und vielleicht können wir die Truppen noch aufhalten. Ihr müsst das persönlich erledigen, Mylady. Major Davin wird von niemand anders Befehle entgegennehmen."

Lady Prachtmeer nickte. „Ihr habt recht. Ich werde ..."

„Nein", warf Aegwynn ein.

Die Lady musterte sie kühl. „Wie bitte?"

„Es ist Magie im Spiel, Lady Prachtmeer, und Ihr seid die einzige Person in Kalimdor, die sie stoppen kann. Euer ehemaliger Kämmerer hatte mit einem recht: Zmoldor ist ein niederer Dämon. Er war einer von Sargeras' Handlangern. Er selbst hat nicht die Macht, so viele Leute zu beeinflussen – oder einen Wald abzuholzen und die Bäume zu teleportieren. Diese Zauberer, die Kristoff erwähnte, sind die Wurzel allen Übels. Sie handeln in Zmoldors Namen, vielleicht als Gegenleistung für seltene Schriftrollen." Sie schüttelte den Kopf. „Zauberer sind hinter Sprüchen her wie ein Süchtiger hinter einer Schlafmohnpflanze. Es ist abscheulich ..."

„Wir haben nicht die Zeit, auf die Jagd nach einer Gruppe von Zauberern zu gehen", sagte Lorena.

„Diese Zauberer sind das Zünglein an der Waage, Oberst“, beteuerte Aegwynn.

Lorena schaute zu Lady Prachtmeer. „Nach allem, was wir wissen, Mylady, haben die Kämpfe bereits begonnen. Und wenn es noch nicht passiert ist, kann es jederzeit losgehen, falls Kristoff in Bezug auf die Orcs recht hat und diese Truppen hierherziehen. Wenn erst die Kämpfe beginnen, zählt es nicht mehr, wer oder was sie ausgelöst hat. Es *wird* ein Blutvergießen geben, und wenn diese Grenze erst überschritten ist, wird die kostbare Allianz für immer zerschlagen sein.“

Aegwynn sah die Lady an. „Die Zeit drängt. Ihr habt selbst gesagt, Zmoldor weiß, dass wir ihm auf der Spur sind. Wir müssen *jetzt* zuschlagen, bevor er die Möglichkeit hat, sich eine Strategie gegen Euch einfallen zu lassen. Und Ihr könnt nicht an zwei Orten zugleich sein.“

Da lächelte die Lady. Es war ein strahlendes Lachen, das Lorena als Ausdruck von Erleichterung auffasste, nach all dem Zorn, den Kristoff in ihr entfacht hatte.

„Ich *muss* nicht an zwei Orten gleichzeitig sein.“ Sie ging zum Eingang ihrer Kammer und trat hinein.

Lorena und Aegwynn tauschten erstaunte Blicke miteinander. Dann folgten sie ihr. Als sie drinnen ankamen, sahen sie, wie Lady Prachtmeer in ihren Schriftrollen wühlte. Plötzlich hielt sie inne und rief: „Ah! Da ist er ja!“

Sie drehte sich um und hielt einen Stein, den ein verschlungenes Symbol zierte, in der Hand. Einen Stein, der plötzlich und ohne Vorwarnung zu glühen begann …

NEUNZEHN

„Sir, die Orcs haben ihr Lager aufgeschlagen."

Major Davin begann Haarbüschel aus seinem Bart zu reißen – zum Teufel mit der Kleiderordnung. „Wie viele?"

Korporal Rych zuckte mit den Achseln „Unmöglich, mit Gewissheit zu sagen, Sir."

Davin schloss resigniert die Augen und zählte insgeheim bis fünf. „Dann *ratet*", quetschte er schließlich hervor.

Noch ein Achselzucken. „Der Späher behauptet, dass es mindestens sechshundert sind. Es ist schwer abzuschätzen, Sir. Sie halten weit genug Abstand, um keine Grenze zu verletzen, aber …"

Als Rych zögerte, seufzte Davin. „Aber was?"

„Nun, Sir, im Moment sitzen sie da nur rum. Aber ich glaube nicht, dass das so bleiben wird. Besonders nicht, wenn die Boote eintreffen."

Wieder seufzte Davin. Es schien, als wäre dieses Seufzen alles, was er in diesen Tagen wirklich in Perfektion beherrschte. Dutzende Boote, die Orcs und Trolle transportierten, waren tags zuvor gesichtet worden, wie sie auf der Großen See nach Süden fuhren – Richtung Nordwacht. In wenigen Stunden würden sie ihr Ziel erreichen. Und spätestens dann würde Davin eine Entscheidung treffen *müssen*.

Die Anweisungen von Kämmerer Kristoff, der den Oberbefehl innehatte, während Lady Prachtmeer von diesen Flammendes-Schwert-Leuten gefangen gehalten wurde, lauteten, Nordwacht um jeden Preis zu halten.

Davin wusste nicht, wie er das schaffen sollte.

Eigentlich hatte er nie Soldat werden wollen. Zugegebenermaßen hatte er jedoch einen Hang zur Gewalt, der dem Anwerber aufgefallen war, als er in seinem Dorf nach Nachwuchs gesucht hatte. Dazu war er allerdings auch ein entsetzlicher Feigling, der es aber schaffte, diesen Umstand während der Ausbildung zu verbergen. Hauptsächlich deshalb, weil er niemals in wirklich ernsthafte Gefahr geriet. Er musste nur etwas schauspielern und das fiel Davin leicht. Sein Schwert an einer Strohpuppe einsetzen? Kein Problem. Aber ein echter Kampf gegen einen Feind aus Fleisch und Blut? Darin war er hoffnungslos schlecht.

Deshalb hatte er beim ersten Mal, als er einem echten Gegner gegenüberstand, auch gedacht, er sei verloren. Aber er hatte Glück gehabt, weil er einer wirklich fähigen Truppe angehörte. Davin hatte sehr wenig für den Sieg getan, als es gegen die aufständischen Zwerge gegangen war. Diese waren auf der Flucht vor der Justiz in sein Dorf gekommen, nachdem ein Putsch gegen die Regierung der Zwerge gescheitert war. Aber der Rest seines Trupps hatte exzellente Arbeit geleistet und die Zwerge gefangen genommen oder getötet.

Davin konnte sich im Ruhm seiner Kameraden sonnen.

Dann war die Brennende Legion auf den Plan getreten. Es war schrecklich gewesen. Leute um ihn her waren gestorben. Lordaeron war zerstört worden. Menschen und Orcs hatten Seite an Seite gekämpft. Die ganze Welt war in Chaos versunken. Davin hatte nie verstanden, warum Lady Prachtmeer das Bündnis mit den Orcs eingegangen war. Das waren Teufel, nicht viel besser als die Dämonen selbst.

Aber niemand hatte Davin nach seiner Meinung gefragt.

Sein schlimmster Tag war in einem Wald im Nirgendwo gewesen. Davin hatte nicht gewusst, wo er sich befand, nur dass er sich dort mit den angeschlagenen Resten seines Trupps aufgehalten hatte. Sie waren unterwegs, um eine Dämonenburg zu finden, damit ein Zauberer oder jemand anderes dort nach Geheimnissen suchen konnte.

Davins Job war simpel gewesen, er lautete: Beschütze den Zauberer!

Alle anderen suchten nach der Festung.

Unglücklicherweise hatten sie sie auch gefunden. Und die Dämonen reagierten nicht gerade nett darauf.

Kaum dass sie mit ihren glühenden Augen angriffen, war Davin von Panik gepackt worden. Er versteckte sich hinter ein paar Eichen, ließ den Zauberer unbeschützt zurück. Und während der Magier sein Bestes gab, um sich zu verteidigen, setzte ihn schließlich einer der Dämonen in Brand.

Davin sah aus der Sicherheit seines Baumverstecks zu, wie der Zauberer, den er hatte schützen sollen, vor Schmerzen brüllte und sehr, sehr langsam starb.

Irgendwie – Davin hatte nie begriffen, warum – übersahen ihn die Dämonen. Vielleicht betrachteten sie Davin nicht als Bedrohung, was sicherlich auch stimmte. Als sein Trupp ausgelöscht war und die Dämonen davonzogen – wohin auch immer Dämonen ziehen mochten –, lief Davin zum Basislager zurück und erwartete, scharf für seine Feigheit gerügt zu werden. Er war bereit, die Konsequenzen zu tragen, wenn er nur nicht wieder hinausmusste, um so etwas noch einmal durchzumachen.

Stattdessen feierten sie ihn als Helden, weil er das Gemetzel überlebt hatte und zurückgekommen war, um darüber zu berichten.

Und dann beförderten sie ihn.

Davin stand alldem fassungslos gegenüber. Er war kein Held, ganz gewiss nicht, eher das genaue Gegenteil. Aber jeder Versuch, dies klarzustellen, brachte ihm nichts anderes ein, als dass er für übermäßig bescheiden gehalten wurde.

Es war verrückt. Statt vom Kampf befreit zu werden, erhielt er das Kommando über Truppen.

Bald darauf jedoch war der Krieg so freundlich, vorbei zu sein. Was Davin die Peinlichkeit ersparte, tatsächlich eine Armee in eine Schlacht führen zu müssen, die er unmöglich siegreich hätte beenden können.

Die Brennende Legion wurde zurückgeschlagen nach Woher-auch-immer-sie-gekommen-war und Davin erhielt noch eine weitere Beförderung. Dieses Mal zum Major. Nach Admiral Prachtmeers Ankunft und anschließendem Tod wurde Davin schließlich das Kommando über die Feste Nordwacht übertragen.

Bis vor Kurzem hatte er dieses Leben gemocht. Nordwacht war ein friedlicher Flecken, und auch wenn Davins Feigheit ihm das Kämpfen unmöglich machte, war er in Verwaltungsdingen durchaus talentiert.

Jedenfalls solange nichts passierte, was das geregelte Tagwerk ins Chaos stürzte.

Davin mochte Oberst Lorena nicht sonderlich. Dennoch wünschte er, sie wäre jetzt hier gewesen. Sie konnte eine Garnison im Ernstfall bei Weitem besser befehligen als er, denn im Gegensatz zu Davins Karriere basierten Lorenas Beförderungen auf echten Verdiensten.

Und wenn die Streiter des Flammenden Schwerts schon sie erwischt hatten, ganz zu schweigen von Lady Prachtmeer, welche Hoffnung blieb ihm dann noch, Davin?

Oreil kam hereingestürmt, seine zu große Rüstung schepperte bei jedem Schritt. „Major Davin! Major Davin! Die Orcs rücken an. Ihre Boote haben bereits angelegt."

Davin seufzte ein weiteres Mal. „Die Boote haben bereits angelegt?"

„Hat Euch niemand informiert?" Oreil blinzelte unruhig. „Oh, wartet, *ich* sollte das ja tun. Es tut mir leid, Sir, aber ich war so aufgeregt. Bitte bestraft mich dafür nicht."

Davin stand hinter seinem Tisch auf und ging zur Tür. „Gefreiter, im Moment sollte ein Militärgericht die geringste Eurer Sorgen sein!"

Langsam stieg Davin die enge Treppe hinunter, die zum Boden des im Zentrum der Festung gelegenen Turms führte. Nordwacht war auf einem welligen Hügel, der zur Großen See hinlief, errichtet worden. Die östliche Begrenzung der Feste bildete eine Steinwand, die zwischen zwei Hügeln lag. Die Gebäude, aus denen sich Nordwacht zusammensetzte, wiesen zur Westseite der Mauer hin, die Ostseite war ein mit Palmen bewachsener Strand.

Als er den Bogengang erreichte, der durch die Steinmauer zum Strand hinausführte, sah Davin Orcs und Trolle.

Viele Orcs und Trolle.

Ihre Boote waren alle an Pfählen vertäut, die jemand in den Sand gerammt hatte. Es gab Dutzende, jedes vollbesetzt mit einem Dutzend Trollen und Orcs. Einige trugen Tierhäute, andere die Schädel gefährlicher Bestien als Helme. Alle waren mit Äxten, Breitschwertern, Morgensternen, Knüppeln und anderen Waffen ausgerüstet, die auf den ersten Blick größer zu sein schienen als Davin.

„Das ist es also", murmelte er selbstvergessen. „Wir werden alle sterben ..."

„Was sagtet Ihr, Major?", fragte einer der Soldaten, der den Bogengang bewachte.

Davin schüttelte rasch den Kopf. „Nichts."

Irgendwie schaffte er es, sich dazu zu zwingen, einen Fuß vor den anderen zu setzen. Nachdem er den Bogengang passiert hatte, versanken seine Stiefel mit jedem Schritt tiefer im Sand.

Beiläufig registrierte er, dass Dutzende Truppen mit ihm auf einer Linie liefen. Er warf einen Blick über die Schulter und stellte fest, dass weitere von ihnen vor der Mauer eine Schlachtreihe bildeten, andere bezogen ihre Positionen auf den Zinnen. Davin war dankbar, dass offenbar irgendjemand den Befehl dazu gegeben hatte, und er fragte sich flüchtig, wer es gewesen sein mochte.

Er wandte sich den Neuankömmlingen zu. „Ich bin Major …" Er räusperte sich und setzte erneut an. Seine Stimme war immer noch brüchig, aber jetzt weithin vernehmlich. „Ich bin Major Davin. Ich habe das Kommando über die Feste Nordwacht. Was treibt Euch hierher?"

Für einen kurzen Moment gab sich Davin der Hoffnung hin, dass die Orcs antworten würden, sie wären nur auf der Durchreise und innerhalb einer Stunde wieder abzugsbereit. Er hoffte es genauso inständig, wie er damals nach seiner Rückkehr vom Massaker an seinem Trupp gehofft hatte, aus der Armee entlassen zu werden. Und damit hatte diese Hoffnung wohl die gleiche bescheidene Aussicht, sich zu erfüllen …

Der größte und schrecklichste Orc trat vor. (Davin war schon allein deshalb gewillt, ihn als den Größten und Schrecklichsten anzusehen, *weil* er vortrat.)

„Ich bin Burx. Ich spreche für Thrall, den Kriegshäuptling der Horde und Lord der Clans. Diese Eure Feste verletzt das Bündnis zwischen unseren Völkern. Ihr habt eine Stunde, um sie zu räumen und alle Spuren Eurer Anwesenheit zu tilgen."

Davin stammelte: „Ihr … das kann nicht Euer Ernst sein. Es ist unmöglich, die Feste binnen nur einer Stunde zu räumen!“

Burx grinste. Es war die Art von Lächeln, die ein Raubtier zeigte, wenn es lediglich die Zähne fletschte und kurz davorstand, sich auf seine hoffnungslos unterlegene Beute zu stürzen. „Wenn Ihr dieser Anordnung nicht folgt, lasst Ihr uns keine andere Wahl, als anzugreifen. Und Euch alle zu töten.“

Davin hegte nun keinerlei Zweifel mehr, dass ihm und den anderen Bewohnern genau das bevorstand.

ZWANZIG

Jaina hatte Aegwynn und Lorena zu dem kleinen Speiseraum geschickt, der sonst hochrangigen Offizieren und Vertretern des Staates vorbehalten war. Letztere Titulierung war für den kürzlich verstorbenen Kristoff und Jaina selbst reserviert gewesen, hatte ihnen Duree, die kleine Frau, die Jaina zur Seite stand, erklärt. Die junge Magierin hatte Aegwynn ebenfalls den Zutritt gestattet. Als Duree Einspruch erhob, erklärte Jaina, dass ein Wächter einen *höheren* Rang hatte als ein Staatsoberhaupt.

Jaina hatte sich in ihre Kammer zurückgezogen. Auch sie musste etwas zu sich nehmen, aber gleichzeitig auch herausfinden, wo sich die Zauberer aufhielten. Lorena wollte eigentlich schnellstmöglich zu ihren Truppen nach Nordwacht – für den Fall, dass Thrall es nicht schaffte, die Kampfhandlungen zu stoppen. Aber Jaina hatte das abgelehnt. Sie vertraute Thrall offenbar voll und ganz. Außerdem brauchte sie Lorena als Schutz, wenn sie auf Zmoldor und seine Diener traf. Vor allem, weil Kristoff ihre Leibwache nach Nordwacht geschickt hatte.

Aber Jaina musste in Ruhe arbeiten, deshalb schickte sie die alte Wächterin und den jungen Oberst zum Essen. Aegwynn bestellte nur einen Salat und etwas Fruchtsaft, Lorena hingegen orderte einen Teller voller Fleisch und einen Eberschnaps. Ein Getränk, von dem Aegwynn noch nie etwas gehört hatte. Lorena erklärte ihr jedoch bereitwillig, dass die Orcs es herstellten.

Aegwynn lachte auf, als sie das hörte. „Wie die Zeiten sich doch geändert haben ..."

„Was meint Ihr damit?"

„Es ist noch nicht lange her, dass die Orcs die Schergen der Dämonen waren, deren Vernichtung ich mein Leben geweiht hatte. Sie waren Monster, Berserker, die das Land im Namen von Gul'dan verwüsteten, der Sargeras diente. Die Vorstellung, dass Menschen ein Orc-Getränk genießen, ist im besten Fall ... bizarr."

Lorena lächelte. „Ja, aber ist ‚nicht lange her' nicht ein relativer Begriff, wenn man mit jemanden redet, der so alt ist wie Ihr?"

Aegwynn gluckste. „Ein guter Einwand."

„Ihr seid wirklich tausend Jahre alt?"

Ironisch lächelnd und mit einer wegwerfenden Handbewegung erwiderte Aegwynn: „Ein Jahrhundert mehr oder weniger – was macht das schon aus?"

Lorena schüttelte den Kopf. „Magie ... Ich habe sie niemals verstanden, habe sie immer gehasst, selbst wenn sie auf mein Geheiß zum Einsatz kam."

Aegwynn zuckte die Achseln. „Ich wollte niemals etwas anderes als ein Zauberer sein. Seit ich ein kleines Mädchen war, war das die Antwort auf all meine Sehnsüchte und Fragen. Die Erwachsenen sahen mich immer merkwürdig an, wenn ich laut davon träumte. Zauberer waren immer nur *Männer* gewesen." Letzteres sagte sie voller Bitterkeit.

„Das gilt auch für das Soldatentum. Ich wuchs unter neun Brüdern auf, und sie waren alle Soldaten, so wie unser Vater. Ich wollte nicht einsehen, warum ich dafür nicht auch geeignet sein sollte." Lorena schmunzelte. „Auch ich erntete ein paar *höchst* merkwürdige Blicke, das dürft Ihr mir getrost glauben."

Kurze Zeit später kamen die Getränke, ebenso wie Aegwynns Salat. Lorena hob ihren Krug. „Möchtet Ihr einen Schluck nehmen und kosten?"

Eberschnaps stank fast genauso erbärmlich wie das Tier, nach dem man ihn benannt hatte. Ihre Nase kräuselnd lehnte Aegwynn höflich ab. „Seid mir nicht böse, aber ich hatte keinen Alkohol mehr seit ... nun ja, Jahrhunderten. Magier können es sich nicht leisten, die geistige Klarheit zu verlieren. Deshalb habe ich den Gefallen daran schon vor einer Weile verloren." Sie hielt ihren eigenen Krug hoch, dessen Inhalt ein Saft aus drei verschiedenen Früchten war. „Das ist das Stärkste, was ich mir gönne."

„Verstehe." Lorena nahm einen großen Schluck von ihrem Getränk. „Ich kann *vier* hiervon trinken, bevor man mir etwas anmerkt. War schon immer hart im Nehmen." Sie grinste. „Selbst als Neuling bei der Stadtwache von Kul Tiras trank ich die Männer meiner Wachstube stets unter den Tisch. Wir begannen Wettbewerbe mit den anderen Stuben auszutragen, und ich war immer die

Geheimwaffe – der Trumpf im Ärmel." Sie lachte. „Auf diese Weise vervierfachte ich mein Einkommen allein im ersten Jahr. Wetten können sehr lukrativ sein – wenn man auf der Gewinnerseite steht."

Aegwynn lächelte, während sie an ihrem Salat zu knabbern begann. Sie stellte fest, dass sie das Gespräch mit dieser Frau genoss. Ein Gefühl, das sie noch vor einem Tag nicht für möglich gehalten hätte. Sie war fest davon überzeugt gewesen, keinen Bedarf mehr an der Gesellschaft anderer Menschen zu haben.

Der Diener brachte eine Auswahl von Fleischsorten, allesamt knusprig gegart. Aegwynn erkannte nur ein paar davon, aber sie nahm an, dass der Viehbestand auf Kalimdor sich von dem gewohnten genügend unterschied, um das zu erklären. Es war schon Jahre her, seit sie zuletzt Fleisch gegessen hatte, und im Gegensatz zum Aroma, das das Getränk des Oberst verströmte, war der Geruch des Fleisches fast überwältigend. In ihrer Zeit als Magierin war Fleisch ihr ständiger Begleiter gewesen. Die erschöpfenden Anstrengungen beim Zaubern verlangten nach regelmäßiger Proteinzufuhr. Aber seit ihrem selbst gewählten Exil in Kalimdor benötigte sie die Jagd nicht mehr, noch spürte sie das Bedürfnis, Fleisch zu essen. Deshalb war sie Vegetarierin geworden.

„Darf ich einen Bissen haben?" Zu Aegwynns eigener Überraschung klang ihre Stimme schüchtern – noch so ein Gefühl, dessen sie sich nicht für fähig erachtet hatte.

Lorena schob ihr den Teller zur Mitte hin entgegen. „Bedient Euch ohne Scheu."

Als Aegwynn hungrig ein Stück, das wie ein Schweinswürstchen ausgesehen hatte, kaute, fragte Lorena: „Ich muss es wissen, Magna, wie ist das?"

„Nennt mich Aegwynn", warf sie ein, während sie die Wurst verspeiste. „Ich habe aufgehört, Wächter zu sein, als ich die Kraft auf meinen Sohn übertrug. Ich wäre gewiss nicht mehr in der Lage, die Verantwortung zu rechtfertigen, die der Titel erfordert." Sie schluckte, dann fragte sie: „Wie ist *was?*"

„So lange zu leben? Ich bin als Soldat geboren und erzogen worden, und ich wusste von Anfang an, dass ich mein vierzigstes Lebensjahr vermutlich nicht erreiche. Ihr hingegen habt Euer vierzigstes *Jahrzehnt* erlebt. Sogar das Doppelte davon – ich vermag mir das kaum vorzustellen."

Aegwynn gab einen langen Seufzer von sich, und ihr Atem roch jetzt nach Schweinswurst – was immer noch angenehmer war als die Fahne, die der Schnaps erzeugte. „Da gibt es wirklich nicht viel zu erzählen. Wächter ist man rund um die Uhr, es gibt keinen Müßiggang, keine Freizeit – traurigerweise. Dämonische Angriffe waren eine allgegenwärtige Bedrohung, seit ich geboren wurde. Die Attacken wurden zunehmend öffentlicher ausgetragen, was die Dinge ein wenig vereinfachte. Aber als ich darin versagte, die Dämonen aufzuhalten, verbarg ich mein Scheitern, so gut es ging, vor denen, die meiner Hilfe bedurft hätten. Die meisten Leute wissen nichts davon, wissen wenig oder nichts über mich, auch heute noch, und der Rat wollte es schon damals dabei belassen." Sie schüttelte den Kopf. „Es ist merkwürdig, ich verachtete ihn aus vielerlei Gründen, doch diese Entscheidung trug ich mit. Aus Scham? Ich weiß es nicht. Ich weiß auch nicht, ob es ein Fehler war, mein Versagen nicht vor der Öffentlichkeit einzugestehen. Fakt ist, die Leute *fühlten* sich vermutlich sicherer, weil sie die Wahrheit nicht kannten. Viele sind in den vergangenen Schlachten gestorben, aber die Dämonen wurden ebenfalls empfindlich getroffen und am Ende zurückgeworfen. Nehmt nur Eure Lady Prachtmeer und ihren Orc-Freund. Die beiden haben der gesamten Dämonenschaft mehr geschadet, als ich es in tausend Jahren davor vermochte."

„Wir sind eben streitsüchtige Kreaturen, Sterbliche, die man besser nicht reizt." Lorena grinste. „Gebt uns einen Feind, den wir bekämpfen können, und wir tun es bis zum letzten Atemzug. Und noch darüber hinaus, falls nötig."

„In der Tat, Oberst. Dürfte ich noch etwas haben?"

Lorena lachte. „Bedient Euch."

Als sie ein weiteres Bratenstück nahm, wiederum eines, das sie nicht kannte, fragte sich Aegwynn, was geschehen würde, wenn auch noch die letzte Bedrohung verschwunden war. Sie fand die Aussicht, in ihre kleine Hütte im Klingenschmissgebirge zurückzukehren, weniger verlockend, als sie es noch vor Kurzem gedacht hätte. Jaina hatte recht gehabt: Menschen und Orcs hatten sich hier ein Leben aufgebaut, und das war mit Medivhs Verdienst.

Was bedeutete, dass es auch ihr Verdienst war. Vielleicht war es das Beste, was man sich wünschen konnte, die Früchte all ihrer Mühen ...

Bevor sie weitergrübeln konnte, betrat Jaina den Raum und sagte: „Ich habe sie gefunden. Wir müssen uns beeilen."

Die junge Magierin sah erschöpft aus. Aegwynn stand auf. „Geht es Euch gut?"

„Ich bin ein wenig müde, aber mir geht es gut, ja", versicherte Jaina.

Aegwynn deutete auf den Teller mit den Bratenstücken. „Esst etwas. Es nützt niemandem, wenn Ihr zusammenbrecht. Ich weiß besser als jeder andere, was mit einem Zauber passiert, der nicht mit voller Konzentration gewirkt wird."

Jaina öffnete ihren Mund, schluckte aber den Widerspruch hinunter, der ihr auf der Zunge lag. „Ihr habt sicherlich recht, Magna."

Lorena beugte sich zu Jaina hinüber. „Sie mag es nicht, so genannt zu werden."

Als sie das hörte, gab Aegwynn ein bellendes Lachen von sich. Sie begann diesen Oberst wirklich zu mögen.

Nachdem Jaina etwas hinuntergeschlungen hatte – Aegwynn bemerkte amüsiert, dass Lorena wohl den kleinsten Anteil an der ursprünglich für sie bestimmten Mahlzeit erhalten hatte –, sagte die Lady: „Das Flammende Schwert operiert von einer Höhle auf dem Glutnebelgipfel aus."

Lorena zuckte zusammen. „Na großartig."

Aegwynn sah Lorena fragend an. „Wo liegt das Problem?"

„Auf dem Glutnebelgebirge sind die Gipfelregionen von einem orangefarbenen Nebel bedeckt."

Jaina sagte: „Es liegt der Rest eines alten dämonischen Fluchs auf diesem Ort. Deshalb hat ihn Zmoldor wahrscheinlich gewählt. Deshalb und seiner günstigen Lage wegen, gleichweit entfernt von Orgrimmar und Theramore. Auf jeden Fall wird uns meine Magie alle drei vor den Effekten des Nebels beschützen."

„Gut", sagte Lorena mit Nachdruck.

„Außerdem hat Duree das hier gefunden." Jaina zog eine vertraut wirkende, entsiegelte Schriftrolle aus ihrem Umhang und reichte sie an Aegwynn weiter.

Aegwynn nahm sie entgegen und erkannte, dass das erbrochene Siegel von Tirisfalen stammte. Dann öffnete sie das Dokument – und lachte. Der Text war in ihrer eigenen Handschrift verfasst.

Sie gab die Schriftrolle an Jaina zurück. „Das ist meine Verbesserung des Dämonenbannspruchs. Ich habe die Formel vor dreihundert Jahren aufgeschrieben, nachdem Erthalif gestorben war und ich Zugang zu seiner Schanze erhielt." Sie schüttelte sich bei dem Gedanken an die Bibliothek des alten Elfs, die um einiges hätte reinlicher sein müssen, um wenigstens als Schweinestall durchzugehen. Sie benötigte zehn Wochen, um mit Erthalifs Bediensteten sämtliche Schriftrollen auch nur zu *sortieren* sowie die angetrockneten Speisereste abzukratzen und das Ungeziefer zu bekämpfen. Als sie die Aufzeichnungen des legendären Elfenzauberers Kithros über das Bewegen von Objekten von einem Reich in ein anderes fand, war es Aegwynn gelungen, sie zu einem wirkungsvollen Bannspruch gegen Dämonen zu modifizieren.

„Ich wage zu behaupten, dass wir, hätte ich diesen

Spruch schon vor achthundert Jahren besessen, heute keinerlei Probleme mehr mit Zmoldor hätten …"

Jaina verstaute die Schriftrolle wieder unter ihrem Umhang. „Das ist eine Fehleinschätzung. Ich habe es überprüft, und es stellte sich heraus, dass Ihr Zmoldor schon beim ersten Mal erfolgreich außer Gefecht gesetzt habt. Aber als die Brennende Legion angriff, rekrutierte sie viele Dämonen, einschließlich derer, die von den Tirisfalen gebannt worden waren. Als der Krieg endete, gelang es einigen Nachzüglern, in dieser Welt zu bleiben, auch als die Legion zurückgeworfen wurde."

„Und Zmoldor war einer von ihnen?", fragte Aegwynn.

Jaina nickte.

Lorena zückte ihr Schwert – was auf Aegwynn übereifrig wirkte, insbesondere für jemanden, der so viel Angst davor hatte, sich zu diesem Glutnebel-Ort zu begeben –, und sagte: „Mylady, wenn Ihr mir die Frage gestattet – *worauf warten wir eigentlich noch?*"

„Nur noch eine Warnung", antwortete Jaina. „Ich war nicht in der Lage, allzu viel vorauszusehen, da ich fürchten musste, entdeckt zu werden. So bin ich mir auch nicht sicher, welcher Natur der Schutz ist, mit dem sich Zmoldor und seine Zauberer umgeben. Wir müssen auf alles vorbereitet sein." Sie drehte sich zu Aegwynn um. „Magna Aegwynn. Ihr müsst uns nicht begleiten. Es wird vielleicht gefährlich."

Aegwynn schnaubte, denn es war mit Sicherheit der falsche Moment, um so etwas zu sagen, vor allem, wenn man ihre frühere Stellung als Wächterin bedachte.

Noch vor Kurzem hatte sie geglaubt, in ihrem Amt versagt zu haben. Nun wusste sie es besser. Und nach wie vor trug sie ein gerütteltes Maß an Verantwortung.

„Ich sah mich schon, als Eure Ur-Ur-Großeltern noch Kinder waren, mit sehr viel ärgeren Gefahren konfrontiert, als dieser Wicht von einem Dämon sie darstellt … Wir vergeuden bloß Zeit."

Jaina lächelte zufrieden. „Dann los!"

EINUNDZWANZIG

Korporal Rych wusste nicht, wer die Schlacht eigentlich begonnen hatte. Als es losging, stand er in der Schlachtenreihe vor der Mauer von Nordwacht, den Gefreiten Hoban zu seiner Linken, den Gefreiten Allyn zu seiner Rechten. Sie befanden sich rund zwanzig Schritte hinter Major Davin.

Der Major war schlicht beeindruckend, wie er dem Orc gegenüberstand, ganz der Kriegsheld, der er auch tatsächlich war. Zeigte nicht das geringste Anzeichen von Angst. Er machte sie alle stolz, der Major.

Im nächsten Augenblick dann wurde die Schlachtenreihe erschüttert, und Orcs, Trolle und Menschen fielen übereinander her. Von überall her hörte der Korporal das Geräusch von Metall, das auf Metall traf, und die Anfeuerungsrufe beider Seiten, den Feind ohne Zögern – und auch ohne Gnade – zu töten.

Nicht, dass Rych sich darum geschert hätte. Er wusste auch ohne Aufforderung, worauf es hier und jetzt ankam.

Die Orcs waren wirklich dreist. Offenbar reichte es ihnen nicht, dass sie ihre Ränke in Ratchet schmiedeten, die dazu geführt hatten, dass ein guter Mann wie Captain Joq festgenommen worden war. Nein, jetzt versuchten sie auch noch, die Menschen von ihrem rechtmäßigen Platz in Nordwacht zu vertreiben!

Rych würde das auf keinen Fall zulassen, auf gar keinen Fall.

Er zog das Familienschwert. Sein Vater hatte in der Armee von Kul Tiras gedient, wo ihm die Klinge gute Dienste geleistet hatte. Nachdem er an einer Lungenentzündung gestorben war, trat Rychs Mutter in die Armee ein – und tötete ebenfalls viele Gegner. Sie starb im Kampf gegen die Brennende Legion, und so wechselte das Schwert in Rychs Besitz. Ein Glücksfall, denn sein altes Langschwert hatte nichts getaugt.

Obwohl er nicht so gut wie seine Mutter kämpfte – die überragend gewesen war –, schlug er sich immerhin besser als sein Vater. Und heute wollte er reichlich Orc- und Trollblut vergießen.

Einer der Trolle stürmte mit seinem riesigen, über den Kopf erhobenen Beil direkt auf ihn zu. Rych parierte die Waffe, dann trat er dem Troll in den Bauch. Der Trick hatte bei den Betrunkenen, die er daheim aus Mowbrys Taverne geworfen hatte, stets zur vollsten Zufriedenheit funktioniert.

Unglücklicherweise besaßen Trolle jedoch härtere und muskulösere Bäuche, und dieser hier lachte nur schadenfroh auf, bevor er sein Beil völlig unbeeindruckt erneut schwang.

Blut tropfte in den Sand, aber Rych konnte sich nicht erlauben, sich zu vergewissern, von wem es stammte.

„Darauf wartest du schon verdammt lange, was?“, zischte der Troll, als er mit dem Beil ausholte.

Noch während die groteske Gestalt mit ihrer Ansprache wertvolle Zeit verschwendete, stach Rych ihr beherzt in die Brust.

Als sein Gegner in den Sand fiel, zog Rych sein Schwert zurück, drehte sich um und sah, dass das zuvor bemerkte Blut von Hoban und Allyn stammte, die tot am Boden lagen. Sie waren mit zahlreichen Wunden übersät.

Ein Orc, der auf die Burgtore zustürmte, hielt eine Axt, von der frisches Blut tropfte. Rych sah rot, schrie, rannte der Grünhaut hinterher und hieb ihr in den Rücken.

Sie brach ohne Gegenwehr zusammen.

„Hey, Mensch!“

Rych wirbelte herum und sah sich einem weiteren Orc gegenüber.

„Du hast Gorx getötet!“

„Gorx hat meine Freunde getötet“, knurrte Rych.

„Ja, aber er hat ehrenvoll gegen sie gekämpft. Du jedoch hast ihm dein Schwert in den Rücken gestoßen!“

Rych wusste nicht, was daran so erwähnenswert sein sollte. „Er hat *meine Freunde* getötet“, wiederholte er dumpf.

Der Orc erhob sein riesiges Schwert. „Nun, und jetzt töte ich dich!“

Die Klinge des anderen war um einiges größer als Rychs Waffe. Doch das bedeutete auch, dass es den Orc mehr Zeit kostete, damit auszuholen. Dadurch erhielt Rych Gelegenheit, entweder auszuweichen oder zu parieren. Der Versuch, Letzteres zu tun, endete im

Funken sprühenden Zusammenprall beider Klingen. Die Erschütterung ließ Rychs Körper vibrieren, und er wünschte sich inständig, lieber ausgewichen zu sein.

Als er dem Riesenschwert gerade zum vierten Mal auswich, rannte er in den Gefreiten Nash. Nash fuhr erschrocken herum und lief dem wie tollwütig kämpfenden Orc genau in die Klinge.

Rych kochte vor Wut. Offenbar reichte es nicht, dass diese Orcs eine Schlacht vom Zaun brechen mussten, jetzt töteten sie auch noch einen nach dem anderen seiner Kameraden!

Unter wildem Gebrüll stürmte er dem Orc mit seinem Schwert entgegen.

Der trat nach links und brauchte sein Riesenschwert nur noch von sich zu strecken. Es schnitt mühelos durch Rychs Brustpanzer und Oberkörper. Wogen von Schmerz brandeten durch seinen Körper und sein Schrei wurde noch gellender. Mit der Rechten führte er das Schwert, während die Linke versuchte, die barbarische Wunde zu bedecken.

Plötzlich saß das Schwert fest und ließ sich nicht mehr bewegen. Wie benebelt drehte sich Rych um. Er sah, dass seine Waffe den Kopf des Orcs gespalten und sich im Knochen verkeilt hatte.

„Geschieht dir recht“, schaffte er noch durch zusammengebissene Zähne zu keuchen.

Irgendwie gelang es ihm, das Schwert doch wieder freizubekommen. Aber die Anstrengung trieb ihm erneut qualvolle Schmerzen durch seine Brust.

Aus irgendeinem Grund waren die Kampfgeräusche

verstummt. Alles, was Rych noch hörte, war ein monotones Brummen. Er benutzte seine Familienwaffe als Krücke, stolperte vorwärts und hielt Ausschau nach weiteren Orcs, die er zur Strecke bringen konnte.

ZWEIUNDZWANZIG

Vor einem Lidschlag hatte sich Aegwynn noch in Theramore befunden. Vor einem Lidschlag hatte Lorena einen tiefen Atemzug genommen, während sie besorgt in die Runde blickte. (Aegwynn erinnerte sich an die Worte des Oberst, wie sehr sie die Magie und den Brechreiz, den Teleportationen hervorriefen, hasste. Umso fragwürdiger schien, ob es wirklich empfehlenswert gewesen war, dass Lorena vor dem Sprung noch etwas gegessen hatte.) Vor einem Lidschlag war Jaina Prachtmeers Miene voller Entschlossenheit gewesen. Und jetzt …

… standen sie am Eingang zu einer Höhle und waren umgeben von giftig orangefarbenem Nebel!

Aegwynn verstand sehr gut, warum die Idee, sich hierherzubegeben, so wenig Begeisterung in Lorena geweckt hatte. Der orange Dunst hing wie Pestatem in der Luft. Aegwynn fühlte sich davon regelrecht erdrückt.

Gegen die Nebenwirkungen des Teleportierens war sie hingegen seit Langem immun. Das Gefühl von Orientierungslosigkeit, das ihr zusetzte, musste also von dem Nebel verursacht werden.

Sie warf Lorena einen Blick zu. Obwohl sie bleich aussah, hielt sie immer noch ihr Schwert verteidigungsbereit ausgestreckt. Offensichtlich war sie auf alle Eventualitäten vorbereitet.

Jaina war ebenso blass wie Lorena, was kein gutes Zeichen war.

Doch Aegwynn schwieg. Jetzt gab es kein Zurück mehr, und das Letzte, was Jaina gebrauchen konnte, war jemand, der sich wie eine Glucke benahm.

Aegwynn hatte es immer gehasst, wenn jemand – im Regelfall Scavell, oder wenn sie miteinander geschlafen hatten, Jonas – nervös reagierte, wenn sie, obwohl längst erschöpft, noch einen Kampf vor sich hatte. Deshalb sah sie keinen Grund, Jaina mit unnötigen Bemerkungen noch mehr zu verunsichern.

Trotzdem gab es Anlass zur Sorge. Soweit Aegwynn wusste, hatte Jaina vier Teleportsprüche gewirkt. Sich selbst hatte sie ins Klingenschmissgebirge versetzt, die Donnerechsen ebenfalls dorthin, sie drei zurück nach Theramore und anschließend noch zu dieser Höhle. Dann hatte sie Zmoldors Aufenthaltsort herausgefunden und irgendetwas getan, damit die Donnerechsen unter Kontrolle blieben. Und schließlich musste Jaina sie alle drei gegen das schützen, was dieser Nebel sonst mit ihnen angestellt hätte. So viel Zauberei an einem Tag forderte ihren Tribut.

Und nach allem, was Aegwynn wusste, blühte ihnen noch wesentlich mehr.

Als Jaina den Weg durch die Höhle beschritt, fragte sich Aegwynn, wann sie aufgehört hatte, das goldhaarige Mädchen „Lady Prachtmeer“ zu nennen oder „das nervige kleine Mädchen“ und stattdessen begonnen hatte, von ihr als „Jaina“, zu denken.

Laut sagte sie: „Zmoldor ist bereits hier.“ Sie erschauderte. „Er ist überall.“

Der Dämon hatte sich offensichtlich in der Höhle eingenistet. Seine Präsenz steckte in jedem Stein. Eine derartige Bosheit hatte sie nicht mehr überwältigt, seit sie bei Kharazan ihrem Sohn gegenübergestanden hatte.

Obwohl – etwas von diesem Gefühl mochte auch vom Nebel auf sie einströmen.

Jaina sprach einen Lichtzauber, der ihnen bessere Sicht ermöglichen sollte. Aber eigentlich hellte er nur den Nebel auf. Davon abgesehen *wollte* Aegwynn gar keinen besseren Blick auf die feuchten Wände oder die Stalaktiten, deren Spitzen ihren Kopf bedrohten – oder den tückischen Boden.

Nachdem sie zwanzig Schritte weit in die Höhle vorgedrungen waren, versteifte sich Aegwynn plötzlich. „Da ist …“

„Ich habe es“, fiel ihr Jaina ins Wort. Dann murmelte sie eine schnelle Beschwörung.

Aegwynn nickte. Beide hatten den Fallenzauber gespürt. Ein einfacher Spruch, den jeder Schüler bereits im ersten Jahr erfolgreich zu wirken lernte. Man hatte ihn wohl hauptsächlich eingesetzt, um streunende Tiere oder Wanderer fernzuhalten.

Dabei war es unwahrscheinlich, dass sich irgendjemand in diesen Albtraum von Höhle verirren würde. Aber Aegwynn hatte schon Merkwürdigeres erlebt.

Es musste nur ein Wolf oder einer dieser verrückten kletternden Zwerge hierhergelangen und sich genau dann in die Höhle quetschen, wenn Zmoldor und seine Diener mitten in einer komplizierten Beschwörung steckten.

Am besten überließ man nichts dem Zufall.

Außerdem diente das Entschärfen des Spruchs auch als Alarm. Aegwynn achtete darauf, dass sich Lorena mit ihrem Schwert und Jaina mit ihrer Magie zwischen ihr und der Höhle befanden.

Augenblicke später rief Lorena scharf: „Runter!"

Da sie keine Närrin war, ließ sich Aegwynn sofort auf den kalten Boden fallen. Lorena tat es ihr gleich.

Jaina hingegen blieb stehen und hielt ihre Fackel hoch. Der Feuerball, der auf sie zutoste, sah aus, als wolle er sie verschlingen …

… aber er stoppte eine Armlänge vor ihr – und verschwand dann.

Aegwynn richtete sich wieder auf. „Ich glaube, die wissen, dass wir da sind."

„Ach?" Jainas Stimme war nur ein Flüstern.

O ja.

Aegwynn stöhnte. Die Stimme schien von überall her zu kommen. Ein uralter Dämonentrick. „Verkneif dir diese billigen Mätzchen, Zmoldor. Wir sind nicht deine hirnlosen Schergen und lassen uns davon nicht beeindrucken!"

Aegwynn! Was für eine angenehme Überraschung. Ich habe gedacht, du seiest schon lange durch die Hand deines Sohnes gestorben. Wie schön für mich, dass ich das nun selbst erledigen darf. Dafür schulde ich dir etwas.

Selbst über den Wortschwall des Dämons hinweg hörte Aegwynn merkwürdige knackende Geräusche, eine Art Keckern.

„Ich kenne diese Lache." Lorena klang angeekelt. „Grellkins."

Plötzlich stürmte eine Horde kleiner Dämonen, deren Fell die Farbe des Nebels hatte, auf sie zu.

Lorena eilte nach vorn, um Aegwynn und Jaina zu schützen. „Ich hasse diese kleinen Kerle!" Noch während sie sprach, leitete sie die Gegenattacke ein.

Es waren zu viele Biester für eine einzelne Frau. Aber glücklicherweise gab es ja auch *zwei*, die sich ihrer annahmen. Jaina wirkte mehrere Zauber, die unterschiedliche Auswirkungen auf die Grellkins hatten. Einige setzten den Pelz in Brand. Andere blockierten die Atmung. Wieder andere Grellkins wurden von orkanartigen Winden gegen die Höhlenwände geschmettert und zerquetscht. Keiner der Zauber war etwas Besonderes, sie waren allesamt simpel genug, um Jainas Kräfte zu schonen. Aber das war nur der Auftakt. Nachdem die ersten zwanzig getötet waren, tauchten zwanzig neue auf.

„Das ist ein Ablenkungsmanöver", knurrte Aegwynn.

„Ja", bestätigte Jaina. Sie setzte einen weiteren Zauber ein, der die zwanzig Grellkins verschwinden ließ.

„Oberst", sagte Jaina schnell, „könnt Ihr Euch darum kümmern?"

Lorena grinste. „Passt auf!"

„Gut."

Als der Oberst in die dämonischen Angreifer hineinwatete, schloss Jaina die Augen und stolperte dabei fast. Aegwynn fing sie auf. „Ist alles in Ordnung?"

Mit erfrischender Ehrlichkeit sagte Jaina: „Nein. Ich kann den Bannzauber nur wirken, wenn ich mich um nichts sonst kümmern muss. Lorena soll …"

Ein ohrenbetäubender Schrei dröhnte durch die Höhle, als Lorena die letzten drei Grellkins mit einem einzigen Streich ihres Schwertes tötete. Danach seufzte sie hörbar, als sie auf die wie mit Eiter verkrustete Klinge starrte. „Ich werde diesen Dreck niemals wieder abkriegen …"

Ich schätze, das sollte das geringste Eurer Probleme sein.

Diesmal kam die Stimme nicht von überall her zugleich, sondern aus einer einzigen Richtung: von unmittelbar voraus. Der orange Nebel löste sich auf. Doch das war, ahnte Aegwynn, gewiss kein *gutes* Zeichen.

Sie sollte recht behalten, denn der weichende Dunst enthüllte den grotesken Körper von Zmoldor.

DREIUNDZWANZIG

Die Panik ließ Davin bis in die Zehenspitzen erzittern. Um ihn herum starben Soldaten, seine Soldaten. Ihre Körper wurden verheert und verstümmelt, Gliedmaßen und Köpfe abgetrennt. Klingen schnitten tief in Fleisch und Knochen. Der Lärm und das Geschrei schwollen zu einem infernalischen Konzert an.

Und Davin stand einfach da und wartete darauf zu sterben. Er war davon ausgegangen, dass Burx ihn mit seiner Axt augenblicklich zweiteilen würde. Aber ein paar Soldaten eilten ihrem Kommandeur zu Hilfe und attackierten den Orc. Davin war sich nicht sicher, womit er sich eine solche Loyalität verdient hatte. Aber er war dankbar dafür. Er wollte nicht sterben.

Danach griff ihn niemand mehr an. Orcs und Trolle suchten sich Menschen, gegen die sie ihren Kampf fortsetzten, und irgendwie wurde Davin, der dem Wasser näher stand als irgendein anderer, völlig ignoriert.

Der Körper eines Trolls fiel ihm vor die Füße, und Korporal Barnes flog hinter ihm in hohem Bogen vorbei, landete klatschend im Wasser. Davin fragte sich unwillkürlich, warum derjenige, der Barnes niedergestreckt hatte, dessen Körper so weit von sich schleuderte. Dann aber entschied er, dass er das gar nicht wissen wollte.

Plötzlich explodierte die Welt. Zumindest hatte es fast den Anschein. Ein Erdstoß erschütterte den Boden so heftig, dass etwas geschah, was die Panik bislang verhindert hatte: In Davin kam wieder Bewegung – auch wenn er nur zu Boden stürzte.

Obwohl sich bislang keine Wolke am Himmel gezeigt hatte – der Tag war klar und sonnig gewesen –, wurde es mit einem Mal finster. Blitze zuckten mit Donnergrollen und ohrenbetäubendem Getöse zum Boden hinab und schlugen dort ein.

Davin vernahm ein Rumpeln und sah kurz darauf, wie sich eine riesige Wasserwand aufbaute. Während all der Zeit in Nordwacht hatte er nie eine auch nur annähernd so hohe Welle gesehen. Diese war so hoch wie die Mauern der Festung – und rollte geradewegs auf Davin zu.

Schnell versuchte er auf seine Beine zu kommen, aber seine Stiefel fanden keinen ausreichenden Halt im Sand. Er fiel auf das Gesicht. Während er noch den Sand ausspuckte und sich gleichzeitig bemühte, keinen neuen zwischen die Zähne zu bekommen, ergab sich Davin dem Unausweichlichen, versteifte sich und rammte seine Hände wie Anker in den Sand.

Das Wasser schlug über ihm zusammen und riss ihn fast von dem Stück Boden, wo er sich mit allen verfügbaren Mitteln zu halten versuchte. Dank seiner Rüstung und der tief eingegrabenen Arme trotzte er den Gewalten, die an ihm zerrten. Er fragte sich, wie es wohl den anderen Soldaten, die weniger gut gewappnet waren, ergehen mochte – die Orcs und Trolle kümmerten ihn nicht –, aber am meisten interessierte ihn, ob er jemals wieder würde Luft holen können.

Dann endlich ebbte das Wasser in entgegengesetzter Richtung ab. Die Welle hatte den Sand von Davins Gesicht gewaschen. Er war völlig durchnässt. Das Wasser hatte seine Haare in etwas verwandelt, das wie eine triefende Kappe an seiner Kopfhaut anlag, und sein Bart klebte fühlbar durchweicht an seinem Gesicht.

„Ihr habt mich heute beschämt, Krieger!"

Davin rollte sich auf den Rücken und blickte empor. Der Himmel war immer noch finster, abgesehen von einer Stelle, wo ein Luftschiff schwebte.

Davin erlaubte sich ein flüchtiges Gefühl von Hoffnung. Vielleicht gehörte das Luftschiff Oberst Lorena, die sich und Lady Prachtmeer aus der Gewalt des Flammenden Schwerts hatte befreien können. Dieser Albtraum von einer Naturkatastrophe, der gerade über ihn hinweggerollt war, konnte durchaus die Tat der Lady gewesen sein. Sie war zurückgekommen, um die Truppen zu verstärken, die Orcs zurückzuschlagen und so letztlich die Rettung zu bringen.

Als er sich das Luftschiff jedoch genauer betrachtete, rutschte ihm das Herz in die Hose. Die Hülle war mit bizarren Symbolen bedeckt, die der Major ausnahmslos als orcische Herkunft identifizierte. Zumindest zwei der Symbole hatte er auf Waffen und Rüstungen gesehen, die Orcs in Schlachten getragen hatten. Krieger, die seine Soldaten getötet hatten. Davins Kommandeur hatte damals gemeint, dass diese Symbole das Äquivalent zu den unter Menschen gebräuchlichen Wappen seien.

Davin war nie ein sonderlich religiöser Mensch gewesen. Das einzige Mal, dass er gebetet hatte, war, als er sich hinter jenem Baum versteckt hatte und flehte, die Dämonen mögen ihn nicht entdecken. Dieses Gebet war scheinbar erhört worden, aber Davin wollte das Glück nicht herausfordern, hatte es nie überstrapaziert.

Bis heute. Denn hier und jetzt machte er eine Ausnahme – um den Tag zu überleben.

Irgendwie fand er die Kraft, auf die Beine zu kommen. Die Worte, die er gehört hatte, waren aus dem Luftschiff erklungen, und nun fiel eine Strickleiter herab. Sie straffte sich, als der Orc, der die Worte gesprochen hatte, daran zu Boden kletterte.

Als die massige Gestalt den Strand erreichte, hoben die anderen Orcs – zumindest diejenigen, die Davin aus den Augenwinkeln erkennen konnte – die Waffen zum Gruß. Der Major stellte fest, dass der Neuankömmling blaue Augen hatte, und auf einmal wurde ihm klar, wen er vor sich hatte – auch wenn er dem Kriegshäuptling der Orcs noch nie zuvor persönlich begegnet war.

Gleichzeitig fiel ihm ein, dass Thrall ein mächtiger Schamane war. Wie Lady Prachtmeer konnte auch er hinter der gerade erlebten Überschwemmung stecken.

Seinen Kriegshammer hielt der Orc mit einer Hand zum Himmel gereckt, und Davin wusste, das es sich dabei um den legendären Schicksalshammer handelte, der einst Orgrimm, Thralls Lehrmeister, gehört hatte.

Der Orc brüllte: „Ich bin Thrall, Kriegshäuptling von Durotar, Lord der Clans, Anführer der Horde! Ich bin gekommen um klarzustellen, dass …“ Er zeigte auf Burx. „… dieser Orc *nicht* für mich spricht!“

In den letzten sechs Jahren hatte Davin vielen Treffen mit Orcs beigewohnt. Zuerst im Krieg, aber auch aufgrund Nordwacht s exponierter Küstenlage war es immer wieder zu Zusammenkünften gekommen. Zahlreiche Orcs zogen durch diese Gegend.

In all der Zeit jedoch hatte Davin nicht einmal annähernd eine solche Regung im Gesicht eines Orcs bemerkt, wie er sie jetzt bei Burx sah.

„Krieger von Durotar, legt die Waffen nieder!“ Wieder wies Thrall auf Burx, doch dieses Mal tat er es mit seinem Hammer. Mit dieser fürchterlichen Waffe, die Legende war.

„Diese schlechte Kreatur hat sich mit einem Dämonen verbündet, damit zwischen unseren Völkern Krieg herrscht. Ich aber werde unser Abkommen nicht brechen und damit jenen Kreaturen zuarbeiten, die versucht haben, uns zu vernichten – niemals!“

Burx fauchte: „Ich war immer ein treuer Diener …“

Thrall schüttelte den Kopf. „Mehrere Krieger berichteten von einem Talisman in Form eines in Flammen stehenden Schwertes, den du bei dir trägst. Dabei handelt es sich um das Symbol der Vereinigung Flammendes Schwert. Wie mir Jaina und eine alte Zauberin, die sich mit den Menschen verbündet hat, erklärten, sind alle, die dieses Zeichen tragen, Leibeigene eines Dämons namens Zmoldor. Dieser versucht, Unfrieden auf Kalimdor zu schüren und unser Bündnis zu unterhöhlen. Und wie seit Orc-Gedenken üblich, benutzen uns die Dämonen auch diesmal wieder, um uns zu schwächen. Vielleicht wollen sich uns danach auch endgültig den Garaus machen!“

Burx zeigte mit seiner Waffe auf Davin. „*Das da* sind die Bastarde, die versucht haben, uns in den Untergang zu treiben! Sie haben uns versklavt *und uns unser rechtmäßiges Erbe verweigert!*“

Im Gegensatz zu Burx’ hysterischer Stimme antwortete Thrall ruhig und gefasst. „Richtig, einige von ihnen haben das getan. Sie taten es wegen der Dämonen, die uns unsere Seele raubten und uns zwangen, ihren Krieg gegen die Völker dieser Welt auszutragen. Einen Krieg, den wir schließlich verloren haben. – Aber wir haben diese Fesseln abgeworfen. Wir sind wiedererstarkt und beinahe so, wie wir früher einmal waren. Und *warum*, Burx, ist uns das gelungen? Ich will es dir sagen: weil wir *Krieger* sind. Weil wir reinen Geistes sind. Oder zumindest die meisten von uns. Denn ich kann nicht diejenigen rein nennen, die mit Höllenkreaturen paktieren, um Orcs zu verleiten, ihr Wort zu brechen.“

Die Orcs und Trolle starrten Burx mit einer Mischung aus Überraschung und Ekel an. Ein paar, erkannte Davin, blickten völlig verwirrt, und einer von ihnen fragte schließlich: „Ist das wahr, Burx? Du hast dich mit einem *Dämon* eingelassen?“

„Um die Menschen zu vernichten, würde ich mich mit *tausend* Dämonen einlassen! Sie müssen vernichtet werden, koste es, was es wolle!“

Wie um die gerade geäußerte Überzeugung zu unterstreichen, griff Burx Davin an.

Jede Faser seines Körpers drängte den Major dazu, wegzulaufen. Aber seine Beine gehorchten ihm ebenso wenig wie kurz zuvor, als die Welle auf ihn zugerollt war.

Er sah, wie Burx mit seiner Streitaxt ausholte, um ihm den Schädel zu spalten.

Aber bevor der den Schwung vollenden konnte, verfiel sein ganzer Körper in heftige Zuckungen. Er stoppte inmitten der Vorwärtsbewegung und fiel in den Sand. Davin sah, wie Thrall Burx mit seinem Schicksalshammer traf.

„Du hast Schande über Durotar gebracht, Burx. Du trägst Schuld am ehrlosen Tod von Orcs, Trollen und Menschen. Diese Schmach kann nur durch deinen Tod getilgt werden. Und als Kriegshäuptling ist es meine heilige Pflicht, dieses Urteil zu vollstrecken!"

Thrall hob seinen Hammer und ließ ihn mit fürchterlicher Gewalt auf Burx' Haupt krachen.

Davin fuhr unwillkürlich zusammen, als Blut über den sandigen Boden spritzte und sowohl Thrall als auch ihn traf. Er war jedoch zu geschockt, um zu versuchen, den Lebenssaft des Orc abzuwischen. Nicht einmal das Blut, das sich mit der Nässe auf seiner linken Wange mischte, beachtete er. Oder die Schädelsplitter, die sich in seinem Bart verfangen hatten.

Auch Thrall machte keinerlei Anstalten, die Spuren von Burx' zertrümmertem Haupt von sich zu wischen, obwohl ihn noch wesentlich mehr davon getroffen hatte. Davin schloss nicht aus, dass das Blut eines Unterlegenen bei Orcs als Ruhmeszeichen galt.

Der Kriegshäuptling trat vor und sagte an Davin gewandt: „Ich entschuldige mich im Namen von Durotar für diesen Verräter, Major, und für diese schreckliche Schlacht. Ich werde es zu verhindern wissen, dass das Flammende Schwert meine Leute noch einmal beeinflusst. Und ich hoffe, dasselbe könnt auch Ihr mir für Eure Seite versichern."

Davin traute seiner Stimme nicht, deshalb nickte er nur.

„Dann werden wir nun abziehen", versprach Thrall mit Genugtuung. „Ich bin untröstlich, dass wir nicht rechtzeitig hier waren, um dieses Blutvergießen zu verhindern. Aber zuerst musste ich die Truppen, die auf dem Landweg vorrückten, aufhalten. Wir werden alle nach Durotar zurückkehren und euch nicht mehr angreifen ..." Der Kriegshäuptling trat vor. „Jedenfalls nicht, solange ihr uns keinen Anlass dazu gebt."

Wieder nickte Davin, diesmal deutlich eifriger und mit allem Nachdruck, zu dem er fähig war. Er verließ seinen Platz auch nicht, als Thrall seinen Truppen den Befehl gab, die Toten und Verwundeten einzusammeln und zu den Booten zurückzukehren, um heim zur Kolkarklippe zu segeln. Davin stand lange nur da, seine Stiefel im Sand eingesunken.

Die Überreste von Burx' Blut, seinem Schädel und Gehirn bedeckten noch immer den Körper und die Rüstung Thralls, als der Orc die Leiter seines Luftschiffs erklomm. Kurz darauf trat die Flotte ihre Reise nach Norden an.

Davin wunderte sich, dass seine Gebete erneut erhört worden waren. Vielleicht, dachte er, war ja an dieser ganzen Beterei doch etwas dran.

Auch darüber, wie rasch sich die Gesamtsituation zum Guten hin verändert hatte, konnte er nur staunen. Ganz allein Thralls Ansprache hatte all dies bewirkt. Natürlich hatte ihm die spektakuläre Hinrichtung die nötige Aufmerksamkeit gesichert. Aber ohne seine Überzeugungskraft hätte dieser Effekt nur für kurze Zeit angehalten. Nein, Thralls Worte hatten die Orcs und Trolle *überzeugt*, die Kämpfe einzustellen und sich zurückzuziehen.

Es fiel Davin schwer, es sich einzugestehen, dass er vom Auftritt des Kriegshäuptlings beeindruckt war.

Schließlich fragte ein Captain: „Eure Befehle, Major?"

„Äh ... Abmarsch, Captain." Er stieß den Atem aus, von dem ihm nicht bewusst gewesen war, dass er ihn überhaupt angehalten hatte, und fühlte sich plötzlich sehr müde. „Wir marschieren nach Hause."

VIERUNDZWANZIG

Vor nicht einmal fünf Minuten hatte Aegwynn Zmoldor gezwungen, Schluss zu machen mit seinen billigen Tricks. Der Körperlose-Stimme-Zauber mochte vielleicht Durchschnittsmenschen beeindrucken. Aber es war ein simpler Spruch, den jeder Lehrling im ersten Jahr zu wirken lernte. Deshalb beeindruckte er Aegwynn nicht im Geringsten. Doch als sie jetzt Zmoldor sah, groß, mit ledriger Haut, Fledermausflügeln und flammenden Augen, gelangte sie zu der Überzeugung, dass sie besser ihren vorlauten Mund gehalten hätte.

Dämonen waren generell keine schönen Geschöpfe – aber Zmoldor war selbst nach diesen Maßstäben hässlich. Acht mit Kapuzen verhüllte Gestalten umstanden den Dämon. Vermutlich die Zauberer, die ihre rhythmischen Gesänge erschallen ließen.

Jaina griff unter ihren Umhang und zog die Schriftrolle hervor. Aegwynn war froh, denn es bedeutete, dass es bald vorbei sein würde. Jetzt, da Zmoldor sich gezeigt hatte, konnte Jaina den Bannzauber sprechen.

Plötzlich aber brüllte Jaina auf und stürzte wie ein Stein zu Boden.

„Jaina!“ Aegwynn eilte an die Seite der jungen Magierin. Lorena, treue Streiterin, die sie war, positionierte sich zwischen Jaina und dem Dämon.

Schweiß perlte von Jainas Stirn, als sie sich aufrichtete. Gepresst brachte sie hervor: „Zauberer … blockieren den Spruch!“

Aus dieser Nähe konnte Aegwynn die Stärke der Zauberer spüren. Die des Einzelnen mutete eher schwach an, doch weil es Dutzende waren, gelang es ihnen, ihrem Spruch die nötige Durchschlagskraft zu verleihen. Dennoch hätte eine Magierin von Jainas Format sie besiegen müssen.

Wenn sie sich nicht zuvor schon verausgabt hätte …

Jaina bemühte sich, Aegwynn konnte es fühlen. Aber sie verlor gegen Zmoldors Diener zusehends an Boden.

Das läuft ja besser, als ich gedacht habe. Ich werde dafür sorgen, dass man die Orcs für Lady Prachtmeers Tod verantwortlich macht. Es wird die Menschen in Rage versetzen. Nichts wird sie davon abhalten können, in den Krieg zu ziehen, und ohne sie als Anführerin werden sie verlieren. – Aber nicht, bevor sie so viele Orcs wie möglich getötet haben. Es wird wunderbar!

„Wie die Hölle“, murmelte Aegwynn. Es gab für sie nur noch eines zu tun.

Fast vier Jahre war es her, dass sie Medivh zurückgebracht hatte. Dabei hatte sie alle zauberischen Kräfte eingebüßt. Aber Magie verschwand niemals für immer. Zwei Jahrzehnte, nachdem sie ins Klingenschmissgebirge geflohen war, hatte sie genügend magische Kraft gehortet, um ihren Sohn zurückzuholen.

Obwohl sie in den letzten vier Jahren nicht annähernd so viel zurückerhalten hatte, konnte sie vielleicht doch schaffen, was notwendig war. Und wenn es *nicht* funktionierte, nun gut, sie hatte fast tausend Jahre gelebt, und wie Lorena es so klug ausgeführt hatte, war das deutlich länger, als die meisten Menschen auf Erden wandelten.

Schweiß rann über Jainas Gesicht. Sie kniete immer noch da, die Fäuste geballt und auf ihren Fersen sitzend. Aegwynn konnte den Spruch spüren, den sie selbst erdacht hatte, und kämpfte gleichzeitig darum, den Block zu überwinden, den die Zauberer errichtet hatten.

An Jainas Seite ergriff Aegwynn die linke Faust der jungen Frau mit ihren beiden Händen. Sie schloss die Augen, sammelte ihre Gedanken, ihre Kraft, ihre ganze Lebensessenz. Sie fokussierte und kanalisierte die Energie in ihre Arme ... dann in ihre Unterarme ... ihre Hände ...

Und schließlich in Jaina.

Urplötzlich überkam sie eine tiefe Müdigkeit. Ihre Knochen fühlten sich schwer an, ihre Muskeln schmerzten, als wären sie ein langes Rennen gelaufen, und ihr Atem kam in kurzen Stößen. Aegwynn ignorierte das alles und bündelte weiter jede verfügbare Energie. Ihr Leben, ihre Magie, selbst ihre Seele leitete sie in Jaina Prachtmeer.

Jaina öffnete ihre Augen. Normalerweise von eisigem Blau, leuchteten sie nun feurig rot.

Nein!

Fast gleichzeitig mit diesem gedanklichen Schrei antworteten Jaina und Aegwynn lapidar: „O doch!“

Ihr könnte das Flammende Schwert nicht aufhalten. Wir werden siegen, alles zerstören, was sich uns in den Weg stellt, und dann werden wir – aaarrrrgghhhhhhhhh ...!

Zmoldors Brüllen hallte nicht nur von den Wänden wider, sondern strömte auch aus den Mündern der Zauberer, die den Schmerz durch das Band, das sie mit dem Dämon einte, ebenfalls spürten. Obwohl Aegwynn ihn aus dem Blickfeld verlor, sah sie in ihren Gedanken, wie sich Zmoldors hässlicher Körper wand und drehte und aufbäumte. Gelber Eiter spritzte aus schwärenden Wunden, die wenig später vollends aufbrachen.

Wind kam auf – STURM! –, als der Zauber, den Aegwynn ersonnen und gewirkt hatte, die Luftmassen auseinanderriss und ein Tor zum Wirbelnden Nether öffnete, das augenblicklich an Zmoldors Körper zerrte.

Neeeeiiiin! Ich lasse mich nicht wieder einsperr...

Die Schreie des Dämons endeten wie abgeschnitten, als sein Kopf eingesogen wurde. Die Rufe der Zauberer aber erklangen weiter, selbst als der Boden unter Aegwynns Füßen anfing zu beben.

Schließlich erstarben auch sie, nachdem die Handlanger des Dämons in den Wirbelnden Nether gezogen worden waren, wo sie Qualen würden erleiden müssen, die um ein Vielfaches schlimmer waren als alles, was sie den Bewohnern Kalimdors hatten antun wollen.

Der Riss schloss sich, aber die Höhle erzitterte noch immer unter den freigesetzten Kräften.

Lorena erkannte das Offensichtliche mit soldatischem Pragmatismus und rief: „Wir müssen hier raus! Sofort!"

Aber Aegwynn war nicht in der Lage, sich von der Stelle zu bewegen. Ihre Arme und Beine wogen schwer wie Blei, und es kostete sie schon all ihre Kraft, wenigstens die Augen offen zu halten.

Einer der Stalaktiten löste sich mit einem Geräusch wie Donnergrollen von der Höhlendecke und schlug unmittelbar neben der Stelle zu Boden, wo Aegwynn und Jaina knieten.

Aegwynn hörte noch, wie Jaina einen Fluchtzauber wob.

Dann wurde sie ohnmächtig.

EPILOG

Wieder einmal stand Jaina Prachtmeer auf dem Hügel nahe des Dorfs Klingenhügel und blickte nach Durotar. Es dauerte nicht lange, bis sie das tiefe, gleichmäßige Rumpeln vernahm, das die Ankunft von Thralls Luftschiff ankündigte. Diesmal kam der Kriegshäuptling in Begleitung von Wachen, die größtenteils auf der Transportplattform blieben, während er die Strickleiter hinunterkletterte, um Jaina zu begrüßen. Ein Krieger, den Jaina nicht erkannte, wich nicht von seiner Seite und blieb mit bereit gehaltener Axt hinter Thrall stehen.

Ironisch lächelnd sagte Jaina: „Vertraust du mir nicht, Thrall?“

Thrall erwiderte das Lächeln warm. „Mein engster Berater hat mich verraten, Jaina. Ich denke, es ist das Beste, wenn ich allzeit bereit bin, einen zweiten Vertrauensbruch zu verhindern. Es ist immer gut, jemanden zu haben, der einem den Rücken freihält.“

„Das klingt weise und vorausschauend.“ Sie nickte.

„Ist die Bedrohung wirklich vorbei?“

Jaina hob die Hände. „Es scheint so. Zmoldor und die Zauberer sind in den Wirbelnden Nether verbannt worden. Selbst die Brennende Legion hätte ihre Mühe, sie zu befreien. Und ein so niederer Dämon wäre der Mühe sicher nicht wert."

„Gut gemacht. Ich wünschte nur, es wäre gelungen, bevor Blut vergossen wurde." Thrall fasste an seinen Gürtel, an dem ein Talisman hing, der ein von Flammen umlodertes Schwert darstellte. Jaina nahm an, dass er Burx gehört hatte, dem Berater, der mit Zmoldor verbündet gewesen war. Genau wie Kristoff.

Laut Major Davins Rapport, der zusammen mit dessen Rücktrittsgesuch eingetroffen war, hatte Thrall Burx vor einer großen Menge von Orc- und Trollkriegern getötet, weil der mit dem Flammenden Schwert paktiert hatte.

Jaina seufzte. „Wir hatten sehr viel Glück, Thrall. Zmoldor mag dafür verantwortlich gewesen sein, aber er hat nur Hass benutzt, der schon vorhanden war. Schau, wie wenig dein Volk und das meine gebraucht haben, um sich gegenseitig bei Nordwacht die Schädel einzuschlagen."

„Das stimmt. Es war für unsere Völker um einiges einfacher zusammenzuarbeiten, als wir noch einen gemeinsamen Gegner hatten – die Brennende Legion. Jetzt hingegen ..." Seine Stimme erstarb.

Eine Weile senkte sich Stille über sie, dann fuhr Jaina fort zu sprechen. „Wie ich schon sagte, wenn die Krise vorbei ist, sollten wir über ein Bündnis zwischen unseren Völkern verhandeln."

Thrall machte eine Geste uneingeschränkter Zustimmung. „Du hast recht. Die Allianz muss uns beide überleben. Es gibt keine Alternative, wenn Menschen und Orcs überleben wollen. Deshalb müssen wir unseren Pakt besiegeln."

„Ich schlage vor, wir treffen uns in einer Woche in Ratchet. Es ist ein neutraler Hafen, dort können wir die Details ausarbeiten." Sie blickte ihn an, erwartete seine Antwort.

„Akzeptiert. Ich werde Kalthar mitbringen. Er ist der Weiseste von uns."

Jaina konnte sich nicht verkneifen zu fragen: „Auch weiser als der Kriegshäuptling?"

Thrall lachte. „Um einiges weiser als der. So machen wir es, Jaina."

„Ausgezeichnet. Leb wohl, Thrall. Ich sehe dich in einer Woche."

„Leb wohl, Jaina. Mögen wir gestärkt aus dieser Krise hervorgehen."

Jaina nickte und wirkte den Zauber, der sie zurück in ihre Kammer brachte. Dort wartete Aegwynn auf sie. Es hatte die alte Frau Zeit gekostet, wieder zu sich zu kommen, nachdem sie in der Höhle ohnmächtig geworden war, und Jaina hatte eine Weile sogar gefürchtet, dass sich die Wächterin gar nicht mehr erholen würde.

Jaina hatte selbst kaum noch über genügend Kraft verfügt, um sie zu dritt vom Glutnebelgipfel wegzubefördern, fort von dem verfluchten Nebel. Weit hatte sie es nicht geschafft, aber irgendwie war es ihr gelungen, Theramore zu kontaktieren und ein Luftschiff anzufordern.

Während sich Jaina lediglich erschöpft gefühlt hatte,

als das Luftschiff sie schließlich auflas, war Aegwynn schwach wie ein neugeborenes Kätzchen gewesen. Eine warme Mahlzeit, etwas Schlaf, mehr war nicht erforderlich gewesen, damit es Jaina wieder gut gegangen war. Aegwynn hingegen brauchte länger und sehr viel Zuwendung. Aber auch wenn die erste Prognose des Heilers noch schlecht ausgefallen war, attestierte er ihr schon nach wenigen Tagen die Zähigkeit eines Elfen. Was durchaus als Kompliment zu verstehen war.

Sie würde sich vollständig erholen. Und jetzt saß sie auf dem Besucherstuhl in Jainas Unterkunft. „Wurde auch Zeit, dass Ihr zurückkommt."

„Ich bin froh, Euch wieder vollständig erholt zu sehen, Magna. Eure spitze Zunge eingeschlossen." In ihren Augen blitzte es vergnügt.

Auch Aegwynn lachte. „Ja, es scheint aufwärts zu gehen."

Jaina sank mehr auf einen der freien Stühle, als dass sie sich setzte. Sie war nicht einfach nur müde, es war eine tief gründende Erschöpfung, die nach dem Sprung an ihr nagte, und sie hätte nichts gegen ein paar Tage der wirklichen Erholung einzuwenden gehabt.

Doch eine so lange Auszeit konnte sie sich nicht gönnen. Es gab keinen Kämmerer mehr, der sie entlastet hätte.

Duree hatte ihr abgenommen, was sie konnte. Aber so nützlich und wertvoll die Zofe auch war, vermochte sie doch nicht die wirklich komplexen Dinge zu bewältigen, die nötig waren, um das Leben in Theramore am Laufen zu halten.

Lorena war, zumindest in militärischen Angelegenheiten, etwas hilfreicher gewesen. Aber auch sie hatte keine Erfahrung mit Regierungsgeschäften. Deshalb konnte sich Jaina keine Ruhepause gönnen, sehr zum Unwillen des Heilers.

Sie betrachtete Aegwynn, die sie aus ihren tiefgrünen Augen ansah. Es erschreckte Jaina, dass ihr ganzer Sieg über Zmoldor letztlich nur gelungen war, weil sie das Klingenschmissgebirge ausgewählt hatte, um dort die Donnerechsen anzusiedeln. Selbst wenn sie gewusst hätte, dass Zmoldor hinter allem steckte, hätte sie den Dämon ohne die ehemalige Wächterin niemals bezwingen können.

„Ich wollte Euch danken, Mag… Aegwynn", verbesserte sich Jaina rasch. „Ohne Euch wäre alles verloren gewesen."

Aegwynn neigte ihr Haupt als Antwort.

„Ich nehme an, Ihr wollt zurück ins Gebirge."

„Eigentlich", erwiderte Aegwynn mit einen schwachen Lächeln, „nicht."

Jaina blinzelte überrascht. „Nein?"

„Ich möchte lediglich für eine gewisse Zeit zurückkehren, um dort noch ein paar Dinge zu regeln, meinen Garten ein letztes Mal sehen beispielsweise, bevor die Donnerechsen alles zertrampelt haben. Aber ich war viel zu lange fern *dieser* Welt. Ich denke, es ist an der Zeit, wieder darin heimisch zu werden. Und ich hoffe, dass die Welt mich … nun, dass sie mich auch annimmt, nicht verstößt."

„Ganz gewiss wird sie das tun. Die Welt braucht

Geschöpfe wie Euch. Das weiß ich." Jaina richtete sich auf ihrem Stuhl auf. Sie hatte sich diese Antwort von Aegwynn gewünscht, aber nicht in ihren kühnsten Träumen erwartet, dass sich ihre Hoffnung erfüllen würde. „Wie es sich gerade trifft, habe ich die Stelle eines Kämmerers zu vergeben. Es ist eine Position, die spezielle Kenntnisse erfordert – Weitblick und die Bereitschaft, mich zurechtzuweisen und mir die Meinung zu sagen, wenn es vonnöten ist. Ich behaupte, Ihr seid dafür in jeder Hinsicht qualifiziert, insbesondere was das Zurechtstutzen angeht ..."

Aegwynn lachte. „Sicherlich – obwohl man über den anderen Punkt streiten könnte. Doch vielleicht habe ich wirklich genügend Weitblick in den vergangenen tausend Jahren erlangt ..." Sie stand auf. Jaina tat es ihr gleich. Aegwynn reichte ihr die Hand. „Ich nehme das Angebot mit Freuden an."

Jaina erwiderte den Handschlag mit allem Nachdruck, zu dem sie fähig war. „Ausgezeichnet. Ich danke Euch, Aegwynn. Ihr werdet es nicht bereuen."

„Nein – aber Ihr vielleicht." Aegwynn löste den Händedruck und nahm wieder Platz. „Und hier mein erster Ratschlag als Euer Kämmerer: Kristoff hatte recht, Zmoldor war ein niederer Dämon. Er hatte nicht den Verstand, den es braucht, einen solchen Plan selbst zu entwickeln."

Jaina runzelte die Stirn. „Ich dachte, Ihr hättet gesagt, dass er das Flammende Schwert gegründet hat ..."

„Ja, aber nur, um Seelen zu sammeln. Ein Plan wie dieser aber ist viel zu komplex für ihn. Ihr sagtet selbst, dass Zmoldor nicht der einzige Dämon war, der zurückgelassen wurde, als es gelang, die Brennende Legion zurückzuschlagen. War es nicht so? Und – was glaubt ihr, bedeutet das für uns …?“

Obwohl Jaina die Antwort kannte, wollte sie sie aus dem Mund der Wächterin hören, und fragte deshalb: „Sagt Ihr es mir, Aegwynn.“

„Nun, ganz einfach, Jaina, ich fürchte, dass es nicht das Letzte war, was wir vom Flammenden Schwert gehört oder gesehen haben.“

ÜBER DEN AUTOR

Aus der Feder von Keith R. A. DeCandido flossen über zwei Dutzend Romane sowie etliche Novellen, Kurzgeschichten, eBooks, Comics und Sachbücher. Neben *Warcraft* fühlt er sich auch in den Welten von *Star Trek, StarCraft, Spider-Man, X-Men, Buffy, im Bann der Dämonen, Serenity, Farscape, Andromeda, Resident Evil* oder *Xena* zu Hause. Darüber hinaus erwarb er sich einen Namen als Herausgeber zahlreicher Anthologien, etwa der *Star-Trek*-Sammlungen *Tales of the Dominion War* und *Tales from the Captain's Table*. Seine Werke standen auf mehreren Bestsellerlisten. Kritikerlob erntete er unter anderem von *Entertainment Weekly, TV Zone, Starburst, Dreamwatch, Library Journal* und *Cinescape*. R. A. DeCandido lebt mit seiner Freundin und zwei verrückten Katzen in New York. Seine offizielle Internetseite ist unter www.DeCandido.net zu finden.

Die offizielle Vorgeschichte zum Game-Bestseller!

TOM CLANCY'S THE DIVISION 2

Tom Clancy's The Division 2
Roman zum Game
ISBN 978-3-8332-3770-6

„Fällt die Gesellschaft, stehen wir auf."

Einige Monate nach dem Ausbruch einer verheerenden globalen Pandemie, die kurz nach Thanksgiving in New York City ihren Anfang nahm, scheinen sich die Dinge langsam wieder zu normalisieren. Der Frühling hält Einzug und mit ihm die Hoffnung auf ein besseres Leben. Die Zivilbevölkerung wagt in organisierten Siedlungen den Neuanfang.

In den Trümmern einer zerstörten Infrastruktur und einer erodierenden Zivilgesellschaft wacht „The Division" über die Sicherheit der Bürger und schützt sie vor Marodeuren, Plünderern und Unterdrückern. Dabei handelt es sich um eine autonome Eliteeinheit von Schläferagenten, die erst dann zum Einsatz kommt, wenn alles andere versagt.

Ab Februar im Buchhandel erhältlich

PANINI BOOKS
www.paninibooks.de